ein Ullstein Buch

ein Ullstein Buch
Nr. 474
im Verlag Ullstein GmbH,
Frankfurt/M – Berlin – Wien

Ungekürzte Ausgabe

Umschlagentwurf:
Hansbernd Lindemann
Umschlagzeichnung: Sigrid Müller-Kern

Mit Genehmigung des
Franz Ehrenwirth Verlags, München

Printed in Great Britain 1984
Druck und Verarbeitung:
Cox & Wyman Ltd., Reading
ISBN 3 548 00474 1

August 1984
125.–128. Tsd.

Vom selben Autor
in der Reihe der
Ullstein Bücher:

Menuett im Park (335)
Sternsaphir (2613)
Grillenkonzert (2830)
Aus dem violetten Samtbeutel (20063)

Horst Wolfram Geißler

Der seidene Faden

Roman

ein Ullstein Buch

I

Jeden Tag, zur frühesten Stunde, fuhr am Waldhang oberhalb der Stadt ein Lindwurm aus seiner Höhle und fauchte weißen Dampf in die erschrokkene Stille: der Schnellzug, der aus dem Tunnel kam.

Im Juli ging um diese Zeit gerade die Sonne auf, die Spitzen der drei Kirchtürme leuchteten, aus manchem Schornstein der steilen alten Dächer stieg schon ein kleiner Rauch, und durch das untere Tor wackelten die Gänse in aller Gelassenheit zum Fluß hinab; erst abends, wenn sie heimkamen, würden über ihr weißes Kleid wieder so zarte Farben hinspielen, ein metallischer Hauch von Rosa, Grün, Gelb, Himmelblau, wie man ihn auf besonnten Vogelfedern und bei Seifenblasen findet.

Droben, wo die steile Bahnhofstraße endete und einen etwas aufgelösten und atemlosen Eindruck machte, hielt der Schnellzug; vielleicht wollte er, schmutzig und übernächtig, nur ein wenig in der Morgenklarheit verschnaufen, nicht immer stieg jemand aus in dieser Frühe.

Diesmal aber war doch eine junge Dame mitgekommen. Ihr ganzes Gepäck bestand aus einer Aktentasche.

Niemand wartete auf sie, und sie ging auch nicht in die Stadt hinunter, sondern bergwärts dem Wald entgegen, wo es nur wenige Fußpfade gab.

Der Fahrdienstleiter, der eben den Zug entlassen hatte, blickte ihr nach und machte sich einige Gedanken, er war noch nicht lange hierher versetzt. Konnte es möglich sein, daß jemand sich so in der Richtung irrte?

Aber die junge Dame irrte sich keineswegs, sie wußte Bescheid in dieser Gegend. Der Pfad führte mit einigen Windungen am Hang empor, wo, zwischen vermorschten Baumstümpfen, aus Himbeersträuchern und Wildgras die jungen Fichten in die Morgensonne blickten. Auf den Spinnweben blitzte der Tau.

Nach einer Viertelstunde erreichte sie den Rand des Hochwaldes und die Stelle, wo wegen der besonders freien und schönen Aussicht eine Bank stand, neben der ein Wasserfädlein in einen hölzernen Brunnentrog floß. Aus der Ledertasche nahm sie einen Beutel mit dem Notwendigsten, was zu einer flüchtigen Morgentoilette gehört, wusch sich, so gut es ging, brachte das Haar in Ordnung, und nachdem dies alles ohne jede Hast erledigt war, setzte sie sich auf die Bank und begann zu frühstücken. Von der Stadt herauf schlug es fünf Uhr.

Erst fünf Uhr.

Hinter ihr war das leise Rauschen des Morgenwinds in den Wipfeln, hoch im blendenden Frühgold rief ein Raubvogel. Vor ihr sank der Hang hinab, erst steil, dann sanfter bis zur Stadt und noch weiter bis zum Fluß und den Wiesen, die er in zwei schönen Biegungen teilte.

Von hier oben konnte man nicht die ganze Stadt sehen, sondern nur ihre untere Hälfte – durch das alte Wassertor gingen die Gänse wie seit Menschengedenken, sie verteilten sich als weiße Pünktchen im Gras, und die Stadt war bunt in dieser jungen Sonne: der eine Kirchturm hatte eine patinagrüne Haube, der andere ein spitzes schieferschwarzes Dach, dessen Morgenseite jetzt wie mit Gold gedeckt aussah, und der Turm des Schlosses, auf einem Felsen mitten in der Stadt, war mit Ziegeln gedeckt, die sich dunkel und rötlich und moosfarben in der Sonne wärmten. Dicht unterhalb des Schlosses, gleichsam noch von ihm geschützt, lehnte sich ein großes gotisches Steildach an den Felsen.

Man sah auch die alte Mauer oder doch, wo sie nicht mehr vorhanden war, ihren früheren Verlauf. Natürlich hatte die Stadt sich über diese ehrwürdige Grenze hinaus erweitert, aber nicht sehr und keinesfalls bemerkenswert. Es gehörte nur wenig Vorstellungskraft dazu, dieses Neue wegzudenken und das ganze Bild so zu erblicken, wie es wenigstens ein halbes Jahrtausend lang ausgesehen hatte.

Und jeden Morgen stieg das Licht über die Waldhöhen des weiten Tals, rief der Bussard über den Wipfeln, ging der Fluß, ein stiller Wallfahrer, aus der Ewigkeit in die Ewigkeit. Seit wann redete die kleine Quelle hier, was erzählte sie? Schloß man die Augen, so klang ihr sanftes Märchen deutlicher durch die reine Morgenstille ... oder winkte der Schlaf noch einmal aus der eisenbahndurchrüttelten Nacht herüber?

In der Stadt wurde es mehr und mehr lebendig. Fenster taten ihre knarrenden Läden auf, es war wie ein letztes kleines Gähnen, und blinzelten in die Sonne. Selbst die Uhrenschläge schienen sich plötzlich zu beeilen, die Viertelstunden kürzer zu werden.

Aber der Rechnungsrat stand noch immer in Pantoffeln und mit herabhängenden Hosenträgern vor dem Ausguß in der Küche und rasierte sich. Den zersprungenen Handspiegel stellte er dabei auf das querlaufende Leitungsrohr. Sechsundzwanzig Jahre war er nun verheiratet, und seit sechsundzwanzig Jahren versuchte seine Frau, ihm das abzugewöhnen, er hätte sich genausogut und noch besser im Schlafzimmer rasieren können, aber nein, schon der Vater und Großvater hatten sich hier abgeschabt. Seine beiden Söhne taten dies nicht mehr, das empfand er beinahe als Entartung; die Frau Rechnungsrat allerdings empfand es nur als manierlich, sie hieß Florine, wahrhaftig, Florine hieß sie – gab es das, hier, in dieser Stadt? Wenn er sie ärgern wollte, rief er sie Flora, denn so war sie getauft. Weshalb aber nannte sie sich Florine?

Übrigens waren die Söhne bereits fortgegangen. Der eine arbeitete in einer mechanischen Werkstätte, der andere war Verkäufer im besten Geschäft für Damenkonfektion.

Kurz vor acht Uhr verließ auch der Rechnungsrat das Haus und wanderte in sein Büro, das sich droben im Schloß befand, wo mehrere Behörden untergebracht waren. Auch in dieser Hinsicht also hatte sich in der Stadt nichts geändert, denn schließlich kam es auf dasselbe hinaus, ob man vom Schloß herunter durch große Herren oder kleine Beamte geplagt wurde. Ach, was ändert sich denn überhaupt, genau betrachtet? Das Firmenschild, sonst nichts. Wie gut, daß die Menschen in jedem neuen Firmenschild einen Fortschritt sehen; solange sie das tun, bleibt alles ruhig und in Ordnung.

Jeden Morgen, sobald die Haustür hinter dem Rechnungsrat ins Schloß gefallen war, wußte Florine, daß sie nun bis zum Spätnachmittag ihre Ruhe hatte, denn vorher kam er nicht heim, die Söhne kamen sogar erheblich später. Selbstverständlich war es keine wirkliche Ruhe, die gibt es bei einer tüchtigen Hausfrau nicht, und Florine war eine tüchtige Hausfrau. Aber während der ersten Viertelstunde pflegte sie sich doch etwas Besonderes zu gönnen, nämlich zwei Tassen Bohnenkaffee. Den Männern, die etwas Gesünderes und Billigeres bekamen, fiel es überhaupt nicht auf, daß sie niemals mit ihnen frühstückte, so sind sie!

Kaum aber waren sie alle fort, legte Florine eine hübsche bunte Decke auf den Tisch und stellte das alte Meißner Porzellankännchen und Täßchen, die Zuckerdose und das Milchtöpfchen hin. Dem Deckel der Kanne fehlte allerdings der Knopf, er war schon abgebrochen gewesen, als sie dieses Tête-à-tête geschenkt bekommen hatte, aber das machte nichts, es hingen so viele Erinnerungen daran.

Dies alles tat sie mit recht zierlichen Bewegungen, während der Kaffee durchlief, überhaupt war sie eine zierliche Person, seit ein paar Jahren wohl etwas zu rund, das blonde Haar angegraut, aber auch das machte nichts, die kleine Kaffeekanne war auch etwas zu rund und gerade deswegen Altmeißen und vornehm.

Jeden Morgen betrachtete Florine dieses liebenswürdige Bild und lächelte, fast unmerklich, eigentlich nur mit den Augen, wie eben nur Frauen lächeln können, wenn sie an etwas denken.

Aber die Türglocke läutete, ach du lieber Gott.

Nun, es konnte der Briefträger sein, er hatte sich wohl etwas verspätet.

»Claudia!« rief Florine an der Wohnungstür und hob die Hände. »Wie kommst du hierher? Gestern hab' ich den ganzen Tag an dich gedacht! Was ist los?«

»Nichts Besonderes«, sagte ihre Tochter, zog die Tür hinter sich zu, gab ihr einen Kuß und legte die Aktentasche auf einen Stuhl. »Ich bin mit dem

Frühzug gekommen und habe schon drei Stunden lang den schönen Morgen genossen. Man kann doch nicht schon um fünf Uhr die Leute stören.«

Florine stellte die zweite Tasse auf den Tisch, das Porzellan klirrte, denn ihre Hand zitterte ein wenig. »So unerwartet!« sagte sie und schüttelte den Kopf. »Leute stören! Sind wir Leute? Hättest du wenigstens eine Karte geschrieben!«

»Es machte sich gerade so«, antwortete Claudia und drückte sich das Haar zurecht, dessen stumpfes Blond sie von der Mutter geerbt hatte. »Ganz unerwartet. Wer weiß, wann ich wieder einmal Zeit habe. Hoffentlich komme ich nicht ungelegen?«

»Ungelegen!« sagte Florine. »Aber ich konnte doch zum Beispiel Wäsche haben.«

»Hast du?«

»Nein, glücklicherweise. Und der Koffer?«

Claudia hatte nichts mitgenommen, denn heute abend würde sie wieder wegfahren.

Ihre Mutter machte große Augen. Es war also doch etwas los. Nur wegen eines kurzen Wiedersehens fuhr man nicht eine ganze Nacht im Schnellzug und eine zweite zurück, besonders wenn man so sparsam sein mußte. Nun, es würde sich ja herausstellen. Sie betrachtete ihre Tochter. »Du siehst aber gut aus!«

Claudia machte eine gleichgültige Kopfbewegung. »Man rauft sich so durch. Und was gibt es hier?« Sie wollte noch nicht mit der Sprache herausrücken, das war deutlich.

Aber Florine gehörte nicht zu den Dummen, sie kannte die Menschen und das Leben. »Hier, bei uns? Nicht daß ich wüßte.« Oder vielleicht doch, dies und jenes fiel ihr ein, belangloser Klatsch, von dem sie wußte, daß er Claudia langweilte; aber sie erzählte ihn ausführlich, denn um so eher durfte man hoffen, daß jene die Geduld verlor. Indessen schien auch dies nichts zu helfen.

»Und wie hübsch du angezogen bist, ja, den Sinn für Eleganz hast du schon immer gehabt«, sagte Florine und lachte ein wenig beiseite und sah ordentlich leichtsinnig aus. »Walter hat das auch, sonst wäre er wohl nicht in die Damenkonfektion gegangen, da ist er am richtigen Platz, das hört man überall, aber natürlich, mit seiner gelehrten Schwester kann er sich nicht vergleichen.«

»Etwas weniger Gelehrsamkeit und ein bißchen mehr Geld ist heutzutage zweifellos praktischer«, sagte Claudia.

»Oh, das darfst du nicht behaupten. Na ja, praktischer vielleicht, ich will es nicht bestreiten. Aber erst vorige Woche hat sich der Amtmann nach dir erkundigt, ob du mittlerweile das Doktorexamen gemacht hast – ach, da fällt mir ein –«

»Was?« Endlich, jetzt fing sie an, lebendiger zu werden.

»Da war hier so eine Tagung, das weißt du wohl besser als ich, mit Empfang und Festessen und nichts als Professoren, ein Kongreß.«

»Internationaler Kongreß für Sagenforschung«, sagte die Tochter.

»Richtig. Wir dachten, daß du vielleicht dazu herkämst?«

Claudia lachte. »Ich? Das ist nur etwas für ganz große Tiere.«

»Aber dein Professor war da!«

»Ja, das hab' ich euch geschrieben.«

»Nein, hier!«

»Wieso?«

»Hier, und er saß auf dem Stuhl, wo du jetzt sitzest, es war nachmittags, und ich sagte ihm, wenn er morgens gekommen wäre, hätte er mit mir Kaffee trinken können. Da kam er am nächsten Morgen wieder und trank Kaffee. Wie heißt er denn gleich!«

Claudia war bei dieser Mitteilung ziemlich rot geworden – aha! An so etwas hatte Florine schon lange gedacht. Jetzt war man also vermutlich auf der richtigen Spur.

»Momberg«, sagte Claudia und kramte in ihrer Handtasche herum. »Bei euch? Aber davon hat er mir keine Silbe gesagt!«

Wie gut, daß heute keine Wäsche und überhaupt nichts Außergewöhnliches zu tun war. »Ich glaube, ich koche noch ein bißchen Kaffee«, sagte Florine, »er war nur für mich gemessen, und du bist die ganze Nacht gefahren, das ist doch anstrengend, und es muß sehr heiß sein in den engen Abteilen. Hast du wenigstens schlafen können?«

»Komisch, daß er mir nichts davon erzählt hat«, sagte Claudia.

»Ja, von wem wußte er überhaupt, daß wir hier wohnen?«

»Von mir, natürlich. Was hat er denn gewollt?«

»Gewollt?« fragte Florine mit dem ahnungslosesten Kätzchengesicht. »Gar nichts. Die Mutter seiner besten Schülerin begrüßen – sagte er. Das ist wirklich wahr. Und er hat dich so gelobt, daß ich ganz verlegen wurde. Und daß du dich jetzt aufs Examen vorbereitest und es nicht leicht hast, weil du ganz auf dich selbst gestellt bist und Arbeiten annehmen mußt, die völlig außerhalb –«

»Ja ja, wie geht es der Gräfin?«

»Gut, soviel ich weiß. Ich muß schon sagen, er hat mir den besten Eindruck gemacht. Unter einem Universitätsprofessor stellt man sich immer etwas ganz anderes vor, aber er kann doch höchstens erst vierzig sein? Und dann sagte er, wie hübsch es ist, wenn man sich wieder einmal an einen gedeckten Frühstückstisch setzen kann, ohne selber alles herbeizuholen, es erinnerte ihn an sein Elternhaus, er bekam so nachdenkliche Augen. Ich hätte freilich zu tun gehabt, aber er blieb einfach sitzen und fühlte sich wohl, manchmal konnte er einem ganz leid tun: ein so gelehrter Mensch, und nicht einmal einen ordentlich gedeckten Tisch, wo er doch so viel Sinn dafür hat. Denn das hat er, wir haben uns lange darüber unterhalten, und ich mußte erzählen, wie es früher bei mir war –«

»Ach du lieber Himmel!«

»Bitte?« fragte Florine.

»Nein, ich meine nur, da wird die Arbeit freilich liegengeblieben sein.«

»Nicht jeder hat solche großartigen und feinen Erinnerungen wie ich. Es interessierte ihn sehr. Jetzt – sagte er – versteh' ich, weshalb Sie Ihren Kaffee aus diesem Meißner Porzellan trinken. Und ich bat ihn, über den abgebrochenen Knopf gütigst hinwegzusehen, das käme in den besten, ja, sogar in den allerbesten Familien vor, wie eben dieser Knopf beweist. Aber dafür haben die Menschen kein Verständnis, ha, wofür haben sie denn überhaupt noch Verständnis, heutzutage, und –«

Claudia fragte: »Ist es wirklich schon halb zehn Uhr?«

»Ja, halb zehn; und dann sagte er, er hätte deinen Namen immer so hübsch und selten gefunden, wie ich nur darauf gekommen wäre, hier, in dieser Stadt, und ich erklärte es ihm und zeigte ihm den alten Roman, der Einband hat noch die Spuren von meinen Tränen, weil darin die Komtesse, die Claudia heißt – was machst du denn für ein Gesicht?«

Florine war nicht nur enttäuscht, daß ihre Tochter – wieder einmal – wenig Gefallen an ihrem Gespräch fand, sondern auch innerlich gekränkt und, als Claudia wegging, um ihren Besuch im Stift zu machen, recht betrübt. Da hatte man sich nun aus schönen Erinnerungen seine kleine Welt in aller Heimlichkeit aufbewahrt. Von den Männern konnte man ja nicht verlangen, daß sie Verständnis dafür aufbrachten, aber wenigstens Claudia hätte doch nicht so abweisend sein sollen; da lernte und arbeitete sie nun, und jedesmal, wenn sie kam, war sie wieder ein wenig fremder geworden, fast nicht mehr erreichbar, sie wohnte in einem anderen Stockwerk und hinter einer verschlossenen Tür. Aber weshalb war sie dann überhaupt gekommen?

Florine begann abzuspülen, und als sie das runde Porzellandeckelchen in der Hand hielt, betrachtete sie die Stelle, wo der Knopf fehlte, so lange und mit so vielfältigen Gedanken, bis ihr die Tränen in die Augen traten. Nun aber gab sie sich einen Ruck und ging ernstlich an ihre Hausarbeit – es blieb ja auch nichts weiter übrig.

Die steilen Gassen wurden immer enger, je näher man zur Burg hinaufkam. Claudia ging langsam, gehemmt vom Ärger über sich selbst, weil sie so abweisend zu Florine gewesen war, die es doch gut meinte. Aber so ist die Welt – ohne daß man es wünscht, trennen sich die Wege, und möchte man ein Wort mit seinem Nächsten reden, so zeigt sich, daß man unvermerkt schon weit, zu weit von ihm entfernt ist und in der Einsamkeit dahinwandert.

Das Kopfsteinpflaster war ehrwürdig und abscheulich. Aus einer Tür der engbrüstig aneinandergestuften Giebelhäuschen sauste plötzlich im Bogen der trübe Inhalt eines Putzkübels und platschte auf das Pflaster – die Leute hatten es leicht, nicht überall ließ sich das Leben derart vereinfachen. Schade. Gewöhnlich kostet es Strafe, wenn man so etwas tut. Dabei war es doch geradezu ein Musterbeispiel für gesunde und rasche Entschlußkraft: Weg damit, ganz gleich wohin! Aber das bringt eben nicht jeder fertig.

Am oberen Ende der Gasse wurde es lichter und freier. Hier öffnete sich der Schloßplatz, bunt und lustig durch die Schirme der Marktfrauen. Claudia kaufte ein paar Rosen. Die eine Seite des Platzes nahm jenes weitläufige alte Gebäude ein, dessen Dach, von der Berghöhe aus gesehen, sich an den Felsen anzulehnen schien: das Stift. Dorthin ging Claudia.

Die Türschwelle glich einer steinernen Wanne, ausgehöhlt von den unzähligen alten Füßen, die seit Jahrhunderten darüber hingeschlichen waren. Der Flur im Erdgeschoß hatte ein buckliges Ziegelpflaster und weißgetünchte Wölbungen. Es roch hier immer ein wenig nach Grab, aber auch nach Küche. Bisweilen ging eine Ordensschwester mit großer Flügelhaube durch diese Stille, bisweilen schlurfte eine alte Frau über den Flur, deshalb war das Ziegelpflaster so ausgehöhlt.

Stieg man die Treppe hinauf, so änderte sich das Bild ins Freundlichere. Hier wohnten diejenigen Stiftsinsassen, denen aus einem langen Leben immerhin so viel geblieben war, daß sie ihr Zimmer und die Verpflegung selbst bezahlen konnten, manche besaßen eigene Möbel.

An einem Fenster blieb Claudia stehen, zog ihr Spiegelchen heraus und zupfte sich zurecht. Dann klopfte sie an die Tür Nummer 12.

Eine hübsche Stube, nicht gar so klein, sie hatte sogar zwei Fenster. An dem einen saß eine alte Frau im Lehnstuhl. Sie hatte weißes, in der Mitte gescheiteltes Haar und ein faltiges Gesicht, auf dem auch jetzt kein Lächeln lag, aber die ungewöhnlich großen blauen Augen betrachteten die Besucherin mit deutlichem Vergnügen. »Da bist du ja!« sagte sie und streckte Claudia die Hand entgegen. »Ich sah dich über den Platz kommen, wußte aber doch nicht genau, ob du es wirklich warst.«

Claudia beugte sich so tief über diese Hand, daß sie sie fast mit den Lippen berührte. »Ich darf Ihnen«, sagte sie, »einen recht guten Morgen wünschen. Ich hoffe, nicht zu stören?«

»Ich wüßte nicht, wobei mich noch jemand stören könnte«, antwortete die alte Dame. »Außer etwa, wie du siehst, beim Zeitunglesen, aber da tust du mir nur einen Gefallen, ich weiß nicht, früher war die Welt nicht so zerfahren wie jetzt. Die schönen Rosen! Danke! Du weißt ja, wohin und wem sie gehören, nimm eine Vase aus dem Schrank, in dem Kännchen ist Wasser.«

Claudia tat, wie ihr geheißen, und stellte die Blumen auf die Kommode, wo, mit einem Immortellenkränzchen geschmückt, die Fotografie eines Offiziers in der Uniform des zweiten Weltkrieges stand; auf den Kragenspiegeln waren die Generalsabzeichen.

Die alte Dame sah ihr schweigend zu. Dann sagte sie: »Schiebe den Stuhl herüber und setze dich. Wie geht es dir, wie geht es Florine?«

»Danke, nicht besonders gut«, sagte Claudia. »Florine hat eben vorhin Ärger gehabt wegen ihrer Tochter.«

»Und was hat diese Tochter auf dem Gewissen?«

»Wenn man das mit ein paar kurzen Worten berichten könnte!«

»Ich habe mehr Zeit, als mir lieb ist. Aber du darfst nicht denken, daß ich neugierig bin. Es ist hübsch, daß du mich besuchst. Seit wann bist du hier? Erst seit heute früh? Und da hast du der armen Florine schon Kummer gemacht!«

»Es war nicht meine Absicht«, sagte Claudia und fühlte bereits, daß sie, wie stets in der Nähe dieser weißhaarigen Frau, ruhiger wurde. »Im Gegenteil. Ich bin die ganze Nacht unterwegs gewesen, um ihr mein Herz auszuschütten. Als ich dann aber da war, konnte ich es nicht.«

»So, das Herz«, sagte jene.

»Es ist doch merkwürdig«, fuhr Claudia etwas zu hastig fort, »wie sich die Menschen auseinanderleben, ohne etwas dafür zu können. Man begegnet sich wieder – und fühlt plötzlich, daß es nicht mehr so ist wie früher. Etwas ist dazwischengeraten, etwas Unsichtbares, nicht Nennbares, denn als Entfremdung kann ich's nicht bezeichnen, der Ausdruck wäre falsch. Das sind dann diese Augenblicke, in denen man mit dem Leben noch weniger einverstanden ist als sonst.«

»Du bist also mit dem Leben nicht einverstanden?«

Claudia, betroffen vom Ton dieser Frage, blickte in die großen blauen Augen, bald genug aber zu Boden.

Die alte Dame sagte: »Ich weiß, ich weiß. Es war niemals leicht für dich.«

»Und ohne Ihre Hilfe –«

»Das war einmal, Kind, und solange es ging, war es das einzige, was mir noch Freude machte. Dann hat mir die Weltgeschichte auch das gründlich verdorben. Es war das Letzte, ich bin die Letzte, das paßt recht gut zusammen, man braucht nicht weiter davon zu reden. Aber du?«

Noch immer war Claudia nicht so weit, daß sie über sich selbst sprechen konnte. Indessen, es löste sich doch. »Meine Mutter«, sagte sie, »ist glücklicher veranlagt als ich. Jeden Morgen, das hab' ich vorhin wieder gesehen, stellt sie ihr Meißner Porzellangeschirr auf den Tisch, sobald sie allein ist, und kann damit eine Viertelstunde lang selig sein. Täglich eine Viertelstunde lang selig – ist das nicht beneidenswert? Aber ich? Ich könnte das nicht, und ich möchte nur wissen, woher ich meinen Dickkopf habe. Von ihr gewiß nicht.«

»Ein Dickkopf muß nicht immer das schlechteste sein, was man mitbekommen kann, kleine Claudia.«

»Wenn man nur nicht auch andere Dinge mitbekommen hätte, unpraktische, störende, empfindlichere Dinge!«

»Nur weiter!« sagte die alte Dame, und jetzt war zum erstenmal ein Lächeln in ihren Augen, ein sehr fernes Lächeln. »Diese anderen Dinge also – – hm, gibt es die überhaupt, wenn man so gelehrt ist?«

Claudia seufzte tief, aber jenes sehr ferne Lächeln tat ihr doch wohl. »Diese anderen Dinge«, sagte sie, »hab' ich vielleicht schon eher von ihr.«

»Von deiner Mutter?« Es dauerte ziemlich lange, bis die alte Dame weitersprach, man hörte die Uhr ticken, ein kleiner Windzug wehte einen warmen Hauch durch das offene Fenster herein. »Du kannst dir nicht vorstellen, wie reizend sie in ihrer Art war, als sie vor dreißig Jahren zu mir kam. Eine Zofe wie von der Bühne oder eben aus dem Porzellanschrank genommen. Bisweilen dachte ich, man sollte das schwarze Kleid und das weiße Schürzchen und Häubchen vertauschen mit der noch viel zierlicheren Tracht des Rokoko – sie wäre eine süße Franziska aus der Minna von Barnhelm gewesen. Weil sie aber deine Mutter ist und weil es dich gar nichts angeht, so wollen wir lieber von dem schweigen, was sie sonst noch auf diese Welt mitgebracht hatte.«

»Ach, ach!« sagte Claudia. »Gerade das hat sie mir leider vererbt!«

»Sie war noch keinen Tag bei mir, da nannte ich sie schon nicht mehr Flora, sondern Florine. Bei dir würde es niemandem einfallen, den Namen so neckisch zu verschnörkeln. Eine Natur wie du, voll abseitiger Gelehrsamkeit, stets im Kampf mit dem Dasein –«

Nur dieses hellen, freundlichen Spottes, in den sich viel Anerkennung mischte, hatte es noch bedurft. »Sie vergessen die Hauptsache!« rief Claudia, es war ein Ausbruch zwischen Zorn und Lachen. »Sie vergessen, daß man noch so viele Bücher studieren und sich das Gehirn noch so vollpfropfen kann – was hilft das alles, wenn man aus der ewigen Frauenzimmerdummheit nicht herausfindet, die uns offenbar schon vom Paradies her mitgegeben ist, genauso wie die Furcht vor der Schlange?«

Die großen blauen Augen ruhten auf ihr. »Das hast du ja wirklich sehr schön gesagt, mein Kind. Ich hatte doch gleich so eine Ahnung. Ja, daß es der Baum der Erkenntnis war, sieht man jedesmal erst hinterher und wenn es zu spät ist. Soso, das Herz!«

»Es geschieht mir aber ganz recht!«

»Natürlich.«

»Ist das Ihr Ernst?« fragte Claudia.

»Ach, seit der Sache mit dem Apfel geschieht es uns immer ganz recht, darin sind sich alle Gelehrten einig. Wobei man allerdings nicht übersehen darf, daß diese Gelehrten Männer sind. Was hat es also gegeben?«

Claudia stand auf, trat ans Fenster, schluckte an Tränen. Sie hatte sich das so schön und befreiend vorgestellt, bei Florine in der Wohnküche zu sitzen und einmal gründlich zu weinen, deshalb war sie die ganze Nacht im Schnellzug gefahren, und Florine, erschüttert von so viel Kummer und Kosten, hätte ihr mit dem nächsten besten Küchenhandtuch übers Gesicht gewischt und sie aus der Tiefe des Mutterherzens bemitleidet, Florine hätte ratlos ausgesehen und gesagt: ›Achgottachgott ...‹ und alles wäre voll Auflösung und Trost gewesen.

Aber hier saß nun diese vornehme alte Dame, betrachtete einen mit ihren großen Augen und sagte einfach: So, das Herz!

In erinnerungsvollem Zorn wiederholte Claudia: »Was es gegeben hat? – Krach!«

»Und?«

»Aus!«

Jezt aber, nach diesem verhängnisvollen Wort, ging es doch nicht mehr.

Da war ein Fußbänkchen, mit grünem Plüsch überzogen, auf das ließ sie sich zusammenfallen, spürte, wie eine Hand über ihr Haar strich. Und eine ruhige Stimme sprach: »Das Beste, was du tun kannst, Florine ... nein, Claudia wollt' ich sagen ...«

Die alte Frau blickte über das Häufchen Unglück hinweg nach den Rosen und dem Bild des Generals, der ihr Sohn gewesen war.

»Wird man denn nie gescheit?« schluchzte Claudia.

»Wie soll ich das wissen, Kind!« antwortete die Stimme, und ein Lächeln war in ihr. »Da mußt du schon jemand Älteren fragen.«

Eine andere Claudia kam in Florines Küche zurück. Wenn man den richtigen Menschen findet, braucht es keine Worte, um sich auszusprechen. Es hatte ihr wohlgetan, die Welt schien einigermaßen zurechtgerückt, Licht und Schatten wieder ordentlich verteilt, und wie stets nach einem Unwetter schien die Luft doppelt klar.

Florine stellte das Essen auf den Tisch. Wenn sie allein war, kochte sie mittags nicht, aber heute war das natürlich etwas anderes.

»Laß dir's schmecken!« sagte sie und betrachtete ihre Tochter prüfend. »Hast du dich ausgeheult?«

Claudia griff unwillkürlich nach der Handtasche.

»Nein, man sieht's nicht«, sagte Florine. »Aber ganz so dumm bin ich ja nun auch nicht. Also das war es. Ich konnt's mir denken. Sei still, mir machst du nichts vor. Als ich so alt war wie du jetzt, bin ich auch zu ihr gelaufen, das hast du von mir geerbt. Und was hat sie gesagt?«

Claudia antwortete: »Vermutlich dasselbe, was sie damals zu dir gesagt hat.«

Daraufhin sah Florine recht verblüfft aus, wurde rot und begann von etwas anderem zu reden. Immerhin, jetzt verstanden sie sich, und Claudia hatte plötzlich Hunger. Nach dem Essen mußte sie sich auf das Sofa legen, und während sie von Florine zugedeckt wurde, erklärte sie, daß sie nachher einen langen Nachmittagsspaziergang machen wollte. Aber sie wachte erst auf, als schon der Rechnungsrat vor ihr stand, und hatte so tief geschlafen, daß sie sich besinnen mußte, wo sie war.

Der Abend am Familientisch wurde so wie stets: Gemütlichkeit, wie man sie empfindet, wenn man in einem Glaskasten sitzt. Der Rechnungsrat schweigsam in kaum verhehlter Hochachtung, der autoschlossernde Bruder leicht gehemmt, der Fachmann in Damenkonfektion etwas zu weltläufig und witzig und mit der Brennschere frisiert, Florine in jedem Augenblick ausgleichend, aber mit Händen, die ein bißchen aufgeregt und kalt waren. Sie tasteten alle an dem Glaskasten herum, aber sie wollten keineswegs hinein, oh, das trauten sie sich nicht, sondern sie waren mit der Glaswand durchaus einverstanden.

Der Nachtschnellzug kam sehr spät. Selbstverständlich erbot sich jeder, aufzubleiben und Claudia zum Bahnhof zu begleiten — ebenso selbstverständlich war jeder froh, daß sie auf die Begleitung verzichtete. Einer nach dem andern verabschiedete sich und ging schlafen, das hatten sie mit langer Tagesarbeit redlich verdient.

»Morgen muß ich nun wieder allein frühstücken«, sagte Florine betrübt. »Und ich hätte so gern alles besonders nett gemacht!« Sie weinte ein paar Tränen, das tat sie gern. »Gehst du schon? Es ist noch so viel Zeit.«

Der Mond stand über den Dächern, als Claudia auf die Straße trat. Freilich hatte sie noch viel Zeit, aber gerade darüber freute sie sich.

Die Schatten lagen wie aus schwarzem Papier geschnitten auf dem mondweißen Pflaster. Die rechte Giebelreihe war dunkel, die linke hell. Hier und dort brannte hinter zugezogenen Fenstervorhängen ein mattes, orangefarbenes Lampenlicht. Im Goldenen Löwen schlug jemand gerade mit der Faust auf den Tisch, großes Gelächter folgte, es war aber, als ob sich's nicht heraustraute, sondern vor der Nachtstille stutzte und eingeschüchtert zurückkröche.

Drüben jedoch der Brunnen erzählte leise und spielte im Mondlicht mit Silberkugeln. Claudia blieb stehen, hörte und sah ihm zu. Das unfaßbar Wechselnde des bewegten Wassers war sehr geheimnisvoll, und daß man die unaufhörlich redende Stimme des Brunnens nicht verstand, war fast zum Fürchten.

Erst als, nah und hoch, eine Turmuhr schlug und vor jedem Schlag ein wenig ächzte, ging sie erschauernd weiter. Nun aber vollends hatte die schlafende Stadt etwas Geisterhaftes bekommen, wie sie mit ihren Gassen und Treppen den Berg hinanklomm und doch nicht weiterkam.

In der finsteren Wölbung des oberen Tores brannte eine Laterne. Dann, außerhalb der Mauern, wurden Häuser und Dinge ein wenig gegenständlicher, freilich auch häßlicher, aber die Bäume zwischen ihnen dufteten nachtsüß.

Von droben blickte sie noch einmal zurück. Hinter den Türmen standen die Sterne blaß und einzeln im grünlichen Mondhimmel, aber das Tal war voll Silber, das den Fluß und alles zudeckte.

Weder die Nüchternheit des Bahnhofs noch daß die Zeit sich jetzt wieder mit Minuten wichtig machte, konnte Claudia völlig in die Gegenwart zurückbringen. Sie hörte die Mitternacht auf langsamen Füßen durch die Stadt gehen, dann glühten die Lokomotivaugen des Zuges heran. Sie stieg so eilig ein, als griffe jemand nach ihr.

In dem Abteil, in das sie geriet, saß ein Mann, der ihr nur dadurch auffiel, daß er einen grauen Spitzbart hatte, der freilich so dünn war, daß man ihn als Ziegenbart hätte bezeichnen können.

»Wenn Sie schlafen wollen und das helle Licht Sie stört, will ich es abblenden«, sagte er.

»Es stört mich nicht«, erwiderte Claudia, der die Stimmung der Geisterstunde immer noch ein wenig im Rücken schauerte und die deshalb nichts dagegen hatte, ein paar Worte zu reden, zumal ihr der graue Spitzbart wegen seiner Seltenheit bemerkenswert erschien. »Es stört nicht. Aber wenn es ein wenig dunkler wäre, würde draußen die schöne Mondnacht deutlicher.«

Er blendete das Licht ab und warf noch einen Blick auf die Stadt, die jetzt verschwand. »Das ist freilich ein durchaus romantisches Bild«, sagte er. »Mir übrigens nicht unbekannt.«

»Sie kennen die Stadt?«

»Es gehört zu meinem Beruf, gelegentlich alte Städte zu besuchen«, antwortete er in einem angenehmen und besinnlichen Ton. »Sie hatten ebenfalls hier zu tun?«

Claudia konnte diesem Fremden nicht wohl auseinandersetzen, was sie zu tun gehabt hatte. »Es ist mein Geburtsort«, erklärte sie.

Nach einigem Zögern sagte er: »Ich habe hier einmal den Zug versäumt, weil ich, aufmerksam und genießerisch durch die Gassen spazierend, plötzlich über einer Tür las, daß der Astronom und Mathematiker Johannes Kepler einige Jahre in diesem Hause gewohnt hat.«

»Weshalb soll er nicht da gewohnt haben!« erwiderte Claudia, unversehens von einem kleinen Heimatstolz beschwingt.

»Ja, ja, gewiß, weshalb nicht ... trotzdem stand ich da und verfiel in Tiefsinn und versäumte den Zug. Denn unversehens kam mir der Gedanke: daß der große Mann vielleicht gerade in dieser Spielzeugschachtel von Stadt und in diesem Puppenhaus die Gesetze gefunden hat, nach denen sich die Planeten auf ihrer ungeheuren Bahn um die Sonne bewegen. Sie werden mich wiederum fragen, weshalb in aller Welt das nicht der Fall gewesen sein könnte. Aber bedenken Sie doch, vergleichen Sie: diese Stadt – und das Planetensystem! Der Widerspruch, der Größenunterschied ist so unermeßlich, daß etwas Groteskes in dem Vergleich liegt, oder sagen wir lieber: etwas Dämonisches! Welche Lokalitäten sucht sich bisweilen der göttliche Funke aus! Ich ließe mir's gefallen, wenn es der Kaisersaal des Hradschin gewesen wäre!«

Claudia war nicht wenig überrascht durch diese Bemerkung. Der Fremde deutete einen Gedanken an, den sie selber gelegentlich schon gehabt hatte, freilich nicht in dieser zugespitzten Form. Jetzt hätte sie die Deckenlampe gern wieder aufgeblendet, um den Mann genauer zu sehen, hatte jedoch Hemmungen und begnügte sich, ihn im Mondlicht zu betrachten, das freilich wechselnd und ungewiß war, weil der Zug nach dem Tunnel einen Wald durchquerte.

»Es kommt wohl nicht auf die Stadt oder das Haus an«, sagte sie, »sondern auf den Kopf, und der ist noch enger.«

Der Reisegefährte, nach Worten suchend, blies die Luft in schnellen kleinen Stößen durch die Nase, es klang fast wie ein leises Meckern. »Sie mögen recht haben«, erwiderte er, »indessen gibt es Zusammenhänge, Abhängigkeiten, die wir nur ahnen können. Zu besonderen Zeiten – und die kommen in jedem Leben vor – sind nicht wir es, die die Dinge suchen und ergreifen, sondern die Dinge suchen und ergreifen uns, ob wir wollen oder nicht, und wir können uns auch nicht dagegen wehren. Es ist, nach unseren Begriffen, ein Wunder. Plötzlich steht ein Ereignis, eine Antwort, nach denen wir schon lange Ausschau gehalten haben, unmittelbar vor uns, und nun fügt sich alles mit einer geradezu erschreckenden Selbstverständlichkeit aneinander, und was wir sonst leichthin Zufall nennen würden, erscheint jetzt als Enthüllung eines tiefen Sinnes. Haben Sie das noch nie erlebt?«

»Sie sprechen da etwas aus«, antwortete Claudia, »was ich schon mitunter empfunden habe.«

»Gedankenlos pflegen wir zu sagen, daß ein Ereignis eintritt«, fuhr er fort. »Dabei merken wir gar nicht, wie bildkräftig diese Redewendung ist: Tatsächlich steht das Ereignis als dunkle Gestalt in der Tür und tritt nun über die Schwelle in unseren Lebensraum, gebeten oder ungebeten.«

»Bisweilen möchte man sich das wünschen!«

Er sagte: »Aber auch nur bisweilen! Denn es sind ja nicht nur angenehme, sondern auch unangenehme Dinge, die so plötzlich vor uns stehen, nicht nur Auflösungen, sondern auch Verwirrungen, und erst wenn sie da sind und wir ihnen nicht mehr ausweichen können, bemerken wir sie.«

»Sehr geheimnisvoll – und sehr unbehaglich!« sagte Claudia nicht ohne innere Ablehnung, denn dies schien ihr doch eine recht unverbindliche Allerweltsphilosophie zu sein, mit der sich alles entschuldigen, aber nichts erklären ließ. Sie erinnerte sich, schon einmal, und zwar ebenfalls in der Eisenbahn, einem solchen Weltanschauungsapostel begegnet zu sein, der merkwürdigerweise ebenfalls einen Spitzbart gehabt hatte; aber damals war von den Vorzügen der fleischlosen Ernährung die Rede gewesen.

Im Ton ihrer letzten Worte mußte etwas gelegen haben, was den Reisegefährten erkältete, wahrscheinlich fühlte er sich unverstanden – jedenfalls verstummte er.

Claudia schloß die Augen, eingeschläfert vom gleichmäßigen Rädergeräusch.

Als sie erwachte, schien die Sonne, und der Zug fuhr eben in den Zielbahnhof ein. Der Fremde war unterwegs ausgestiegen.

2

Vor drei Jahren sonnten sich hier am Rande der großen Stadt noch Wiesen.

Jetzt stehen Hochhäuser da, eine wohldurchdachte Anlage; das Grün, die Luft ist keineswegs verschwunden. Aber doch Hochhäuser, verwunderlich. Wer lange nicht in dieser Gegend war und sie unvorbereitet erblickt, denkt vielleicht an eine Giraffenherde in der Steppe, wie man sie bisweilen im Film sieht, aufgenommen gegen einen roten Abendhimmel – große Einsamkeit.

Auch hier ist der Himmel abendbunt, er leuchtet in einem verlöschenden Gelbrot, in das Wolkenbänke hingestrichen sind, schwer und schieferdunkel.

Im fünfzehnten Stockwerk steht ein Mann am Fenster.

Von hier oben betrachtet ist das alles, zumal um diese Stunde, wirklich sehr einsam, unwirklich einsam; so muß es von der Gondel eines lautlos schwebenden Ballons aussehen, und dies zu ertragen ist in gewissen Stimmungen nicht ganz einfach, aber mit der Zeit gewöhnt man sich wohl daran. Bisher haben die Menschen immer nur in der waagrechten Ebene gelebt; jedoch senkrecht in die Höhe oder aus der Höhe herunter zu leben, das will gelernt sein, denn die Verbindungen sind noch nicht selbstverständlich, einstweilen gleichen sie den dünnen Drahtseilen einer Bergbahn, die in der Tiefe unsichtbar werden.

Die Dämmerung wird bemerklicher, und nun lebt die Stadt, bisher ein grauer Brei, zauberhaft auf: Mit einem Schlag werden die Lichterketten der Straßen hell, Reklameschriften beginnen dort unten zu glühen und zu spielen, hellblau, rosa, grün; deutlicher als am Tag erkennt man den Farbenwechsel einer Verkehrsampel und bei ihr das Gleiten und Stocken der Wagen mit den Goldaugen.

Hingegen erlöschen – ziemlich in der Nähe – die grellen, bläulichweißen Leuchtröhren hinter den Fensterbändern einer Fabrik, die auch noch nicht lange da steht; aber auf dem Dach des Gebäudes bleibt das strahlende Wort *Lima,* ein stummer Anruf ohne Sinn.

Eine halbe Stunde später ist die Stadt nur noch ein buntleuchtendes Muster auf einem schwarzen Nichts, unregelmäßig, körperlos. Oder wie wenn Tiefseefische sich um etwas Unbekanntes, Unheimliches versammelt hätten. Ja – wozu?

Der Mann, mit einem innerlichen Frösteln, tritt vom Fenster zurück und dreht die Schreibtischlampe an.

Da liegt der Brief, der mit der Abendpost gekommen ist, groß und steif wie ein Aktendeckel, sorgfältig verschnürt, die Marken sind italienisch. Er ist noch ungeöffnet, weil der Blick auf die abendliche Stadt reizvoller war – denn in der Tat, man muß sich erst daran gewöhnen, daß die Welt, von hier oben betrachtet, anders wirkt. Einstweilen lassen sich auch die Gedanken nicht so beisammenhalten wie sonst, alles möchte lockerer werden, der Raum hat sich gedehnt, das ist nicht ganz geheuer. Das Leben sieht schön, aber merkwürdig fremd aus.

Für einen Universitätsprofessor, auch wenn er noch nicht alt ist, bedeutet das eine Störung, das Gleichgewicht erscheint bedroht, die vertrauten Bücher an den Wänden machen plötzlich den Eindruck, als gehörten sie nicht hierher, nicht in den fünfzehnten Stock.

Der große Brief also. Professor Momberg sieht noch einmal nach dem Absender, lächelt verwundert, schneidet den Faden auf und faltet das derbe Packpapier auseinander. Zwischen zwei Pappdeckeln liegen einige Fotos, liebevoll aufgezogene Vergrößerungen, des weiteren ein Brief, und dann noch ein beschriebenes Blatt, dieses allerdings höchst überraschend durch Aussehen und Beschaffenheit. Er betrachtet es lange, prüft zwischen Daumen und Zeigefinger, wie es sich anfühlt, schüttelt den Kopf, legt es sorgfältig wieder zwischen die Fotos und beginnt den Brief zu lesen.

Als er damit fertig ist, überlegt er eine Weile, dann packt er alles wieder in das Umschlagpapier, schlingt den zerschnittenen Faden um das Ganze, so gut es gehen will, und schreibt mit Bleistift darauf:

Claudia?

In der Fabrik also, die auch noch nicht lange da stand, war es ruhig geworden. Der Pförtner trat aus seinem Häuschen neben der Einfahrt und blickte ein wenig in die Runde, dann schloß er gemächlich das große Gittertor, aber die Pforte daneben blieb offen; nicht nur die Putzfrauen hatten, wie jeden Abend, noch lange zu tun. In letzter Zeit kam es immer häufiger vor, daß ein gewisses Eckfenster erst gegen Mitternacht dunkel wurde. Und auf dem Dach, natürlich, strahlte bis zum Morgengrauen das riesige Leuchtwort *Lima* nach den vier Himmelsrichtungen.

Jenes Eckfenster, ziemlich hoch oben, bildete einen gläsernen Winkel, es hatte breite, versenkbare Spiegelscheiben, die an hellen Tagen eine Überfülle von Licht in den Raum ließen, der ohnehin ganz hell ausgestattet war.

An einem solchen Tag hatte vor zwei Jahren der Seniorchef dieses Zimmer zum erstenmal betreten und nach einigem Umherblicken seinen Sohn Andreas gefragt, ob dies ein Büro oder ein Freibad sei; er sei jedoch nicht gesonnen, hatte er gesagt, während der Arbeit in der Badehose herumzulaufen, alles wohin es gehört, und dann war er nach Venedig an den Lido gefahren, denn – auch das hatte er gesagt – für gute Ideen sei er immer zugänglich. Ein munterer alter Herr, trotz seiner weißen Haare.

Deshalb blieb der schöne neue und ebenfalls ganz helle Doppelschreibtisch recht oft dem Sohn überlassen. Aber der Gummibaum, dem ein Überfluß an Licht nichts schadete, wuchs und bekam glänzende Blätter, und auch die Arbeit und die Geschäftsbeziehungen der Fabrik wuchsen, dafür sorgte Andreas Ling, der ungemein fleißig war und eine glückliche Hand hatte.

»Sehr gut!« bemerkte der Alte, als er gelegentlich wieder hereinkam. »Tüchtig bist du, das wird dir niemand bestreiten. Was aber die Einfälle betrifft, so plage dich lieber nicht damit, das kann ich besser. Ich hatte da neulich in Paris einen Gedanken. Nachts um zwei Uhr. In einem Taxi. Wie es so geht. Ich war auf dem Heimweg ins Hotel.«

»Doch schon«, sagte Andreas.

Der Vater überhörte dieses kümmerliche bißchen Ironie.

»Der Nachtportier war etwas erstaunt, als ich viel Kaffee und eine Stenotypistin verlangte, aber dann klappte es doch, und jetzt kannst also du dich näher damit beschäftigen, hier bitte.«

»Beinahe fünfzig Seiten!«

»Das arme Mädchen, ja, ich wurde erst gegen Mittag mit dem Diktat fertig, und sie wurde ohnmächtig, aber ich nahm sie für eine Woche mit nach Biarritz, dort erholte sie sich. Komisch, heutzutage, die jungen Leute, sie werden immer automatischer, aber für den eigentlichen Rhythmus der Welt haben sie kein Gefühl mehr, da kommen sie nicht mehr mit. Du auch nicht, mein tüchtiger Sohn.«

»Mehr als arbeiten kann ich nicht!« erwiderte jener.

»Eben!« sagte sein Vater und machte eine winzige Pause, gerade so lang, daß sie noch nicht verletzend wirkte. Dann fügte er hinzu: »Nun sei so gut und sieh dir meine Notizen an, ich habe das Gefühl, daß etwas darin steckt – aber das kann niemand besser beurteilen als du.«

Der Sohn sah ihm in die Augen.

»Ich meine das ernst«, nickte der Alte. »Was du hier aufgebaut hast, kann sich sehen lassen.« Danach hängte er den Bambusstock über den Arm, klatschte die Handschuhe vergnügt in die linke Handfläche und ging – Philipp Ling, wie ihn die Welt kannte und, vor allem, wie er von der Welt gekannt zu sein wünschte, in einem eleganten grauen Sommeranzug, den grauen Hut um eine Spur zu weit nach links hinten geschoben, ja, eine Spur zu weit, wenn man seine Jahre nachrechnete. Er hatte selten getan, was man von ihm erwartete, dafür um so öfter, was man nicht erwartete.

Das war vor ein paar Wochen gewesen. Seitdem hatte Andreas Ling das Vergnügen gehabt, nicht nur die laufenden und bis zur Atemlosigkeit wachsenden Geschäfte zu erledigen, sondern auch jene ungemein inhaltreichen fünfzig Seiten zu studieren. Dabei war dies ein Exposé, an dem ein ganzes Ministerium für Handel und Industrie monatelang zu beißen gehabt hätte. Und der Senior sollte nur ja nicht erzählen, daß es der Einfall eines Augenblicks gewesen sei – aber so zu tun, das machte ihm Vergnügen, es gehörte zu ihm, mit diesem gewissen Trali-Trala liebte er es, die Welt zu verblüffen. Daß er jedoch, als er innerlich soweit war, das Ganze von nachts zwei Uhr bis zum andern Mittag herunterdiktiert hatte, das durfte man glauben, denn auch das sah ihm ähnlich.

Kein Wunder also, daß die Lampen in der gläsernen Ecke jetzt häufig noch so spät brannten. Um diese Zeit saß am Doppelschreibtisch auf Philipp Lings Platz nicht etwa er selbst, der ja schon untertags nur selten dort zu finden war, sondern die Sekretärin, die unentbehrliche, das stille Wässerchen.

Von der Mutter, einer Italienerin, hatte diese Sekretärin ohne Zweifel die Haltung, die dunklen Augen und den schwarzglänzenden Madonnenscheitel geerbt, den sie mit schöner Beharrlichkeit trug, wohingegen sie vom Vater nur den schlichten und irgendwie nicht zu ihr passenden Namen Schäfer überkommen zu haben schien. Ansonsten war sie, wie der muntere Philipp Ling erklärte, eine klare Reihe von Folgeerscheinungen: sehr tüchtig, also gut bezahlt, also gut angezogen. »Vor weiteren Folgeerscheinungen wird gewarnt. Wobei allenfalls noch zu bemerken wäre, daß sie etwas zu kurze Beine hat, bei den Römerinnen findet man das öfter. Und dann dieser schwarzlackierte Scheitel – trägt man das gegenwärtig? Nein. Also will sie auffallen. Also hat sie etwas vor.« Für Andreas Ling hingegen war es bezeichnend, daß er nicht einmal das Alter dieser Marianne Schäfer wußte – wie hätte er wissen sollen, was sie vorhatte?

»Diesen Brief«, sagte er eines Abends, als es wieder unziemlich spät geworden war, »übersetzen Sie bitte ins Italienische, und zwar bis morgen. Hoffentlich haben Sie Zeit?«

»Ich will ihn mit heimnehmen«, antwortete Fräulein Schäfer mit Engelsgeduld und Madonnenscheitel.

»Warum?«

»Gelegentlich«, sagte sie, »muß man ja auch etwas essen, man muß sogar schlafen. Finden Sie nicht?«

»Doch. Gewiß. Aber er sollte nicht in falsche Hände kommen, das können Sie sich denken.«

»Bei mir kommt nichts in falsche Hände.«

»Wenn's Ihnen recht ist, fahre ich Sie nach Hause?«

Es war ihr recht.

Sie wohnte in einer freundlichen, ruhigen Stadtgegend mit viel Grün, in einer sehr guten Pension, das durfte sie sich leisten, da sie nur für sich sorgen mußte. Ihr Zimmer blickte in den Garten hinab, hatte einen Balkon und war so freundlich eingerichtet, daß jemand, der tagsüber mit vielen unsympathischen und wenigen sympathischen Leuten zu tun hatte, hier zu sich selber kommen konnte. Nebenan war sogar noch ein kleiner Raum, wo sich hinter einem Plastikvorhang, auf dem schwarze Märchenkarpfen in grünem Wasser schwammen, eine Dusche versteckte; schon wegen der Karpfen und dem heißen und kalten Wasser hätte sich Marianne nicht von diesem Zimmer getrennt, auch wenn es noch teurer gewesen wäre, als es ohnehin schon war. Denn hier wurde der Tag mit wohltuenden Wasserspielen hinweggeschwemmt, und dann durfte man – zwar über sich selbst lächelnd, aber doch mit unbeschreiblichem Genuß – so tun, als ob man jemand wäre, der man nicht war, Sehnsuchtsziel der meisten.

In ein leichtes und lockeres Gelb gekleidet, durfte man zum Beispiel den Hörer abhängen und dem Zimmermädchen mitteilen, daß man nunmehr zu essen wünschte.

Aber natürlich, während der paar Minuten, die jetzt vergingen, drängte sich bereits wieder der Gedanke an den Brief in die Ruhe, an den Brief, der heute noch übersetzt werden mußte. Märchenkarpfen und heißes Wasser und einen Balkon unter Bäumen bekommt man nicht geschenkt.

Marianne setzte sich und nahm das Stenogramm zur Hand, ach, da gab es wieder eine Menge von technischen Ausdrücken, die noch in keinem Wörterbuch zu finden waren. Die Fortschritte der Technik bringen auch Unannehmlichkeiten mit sich.

Das Zimmermädchen kam herein.

Marianne, von dem rätselhaften Wort ›Verteilernocken‹ gefesselt, sah nicht auf, sondern streifte nur den Tisch und was dorthin gestellt wurde mit einem Seitenblick. Jawohl, danke sehr.

Endlich legte sie den Block beiseite.

Und während sie, bemüht, auch die ungenießbaren Verteilernocken beiseite zu schieben, das Ei aufklopfte, wurde sie plötzlich über einer Erinnerung, einem winzigen Erinnerungsbild stutzig.

Mit dem Brief beschäftigt, hatte sie nur die Hände gesehen, die das Besteck, den Teller, die Teekanne und Tasse und manches andere hinordneten – jetzt, nachträglich, fiel ihr auf, wie hübsch diese Hände und ihre Bewegungen gewesen waren, hübsch und unbekannt. Gab es denn hier ein neues Zimmermädchen für den Nachtdienst?

Oder doch nicht ganz unbekannt, diese Hände – und eben das war es, was einen aufmerksam werden ließ und beinahe zu plagen begann.

Nun, Marianne Schäfer ließ sich nicht lange plagen, sie rief noch einmal in der Küche an und bat, ihr ein Stückchen Zitrone heraufzuschicken.

Als das Zimmermädchen eintrat, und weil Marianne mittlerweile die Deckenbeleuchtung eingeschaltet hatte, löste sich das Rätsel sofort.

»Mein Gott!« sagte sie. »Claudia!«

»Guten Abend«, sagte das Zimmermädchen.

»Unwahrscheinlich! – Aber weshalb hast du dich nicht schon vorhin bemerkbar gemacht?«

»Ich wollte nicht stören.«

»Und was tust du hier, um Himmels willen!«

»Was ich hier tue? – Man suchte eine Aushilfe für die Nacht, während die andere in Urlaub ist. Leider nur für zwei Wochen.«

»So etwas!« sagte Marianne beklommen. »Bitte setz dich.«

Jene blieb stehen.

»Was ist das für ein Theater!«

»Theater?« fragte Claudia.

»Wenn man jahrelang auf der Schulbank nebeneinander gesessen hat –«

»Es geht dir gut?« fragte Claudia.

»Im Augenblick fällt es mir schwer, ja zu sagen.«

»Kein Grund zu Mitgefühl, Marianne. Wie du siehst –«

»Was seh' ich!«

»Du darfst nicht denken, daß es mir schlecht geht, aber irgendwoher muß das Geld für das Studium ja schließlich kommen.«

»Studium? So.«

»Im nächsten Semester möchte ich meine Doktorarbeit anfangen.« Ein kleines Lachen. »Verzeihen Sie aber, Fräulein Schäfer, es wohnen leider noch mehr Leute hier, und manche haben sogar die üble Angewohnheit, nach dem Zimmermädchen zu klingeln. Wenn Sie keinen Wunsch mehr haben –«

»Doch. Natürlich! Wann hast du einmal Zeit, nachmittags?« Sofort war Marianne wieder tüchtig, nichts schob sie mit einem ›Ruf mich an‹ auf die lange Bank, sondern bestimmte augenblicklich Zeit und Ort.

Claudia sagte zu und verschwand.

Fräulein Schäfer aß ihr Abendbrot noch langsamer als sonst, und das wollte etwas heißen; so flink sie, wenn es notwendig war, sein konnte, beim Essen trödelte sie unbegreiflich.

Aber dies war nun wohl doch ein höchst merkwürdiges Wiedersehen gewesen.

Als Claudia morgens in ihr Stübchen zurückkam, das sie schon seit Jahren bei einer Witwe hatte, fand sie eine Postkarte von Professor Momberg, der sie bat, ihn aufzusuchen, denn jetzt, während der Ferien, würden sie einander wohl nicht so bald in der Universität begegnen. »Und damit Sie nicht vergeblich an der Tür meiner alten Wohnung läuten, bemerke ich mit allem Nachdruck, daß ich umgezogen bin! Sie werden sich wundern.«

Am nächsten Vormittag machte sie sich auf den Weg. Bei den Hochhäusern weit draußen am Stadtrand angekommen, wunderte sie sich allerdings. Die senkrechte Reise im Aufzug war eine Art Himmelfahrt.

»Sicher«, sagte Momberg, der sie an der Wohnungstür in Empfang nahm, »und man ist hier oben ja auch wirklich dem Himmel viel näher, ich will aber nicht behaupten, daß es unter allen Umständen ein beruhigendes Gefühl ist. Auch an den Himmel muß man sich erst gewöhnen. Und was gibt es bei Ihnen Neues?«

»Nichts Besonderes«, antwortete sie. Was ihr Florine von seinem Besuch mitgeteilt hatte, wollte sie nicht erwähnen, wenigstens vorläufig. Es war leicht, um diese unsichtbare kleine Klippe herumzukommen, denn jetzt mußte sie ja die neue Wohnung besichtigen und die Aussicht bewundern. Das tat sie bereitwillig, lobte vieles, fand aber insgeheim, daß es auch so nahe dem Himmel einigen Staub zu geben schien, und es juckte ihr in den Fingern, diese Reste eines niedrigen Erdendaseins wegzuwischen; sie ließ es aber bleiben, es hätte einen falschen Eindruck erwecken können.

Mager, nicht sehr gut angezogen, professoral stand Momberg in seiner neuen Umgebung und wirkte fremd. So viel Helligkeit bekam ihm nicht, in seiner früheren, gründämmernden Gartenwohnung hatte er vorteilhafter ausgesehen. Vielleicht schien es auch nur so, gegenwärtig betrachtete sie alle Männer mit einem gewissen Vorbehalt.

Ihre Gedanken waren aber wohl etwas zu deutlich gewesen, denn Momberg sagte unvermittelt: »Ja, das hübsche alte Haus im Garten ist verkauft worden, und der neue Besitzer wünschte es für sich allein zu haben, wie das so ist.«

Claudia fühlte sich ertappt und beschloß, nett zu sein. Also sagte sie: »Hätte ich Ihnen beim Umzug nicht helfen können?«

»Danke, danke, aber wieso denn! Sie sehen, daß ich allein damit fertig geworden bin.«

Claudia sah das freilich, lächelte aber anerkennend.

Dies wäre nun der Augenblick gewesen, in dem er seinerseits von dem Besuch bei Florine hätte sprechen können. Aber auch er hatte offenbar Hemmungen. »Es ist sehr freundlich, daß Sie gekommen sind«, sagte er, »und wenn Sie vermuten, daß ich nicht ohne Grund um Ihren Besuch gebeten habe, so treffen Sie das Richtige. Was macht übrigens Ihre Doktorarbeit, haben Sie sich für eines der Themen entschieden, von denen wir sprachen?«

Sie schüttelte den Kopf. Daß ihr alle diese Themen zu belanglos waren, mochte sie nicht sagen, es hätte ihn gekränkt, vielleicht verstimmt.

»Nein? Das kommt davon!«

»Wovon?«

»Von der Treulosigkeit – ich will es einmal so nennen, und wenn Sie darin einen Vorwurf erblicken, so treffen Sie wiederum das Richtige. Nein, fahren Sie nur nicht auf, wir sind hier ohnehin hoch genug. Studiert man aber voll Fleiß und Bemühen lange genug Germanistik, um sich am Ende mit unerwarteter Leidenschaft auf die Entzifferung alter Handschriften zu werfen? Zugegeben, beides wächst nebeneinander. Zugegeben, daß Sie eine außergewöhnliche und ganz merkwürdige Begabung für dieses Sondergebiet haben – mir selber liegt es ganz und gar nicht –, aber was, um Himmels willen, gedenken Sie mit diesem Steckenpferd anzufangen? Wollen Sie etwa gar ins Archivwesen hinüberwechseln?«

Claudia, ziemlich betreten, erwiderte: »Es ist schon lange kein Steckenpferd mehr.«

»Eben das nenne ich treulos!« nickte Momberg, wobei er freundlich lächelte. »Und für ein Steckenpferd ist es wohl auch zu langweilig.«

»Langweilig?« fragte Claudia streitbar. »Ich finde es sogar höchst interessant. Für mich geht von alten Urkunden und Handschriften etwas so spürbar Persönliches aus –«

»– daß Sie sich, mit Feuereifer wie stets, kopfüber hineinstürzen und alles andere stehen- und liegenlassen. Wobei es denn freilich schade ist –« Er sprach nicht weiter, denn Claudias Gesicht ließ erkennen, daß sie nahe daran war, bitterböse zu werden, und darauf wollte er's nicht ankommen lassen.

Sie besann sich aber, schwieg und hob die Schultern. Wahrscheinlich würde er sie nicht verstehen, wenn sie ihm jetzt auseinanderzusetzen suchte, worin für sie der Reiz alter Pergamentblätter lag, ein Reiz, der etwas Zauberhaftes hatte, weil eine ganze Welt aus jenen vor vielen Jahrhunderten mit der Rohrfeder geschriebenen Zeilen lebendig hervortrat und sich entfaltete wie eine japanische Teeblume; dies geschah mitunter sogar dann, wenn sie die Sprache des Geschriebenen nicht verstand, denn es handelte sich dabei nicht nur um Sinn und Inhalt, der ihr oft gleichgültig war, sondern um die Atmosphäre – man konnte das nicht mit Worten ausdrücken, also war es unwissenschaftlich, also hätte Professor Momberg es schlankweg abgelehnt und sich dabei etwas über das weibliche Geschlecht gedacht, was sie nicht vertragen konnte, jetzt noch weniger als gewöhnlich.

»Tun Sie's nicht!« sagte Momberg sanft.

»Was soll ich nicht tun?«

»Sie sehen aus, als ob Sie mich fressen wollten. Der Augenblick wäre aber ungünstig gewählt. Ich habe etwas für Sie, deshalb wollte ich mit Ihnen sprechen.«

Er stand auf und holte den umfangreichen Brief mit den italienischen Marken.

»Im Sommer des vorigen Jahres«, sagte er, »habe ich eine Fußwanderung in Südtirol gemacht und bin dabei natürlich auch in die Dolomiten gekommen. Sie kennen die Gegend?«

»Nein.«

»Unterwegs, auf einer Hütte, traf ich einen Mann, mit dem ich mich so gut verstand, daß wir einen ganzen Tag lang zuammen gingen, dann trennten sich unsere Wege, denn ich bin kein Bergsteiger, er aber wollte zu den Felsen hinauf. Ich hätte seinen Namen inzwischen längst vergessen, wenn er nicht so ungewöhnlich wäre, er hieß Venediger.«

Claudia lächelte. »Ein alter Mann?«

»Durchaus nicht, meiner Schätzung nach nicht viel über dreißig. Einer von diesen hageren Klterertypen. Übrigens recht gebildet, man konnte sich ausgezeichnet mit ihm unterhalten, ich bin aber nicht dahintergekommen, welchen Beruf er hatte. Bisweilen blieb er stehen, besah sich die Gegend mit seinen hellen Augen, zog einen Fotoapparat aus dem Rucksack – nun dürfen Sie aber nicht glauben, daß er einfach knipste wie unsereins, nein, er machte das mit der merkwürdigsten Umständlichkeit, stellte sich hierhin und dorthin, legte sich auf den Bauch, einmal sogar auf den Rücken, kurz, er nahm die Sache heilig ernst. Ich würde das nicht erwähnen, wenn nicht vorgestern ein paar von seinen damaligen Aufnahmen gekommen wären, worüber ich mich ehrlich freue, denn ich hätte nicht geglaubt, daß ich je wieder etwas von ihm hören würde. Nun sehen Sie aber!«

Momberg reichte ihr die Fotos über den Tisch.

»Wunderbar!« sagte Claudia. »So schöne Aufnahmen sieht man selten. Das sind die Dolomiten?«

»Ja. Hier haben Sie gleich den Rosengarten.«

»Den Rosengarten?« fragte sie. »Dieses Felsmassiv heißt so? Hat es etwas mit König Laurins Rosengarten zu tun?«

»Ohne Zweifel«, antwortete er lächelnd. »Ich dachte mir doch, daß es Sie interessieren würde. Hier haben Sie also die Gegend, in der die Sage von Dietrich von Bern und König Laurin daheim ist. Übrigens gibt es weiter südlich ein abgelegenes Bergdorf, eine deutsche Sprachinsel im Italienischen, das noch heute Laureins heißt, ich weiß aber nicht, ob es etwas mit der Sage zu tun hat.«

Claudia betrachtete die Bilder.

»Weshalb ich Sie nun aber hergebeten habe«, sagte Momberg, »ist dies hier.«

Er legte ein beschriebenes Pergamentblatt hin.

Sogleich schob sie die Dolomitenbilder beiseite.

»Dieses Blatt«, erklärte er, »hat mir Herr Venediger nämlich zwischen den Fotos mitgeschickt. Dazu schreibt er – bitte, lesen Sie selbst.« Der Professor gab ihr den Begleitbrief und beobachtete sie während der folgenden Minuten mit stiller Aufmerksamkeit.

Dann griff sie nach dem einzelnen Blatt, dem Pergamentblatt, das Venediger beigelegt hatte.

Ein merkwürdiges Wesen: mit welchem Eifer, mit welcher Selbstvergessenheit sie sich in etwas versenken konnte, das ihr eben noch völlig fremd gewesen war.

»Das ist ja schauderhaft!« sagte sie nach einiger Zeit, ärgerlich lachend.

»Weshalb?«

»Können Sie es lesen?«

»Ich?« fragte Professor Momberg. »Nein. Diese gotischen Minuskeln, besonders wenn sie flüchtig geschrieben sind, können einen zur Verzweiflung bringen. Dazu noch die Abkürzungen, alle diese Suspensionen, Kontraktionen, Konventionen, Indistinktionen und wie das Teufelszeug in der Diplomatik heißt, mit ihren stets veränderlichen Bedeutungen – nein, das ist nicht mein Fach, es macht mich rasend. Aber Sie, große Schriftgelehrte?«

»Na!« sagte Claudia und legte das Blatt auf den Tisch zurück. »Ich kann's auch nicht, wenigstens nicht sofort. Darf ich mir aber, hochverehrter Herr Professor, einstweilen die Bemerkung erlauben, daß dies überhaupt keine gotische Minuskelschrift ist?«

»O Gott!« sagte er. »Da hab' ich mich ja schön blamiert.«

»Es steht einer kleinen Studentin nicht zu, ihrem Professor zu widersprechen«, sagte Claudia. »Aber dies hier – das sieht jeder, der sich ungehörigerweise mit Steckenpferden beschäftigt – ist die Kurialschrift der päpstlichen Kanzlei, und zwar jene ganz verzweifelte Abart, wie sie im sechzehnten Jahrhundert zunächst für päpstliche Bullen Mode wurde, daher der Name Scriptura bollatica.«

»Ich schrumpfe ein«, sagte Momberg.

»Diese sogenannte Bullenminuskel ist so schwer zu entziffern, daß man schon damals dem Original immer gleich eine leserlich geschriebene Kopie beizufügen pflegte. Erst Leo der Dreizehnte, der 1903 starb, hat diesen Unfug endgültig verboten.«

»Entsetzlich! Und Sie glauben im Ernst, daß es sich um eine Papsturkunde handelt?«

»Ganz bestimmt nicht!« erwiderte Claudia, aufreizend nachsichtig. »In diesem Fall wäre die Aufmachung viel feierlicher. Übrigens ist es nur das erste Blatt, also fehlt etwas. Lesen kann ich einstweilen nur ein einziges Wort, nämlich Bauzanum, aber was heißt das?«

»Bauzanum heißt Bozen.«

»Also lateinisch. Gab es in Bozen ein Kloster?«

»Mehrere!«

»Wenn Sie erlauben, nehme ich das Ding mit. Dazu gehört Zeit und Ruhe.« Sie packte alles zusammen, auch die Dolomitenbilder und Herrn Venedigers Brief, und sagte komisch belehrend: »Wir dürfen also vermuten, daß dieses Blatt zu einer Urkunde gehört und von einem Geistlichen eines Bozener Klosters geschrieben ist, der, nicht vor dem sechzehnten Jahrhundert, einmal in der päpstlichen Kanzlei gearbeitet hatte.«

»Wunderbar!« sagte Momberg. »Darf ich jetzt wieder aus der Tiefe meiner Zerknirschung auftauchen und zu mir kommen? Ich würde das sehr begrüßen, denn ein Überfluß an Hochachtung schadet auf die Dauer dem Gemüt, besonders bei Universitätsprofessoren.«

»Ich erlaube es«, antwortete Claudia.

»Sollten Sie in der mündlichen Prüfung einmal Schwierigkeiten haben«, sagte er, »so erinnern Sie den Professor Momberg an diese Viertelstunde. Darf ich Sie als Zeichen meiner Bußfertigkeit zum Mittagessen einladen?«

Nein, Claudia dankte. Mittags, sagte sie freimütig, sei sie gegenwärtig bei einer Familie, wo sie sich bis drei Uhr um die Kinder zu kümmern habe.

Auf dem Weg zu dieser Familie vertiefte sie sich so in die ungewöhnlich schönen Aufnahmen aus den Dolomiten, daß sie eine Haltestelle zu weit fuhr.

Wie stets mußten die Kinder, ein Bub und ein Mädel, nach dem Essen für eine Stunde ins Bett, und wie stets wollten sie vor dem Einschlafen eine Geschichte hören.

Es war nicht immer leicht, täglich eine Geschichte zu wissen, vielleicht nahm es Claudia damit auch ein wenig zu genau; ihre Erfindungsgabe war gering, und der Vorrat an Sagen und Märchen, auch wenn er gerade bei ihr so ziemlich alles Vorhandene umfaßte, ging allmählich zur Neige.

Aber ein König muß drin sein und eine Prinzessin! bat das Brüderchen.

Und Zwerge! wünschte sich das Schwesterchen.

»Von Zwergen habe ich euch doch erst neulich erzählt«, sagte Claudia. »Wie hießen sie denn?«

»Sie hießen Venediger und wußten alle Schätze in den Bergen!«

Claudia lächelte nachdenklich. Dann begann sie.

Es war einmal eine Prinzessin. Sie wohnte in einer Burg, und ringsum waren Wiesen, auf denen Kühe weideten, und Wälder und hohe Felsen. Viele Blumen blühten da, die Sonne schien warm, der Himmel strahlte wunderbar blau, nur ganz oben an der höchsten Bergspitze hing ein winziges weißes Wölkchen.

Weil nun der Tag so schön war, ging die Prinzessin durch das Burgtor hinaus, ganz allein. Eigentlich durfte sie das nicht, aber sie wollte ja nicht weit fort, sondern nur einen Strauß pflücken.

Aber sie kam und kam nicht wieder. Niemand konnte sich erklären, was da geschehen sein mochte, und so sehr man auch suchte – sie blieb verschwunden. Es war ein rechtes Unglück.

Davon hörte nun ein junger König, der hieß Dietrich von Bern und war der tapferste Ritter, den es überhaupt gab, und es ließ ihm keine Ruhe. Deshalb beschloß er, auszuziehen und die Prinzessin zu suchen.

Er machte sich auf den Weg zu einem großen blauen See. Dort stand in lauter Weingärten eine Burg, die hieß Garda, und sie gehörte Dietrichs altem Lehrer und Waffenmeister Hildebrand. Der war ein erfahrener und weiser Mann mit einem langen Bart. Ihn wollte Dietrich um Rat fragen wegen der Prinzessin.

Auch der alte Hildebrand hatte schon von dem Vorfall gehört und sich seine Gedanken darüber gemacht. Er sagte: »Ihr alle überseht das Wichtigste, nämlich das kleine weiße Wölkchen, das an der Bergspitze hing! Dieses Wölkchen kommt mir sehr verdächtig vor. Hast du noch nie von Laurin gehört, dem mächtigen König der Zwerge? Er ist kaum eine Elle hoch und reitet auf einem Pferd, das nicht größer ist als ein Reh, und er trägt eine goldene Krone mit drei Zacken, und darauf sitzen Vögel, die sind aus lauter bunten Edelsteinen und von den Zwergen so kunstreich gemacht, daß sie richtig singen können. Und er hat eine Tarnkappe – wenn er die aufsetzt, wird er unsichtbar. Ich fürchte, es war diese Tarnkappe, die man an der Bergspitze gesehen hat. Wahrscheinlich hat König Laurin die Prinzessin geraubt und hält sie bei sich verborgen, tief drinnen im Berg.«

»Da wollen wir doch gleich einmal nachsehen!« sagte Dietrich von Bern. »Aber wo?«

Der weise Hildebrand antwortete: »Laurin hat einen wunderbaren Rosengarten, und von diesem Rosengarten geht es hinab in sein unterirdisches Reich. Den Weg getrau ich mich wohl zu finden. Aber wie wollen wir in den Rosengarten hineinkommen?«

»Das kann doch nicht schwer sein«, sagte Dietrich, »mehr als ein Zaun oder eine Mauer oder ein Wassergraben wird wohl nicht drumherum sein. Da bin ich schon mit ganz anderen Dingen fertig geworden.«

»So?« fragte Hildebrand und strich sich den Bart. »Es ist aber weder ein Zaun noch eine Mauer noch ein Wassergraben, sondern nichts weiter als ein einziger spinnwebdünner Seidenfaden, der den Garten einfriedet.«

»Da muß ich nun lachen!« rief Dietrich. »Wenn's weiter nichts ist? Ein seidener Faden! Oder hat es mit diesem seidenen Faden eine besondere Bewandtnis, steckt vielleicht ein Zauber drinnen?«

»Vermutlich!« antwortete Hildebrand. »Aber das weiß ich nicht, und es macht mir Sorge.«

»Wir werden uns wohl nicht vor einem seidenen Faden fürchten!« erwiderte Dietrich.

Also machten sie sich fertig und ritten zu dritt auf das Abenteuer aus: vorn der alte Hildebrand, weil er den Weg wußte, dann Dietrich von Bern, und zuletzt sein Freund, der hieß Wittich und war beinahe ebenso stark wie der Berner.

Nach manchen Tagen kamen sie an den Fuß eines hohen Gebirges, und da sahen sie schon von weitem einen herrlichen Rosengarten, das mußte der Garten des Zwergenkönigs Laurin sein. Aber sie brauchten lange, bis sie ihn erreichten, denn nun ging es steil bergauf, und als sie endlich dort waren, erkannten sie, daß er wirklich von nichts anderem umgeben war als von einem spinnwebdünnen Seidenfaden.

Hildebrand hob die Hand und hielt sein Roß an. Dietrich tat dasselbe, und beide drängten Wittich zurück, der einfach weiter und in den Rosengarten hineinreiten wollte.

»Was für ein Unsinn!« sagte Wittich.

Aber Hildebrand sagte nachdenklich: »Ich weiß nicht!«, und auch Dietrich war es nicht ganz geheuer.

Zunächst jedenfalls stiegen sie aus dem Sattel, ruhten sich aus und bemerkten, wie die grasenden Pferde ängstlich darauf achteten, daß sie dem Seidenfaden nicht zu nahe kamen.

Der Garten aber war über alle Begriffe schön und ganz überblüht von hellroten und gelben und weißen Rosen, und den Hang hinauf zogen sich Laubengänge aus dunkelroten Rosen. In der Mitte lief ein breiter Weg, mit feinem Goldsand bestreut und von Rosenkanten eingefaßt, und ganz hinten stieg eine himmelhohe Felswand senkrecht empor.

»Und jetzt?« fragte Wittich, als sie sich genug ausgeruht hatten.

Hildebrand antwortete nicht, sondern schnallte sich den eisernen Panzer fester und setzte den Helm auf, und Dietrich von Bern tat dasselbe.

Wittich aber lachte über so viel Vorsicht wegen eines Zwergs, er sprang einfach in den Rosengarten hinein.

Der seidene Faden zerriß sofort, und Wittich zog sein Schwert und begann, in den schönen Rosen herumzutrampeln und mit dem Schwert die Stöcke abzuhauen.

Aber da geschah etwas! Auf dem breiten Weg sprengte der zierlichste Ritter herab, daß der Goldkies und die Funken stoben – das war König Laurin, nicht größer als eine Elle, und sein Pferd war nicht höher als ein Reh. Aber Zwerg und Pferd waren zum Kampf schwer gepanzert, Feuer schien aus ihren Augen zu sprühen, und schon von weitem rief König Laurin gar nicht zierlich, sondern mit riesenmäßiger Grobheit:

Ihr wüsten Bären, ihr wilden Affen,
Was habt ihr in meinem Garten zu schaffen?

und sofort griff er Wittich mit eingelegter Lanze an. Weil aber Laurin durch einen Zauber so viel Kräfte hatte wie zwölf Männer, brachte er Wittich gleich zu Fall und holte schon mit dem Schwert aus, um ihm den rechten Fuß und die linke Hand abzuhauen, denn das war die Strafe für jeden, der in den Rosengarten eindrang.

Aber da sprang Dietrich von Bern hinzu und hätte Laurin augenblicks niedergeschlagen. In seiner Not jedoch zog der Zwergenkönig die Tarnkappe aus dem Gürtel, setzte sie auf und war sofort unsichtbar. Zwar schlug Dietrich so wild um sich, daß er mit seinem Schwert einen Felsen spaltete, aber Laurin traf er nicht, weil er ihn nicht sah, und nun kam er selber in große Gefahr, denn jetzt schlug auch Laurin zu und traf ihn gewaltig.

Da rief der alte Hildebrand: »Nicht so, Dietrich, nicht so! Pack ihn und reiß ihm die Tarnkappe ab, damit du ihn siehst!«

Dietrich von Bern warf das Schwert weg und griff mit beiden Händen dorthin, woher die Schläge kamen. Es glückte ihm, den Zwerg zu erwischen und ihm die Tarnkappe abzustreifen, und sogleich wurde Laurin sichtbar.

»Nun zerreiß ihm den Gürtel!« rief Hildebrand. »Denn der gibt ihm die Kraft!«

Auch das gelang dem Helden von Bern, und damit war Laurin machtlos geworden.

Er gestand, daß er die Prinzessin geraubt hatte, und mußte zeigen, wo er sie verborgen hielt. Da führte er die drei durch den Rosengarten hinauf und tief in den Berg, wo alles von Gold und Edelsteinen glitzerte, und die Prinzessin saß auf einem goldenen Thron. Laurin hatte ihr kein Leid zugefügt, denn er begehrte sie zur Königin. Sie aber wollte nicht im Berg und bei dem Volk der Zwerge bleiben, sondern die Sonne und den blauen Himmel wiedersehen, und Laurin mußte betrübt einwilligen, daß sie Dietrich von Bern und seinen Freunden folgte, hinauf in die Menschenwelt.

Mit jenem Eifer, den der Mensch nur für Liebhabereien aufbringt, begann Claudia, sobald sie Zeit hatte, sich mit dem Pergamentblatt zu beschäftigen, das der Mann mit dem merkwürdigen Namen Venediger geschickt hatte.

Freilich tat sie das auf ihre Weise. Lange hielt sie das Blatt in der Hand, ohne zu lesen, und genoß mit den Fingerspitzen die eigentümliche, gespannte Weichheit und Glätte der beschriebenen Fläche, während sie auf der Rückseite noch deutlich die Spuren fühlte, wo dieses Stück Kalbs- oder Eselshaut einmal behaart gewesen war. So sehr überließ sie sich dieser Empfindung, daß sie die Augen schloß – und dabei, seltsam genug, verflüchtigte sich ihre Aufmerksamkeit, unvermutet glitten ihre Gedanken zurück zu der Unterhaltung im dunklen Eisenbahnwagen, die sie mit dem Spitzbärtigen gehabt und bis zu dieser Minute vergessen hatten.

Oder nicht vergessen, sondern nur verdrängt, zurückgeschoben hinter andere Dinge und die Forderungen des klaren Tages. Eine Weile bemühte sie sich, das Bild noch einmal lebendig werden zu lassen, das er ihr gezeigt hatte: Wie ein Ereignis plötzlich dasteht und über die Schwelle tritt ... sie sah eine dunkle Wand und darin eine vom grünen Mondlicht erfüllte Türöffnung, aber dieses magisch erhellte Viereck blieb leer, weder ein Mensch noch ein Gespenst erschien darin.

Was soll denn das auch heißen! dachte sie ärgerlich und machte die Augen auf. Mir scheint, es gab in letzter Zeit ein bißchen zuviel für die Nerven.

An Stelle des grünen Mondlichts erblickte sie den dunkelgrauen Regentag vor ihrem Fenster und nickte, als geschähe ihr das gerade recht. Dann stürzte sie sich in die Arbeit – allerdings gab es dafür kaum ein unpassenderes Wort als ›stürzen‹, denn sie mußte Buchstabe für Buchstabe zu entziffern suchen, von den teuflischen Abkürzungen und Verschnörkelungen nicht zu reden.

Nach einer Stunde war sie über die ersten drei Zeilen nicht hinausgekommen, Redewendungen in gutem Latein, welche die Einleitung zu einem Vertrag bildeten, über dessen Gegenstand und Inhalt noch nichts gesagt war.

Ein wenig gelangweilt und ziemlich angestrengt lehnte sie sich zurück. Es regnete. Auf dem Fensterbrett lagen die Dolomitenbilder und die Verpackung, sie wollte das wegnehmen, damit es nicht naß würde. Dabei entdeckte Claudia, daß Momberg ihren Namen, ihren Vornamen, auf das Papier geschrieben hatte – worüber sie die Stirn runzelte.

Und hier war der Brief des Mannes, der Venediger hieß. Letzthin hatte sie ihn nur überflogen, jetzt begann sie ihn genau zu lesen, ohne Neugier, aber vielleicht stand darin, woher er das Pergament hatte. Der Brief war aus Meran datiert, aus den ersten Sätzen konnte man schließen, daß Herr Venediger dort wohnte. Erinnerungen an den gemeinsamen Wandertag. Bemerkungen über die beiliegenden Bilder. »Es ist so schade, daß man niemals das fotografieren kann, was man wirklich sieht oder wenigstens zu sehen glaubt, die Phantasie tut eben doch das ihre. Hingegen habe ich ein paar Farbdias mitgebracht, die außerordentlich geglückt sind; die ungeheuren Felswände des Rosengartens glühen da im späten Abendlicht so zauberhaft schön, daß man recht wohl begreift, weshalb die Sage sich aus dem benzinduftgefüllten, heißen Talkessel in jene reinen und kalten Höhen zurückgezogen hat, die noch heute niemand betritt. Als Herr Dietrich von Bern dahergeritten kam, war die Luft gewiß auch im Tal noch besser.«

Claudia lächelte.

»Sie erinnern sich vielleicht, daß ich gelegentlich Aufnahmen mache, die sich für Werbezwecke verwenden lassen, sie werden gut bezahlt, und es gibt Zeiten, in denen ich davon lebe. Für eine solche Gelegenheit benötigte ich letzthin ein beschriebenes, echtes Pergamentblatt, das, malerisch zusammengerollt, auf einem zinnernen Leuchter zu liegen hatte. Ich habe es mir hier bei einem Mann beschafft, der solchen Kram hat, und während ich's betrachtete, kam mir der Gedanke, daß Sie ein so gelehrter Professor sind – vielleicht interessiert es Sie? Ich lege es hier bei, werfen Sie es getrost weg, wenn es nichts wert ist, ich brauche es nicht mehr, es hat seinen Zweck erfüllt – das hätte sich der alte Esel (oder wer es war) auch nicht träumen lassen, daß seine ehrenwerte Haut nach ein paar hundert Jahren für eine Papierfabrik Reklame macht. Man sieht aber: Wenn das Schicksal will, hat es sogar für einen Esel Verwendung. Oder sollte man statt Schicksal besser Weltgeschichte sagen? Das wäre glaubhafter, nach all den Eseleien, die wir erleben.«

Abermals lächelte Claudia.

Draußen hatten sich die Regenwolken so zusammengeballt, daß es vor der Zeit dämmerig geworden war. Da sie nichts mehr erkennen konnte, drehte sie die kleine Tischlampe an.

Der Lichtschein fiel auf das flach daliegende Pergament, und jetzt sah Claudia etwas, was sie bisher noch nicht bemerkt hatte.

Jener Geistliche war nicht der erste gewesen, der das Blatt beschrieben hatte. Es hatte schon früher einmal Schriftzüge getragen, aber sie waren entfernt worden, um den kostspieligen Schreibgrund ein zweites Mal verwendbar zu machen – ein allgemein übliches Verfahren, wenn man den ursprünglichen Text für wertlos hielt und die Kosten für neues Pergament sparen wollte. Schon in der Antike pflegte man das zu tun. Gewöhnlich weichte man die Haut in Milch ein und wusch die Schrift dann mit einem Schwamm ab, so gut es ging, oder man schliff sie mit Bimsstein ab. Aber natürlich blieben die Spuren der Rohrfeder, mehr oder weniger deutlich, als stumpfe Zeichen in der glatten Oberfläche.

Und weil jetzt das Licht schräg darauf fiel und die Oberfläche spiegelte, war genau zu erkennen, daß hier schon einmal Geschriebenes gestanden hatte.

Das ganze Blatt war von oben bis unten engzeilig beschrieben gewesen, das ließ sich besonders gut an solchen Stellen erkennen, die von der späteren, zweiten Schrift nicht bedeckt waren.

Claudia zog die Lampe dicht heran und beugte sich über das Pergament.

Aber sie lächelte kein drittes Mal.

3

Andreas Ling bewahrte seine Haltung, als ihm die Sekretärin mitteilte, daß sie heute schon um drei Uhr zu gehen gedenke, wegen einer dringenden persönlichen Angelegenheit. Sie hätte ja ein bißchen lügen und zum Beispiel sagen können, daß sie zum Arzt bestellt sei. Dies aber tat sie nicht, denn die Firma mußte sich darüber klar sein, was sie an ihr hatte, und deshalb mit einer solchen gelegentlichen Selbstherrlichkeit einverstanden sein, punktum.

Übrigens gehörte es, ebenso wie der Madonnenscheitel, zu Fräulein Schäfers Eigentümlichkeiten, daß sie niemals log. Philipp Ling, darauf nicht gefaßt, war anfangs ein paarmal auf diesen – wie er es nannte – schamlosen Trick hereingefallen, hatte irgendeine Äußerung für sanften Schwindel gehalten und sich dementsprechend eingerichtet, dann aber plötzlich entdecken müssen, daß sie nichts als die nackte Wahrheit gesprochen hatte. »Es ist gegen die Natur und jede Spielregel«, sagte er zu seinem Sohn, »das wirst du bei allen Philosophen bestätigt finden; das heißt, du nicht, denn du liest ja nur das Handelsblatt. Nach meiner Erfahrung kann man der Wahrheit gegenüber gar nicht vorsichtig genug sein, sie hat immer so etwas Brutales. Selbstverständlich ist sie eine Tochter des Himmels, aber gerade deshalb können wir Sterbliche sie auf die Dauer nicht ertragen.«

»Ich vermisse an deinen lichtvollen Darlegungen die Moral!« bemerkte Andreas.

»Ich auch«, sagte sein Vater bekümmert. –

Marianne ging also. Sie machte sich schön und war pünktlich auf der Gartenterrasse des Reginahotels, deren Blumenkästen nach diesen Regentagen besonders bunt leuchteten.

Claudia kam zehn Minuten zu spät zwischen den großen Sonnenschirmen und den kleinen Tischen daher, bemerkenswert hübsch, vor allem aber zierlich, und sie hatte einen Hut auf, übrigens einen sehr netten, schäferhaften, eigentlich sah sie recht gut aus.

Eigentlich sah sie gar nicht gut aus, in der Nähe betrachtet, sondern blaß und nervös, und in ihren Augen lag etwas Abwesendes, etwas wie eine Ferne, in der sie lieber gewesen wäre als hier.

»Du arbeitest zu viel«, sagte Marianne.

»Du nicht?«

»Doch. Sie schinden mich, aber sie bezahlen gut. Und wie steht es bei dir?«

»Ich schinde mich selber«, antwortete Claudia, »das ist vielleicht etwas weniger unangenehm, aber es wird auch nicht so gut bezahlt.«

Natürlich dachte Marianne an das Zimmermädchen. »Ich bin ja schon früher nie ganz klug aus dir geworden«, und nun kam sie über die gemeinsame Schulzeit auf Claudias eigenwilliges Dasein und daß sie von jeher das Unmögliche fertiggebracht hatte. Mußte man das nicht bewundern!

»Nein. Es kann nichts Unmögliches gewesen sein, sonst hätte ich's nicht fertigbringen können. Und daß jemand mit dem Möglichen fertig wird – ist das so bemerkenswert? Die Zeiten sind nun einmal so. Ich könnte ja auch bescheiden sein und meinen Weg in ausgetretenen Schuhen zurücklegen, aber das mag ich nicht, durchaus nicht, ich habe es nie gemocht.«

Abermals dachte Marianne an das Zimmermädchen. »Ein Doppelleben also. Interessant, aber mühsam.«

»Mein Leben ist nicht doppelt, sondern höchst einfach: Ich bin immer ich. Man rauft sich durch. Wenn es geht, sogar mit Anstand. Daran kann ich nun nichts Interessantes finden.«

»Aber das Studium?«

»Ich hätte mir«, sagte Claudia, »das Dasein wohl genauso einträglich machen können wie du, warum denn nicht. Aber das wäre nun einmal nicht meine Welt.«

Claudia sprach, wie immer, höflich und zurückhaltend. In ihren Worten lag aber doch eine Art Hochmut, sie hatte sich nicht geändert. Als ob nur sie eine Welt hätte! »Es ist sicher sehr spannend, einen Wechsel auf die Zukunft in der Tasche zu haben«, sagte Marianne. »Wird er aber eingelöst, und wann?«

Darauf konnte Claudia nichts erwidern, schon weil sie nicht genau wußte, was ein Wechsel war.

»Ich werde wohl nächstens nach Südtirol fahren«, bemerkte Marianne, sie brauchte ein Gegengewicht, weil dieses Schweigen auf sie drückte.

Claudia machte große Augen.

Wie kann man wegen einer so unwichtigen Bemerkung so große Augen machen? dachte die Sekretärin. »Nicht in Urlaub, sondern mit dem Chef. Weil ich Italienisch spreche und mit den Italienern gut umgehen kann. Wir haben mit den Behörden zu tun.«

»Lange?«

»Wenn es sich um Behörden handelt, dauert es immer lange, das ist in Madrid genauso wie in Brüssel.«

»Da warst du schon überall?«

»Meistens fliegen wir, es erspart viel Zeit. Du brauchst mich aber nicht so anzusehen, denn es ist nicht halb so romantisch, wie du es dir wohl vorstellst.«

»So, nach Südtirol. – Und wann?«

»Das weiß ich noch nicht genau. Du kennst es natürlich?«

»Ich kenne es natürlich nicht«, sagte Claudia. »Woher denn? Ja, von Fotos, die andere schicken.«

Marianne Schäfer hörte Kummer aus diesen Worten. Gutmütig gab sie sich alle Mühe, den vermeintlichen trüben Fleck wegzuwischen, denn leicht hatte es Claudia wirklich nicht, nein, wirklich nicht. Es gibt Leute, die die Nase nur deshalb so hoch tragen, weil ihnen das Wasser bis dahin steht.

Aber Marianne mußte mit Verwunderung feststellen, daß auch ihre taktvollen und sanften Versuche, Tröstliches zu äußern, nicht recht ankamen.

»Du denkst immer, daß es mir schlecht geht«, sagte Claudia, »aber das ist einfach falsch! Es ginge mir schlecht, wenn ich hier, auf der Reginaterrasse, nicht neben dir sitzen könnte, ohne daß sich die Leute fragten: Na, wie kommt denn die hierher! Gut angezogen zu sein, das gehört nun einmal zu meinen kleinen Leidenschaften – und zugegeben, daß ich deshalb manchmal ein bißchen hungere, aber das schadet nun wieder der Figur nichts.«

Da Marianne von Natur aus, und weil sie sich nicht gern Bewegung machte, zur Fülle neigte, hörte sie das ohne besonderes Vergnügen. Sie sagte: »Es beruhigt mich, daß sogar du deine kleinen Leidenschaften hast und daß du sie dir leisten kannst.«

»Ach Gott«, erwiderte Claudia, »große schon auch. Und die kann ich mir eigentlich nicht leisten.« Plötzlich setzte sie sich steil auf. »Oder vielmehr – warum nicht? Das möcht' ich doch wissen!« Als sie aber merkte, daß Marianne sie wegen dieses Ausbruchs ziemlich fassungslos ansah, lächelte sie und sagte noch: »Zu dumm! Manchmal wird's einem wirklich zu dumm. Ein leichtbewegtes Herz ist ein elend Gut auf der wankenden Erde. Goethe. Bitte um Entschuldigung.«

Marianne schwieg, was hätte sie weiter tun sollen. Es war ein unsichtbarer Kreis, sie stand außerhalb und konnte die Linie nicht überschreiten.

»Um aber von vernünftigeren Dingen zu reden«, fuhr Claudia fort und hatte – ein wenig zu erkennbar – den besten Willen, allgemeinverständlich zu bleiben, »um aber von vernünftigeren Dingen zu reden: Wenn es mit meinen komischen kleinen Nebenbeschäftigungen diesen Sommer so gut weitergeht wie bisher, kann ich mir vielleicht sogar einen alten Wunsch erfüllen, auf den ich schon lange spare.«

»Nämlich?«

»Einen Pelz!« antwortete Claudia mit den Augen eines sehnsüchtigen Ladenmädchens.

Ein sonderbares Frauenzimmer. Immerhin, sie hatte den Mut, die zu sein, die sie war.

Eines Morgens wandelte Professor Momberg durch die Gänge der Universität, ohne daß ihm, in dieser Ferienzeit, jemand begegnete. Vor der Tür zum germanistischen Seminar zog er seinen Schlüssel aus der Tasche, stellte aber mit einigem Erstaunen fest, daß die Tür bereits offen war.

Drinnen saß Claudia an ihrem gewohnten Arbeitsplatz hinter einem kleinen Turm von Büchern. Sie hatte sich Notizen gemacht und blickte verwundert auf, als jemand eintrat.

»Ein freundlicher Tagesanfang für mich«, sagte Momberg und begrüßte sie. »Meiner Schätzung nach haben wir uns seit zwei Wochen nicht gesehen?«

»Zwei Wochen, jawohl«, antwortete sie. »Ich muß um Entschuldigung bitten.«

»Wofür?«

»Daß ich mich so lange nicht blicken ließ.«

»Um so mehr freut es mich, Sie noch einmal zu sehen.«

»Verreisen Sie?« fragte Claudia, sichtlich betroffen.

»Nach Schweden, zu einer Tagung, nun, das kann eine ganz hübsche Urlaubsreise werden. Weshalb sehen Sie mich so an? Gibt es etwas Besonderes?«

»Sie hatten mir ein Pargamentblatt anvertraut –«

Er lachte vergnügt. »Und längst vergessen! Ich hoffe doch, daß Sie sich während dieser zwei Wochen nicht unablässig damit beschäftigt haben? Es sähe Ihnen allerdings ähnlich.«

»Ich habe!« sagte Claudia. »Und ich wollte mich heute oder morgen bei Ihnen melden.«

»Nur wegen des Pergaments?«

»Ja, nur.« Sie betonte das so, daß er stutzig wurde.

»Mir scheint also, Sie haben diese gräßliche Schrift entziffert? Auch das war zu vermuten, bei Ihrer beispiellosen Hartnäckigkeit. So etwas bringt auch nur ein weibliches Wesen fertig. Noch dazu in den Ferien!« In bester Laune setzte er sich ihr gegenüber. »Darf man fragen, was dabei herausgekommen ist?«

Aus ihrer Aktentasche zog Claudia eine Mappe, in der das Blatt sorgfältig zwischen zwei Deckeln verwahrt lag.

»Es ist«, sagte sie langsam und genoß offensichtlich jedes Wort, »ein Kaufvertrag zwischen dem Franziskanerkloster in Bozen und einem bei Meran ansässigen Grundherrn, einem Grafen Brandis. Er kauft von dem Kloster einen Weinberg bei dem Dorf Lana, soll ihn aber nicht mit Geld bezahlen, sondern statt dessen dem Kloster einundzwanzig trächtige Eselinnen liefern.«

Momberg lachte hell auf.

»Über die Lieferungstermine«, fuhr sie fort, »kann ich Ihnen zu meinem größten Bedauern nichts mitteilen, denn hier bricht der Text ab, weil das Blatt zu Ende ist.«

»Erschütternd!« sagte Momberg, noch immer lachend. »Welcher unersetzliche Verlust für die Wissenschaft! Sie werden vermutlich Himmel und Hölle in Bewegung setzen, um das fehlende Blatt ausfindig zu machen?«

»Jawohl, das werde ich!« sagte Claudia. »Dazu bin ich fest entschlossen, und wenn der ganze Pelz draufgeht.«

»Eselinnen haben keinen Pelz, sondern eine Haut.«

»Aber ich habe einen, das heißt, ich habe eben keinen, indessen wäre es schon ziemlich soweit gewesen – da laufen mir nun diese einundzwanzig trächtigen Eselinnen in den Weg!«

»Was haben Sie nicht, was läuft Ihnen in den Weg?« fragte Professor Momberg und vergaß das Lachen.

»Es ist ein sehr ernster Fall«, sagte Claudia.

Momberg schwieg ratlos.

Jetzt endlich nahm sie das Blatt aus der Mappe, bat ihn, mit ihr ans Fenster zu treten, und hielt das Pergament so, daß das Licht schräg darauffiel.

»Ein Palimpsest!« sagte sie. »Sie sehen, das Blatt war schon einmal beschrieben und die ursprüngliche Schrift ist entfernt worden.«

Der Professor räusperte sich, die Kehle wurde ihm eng. Er blickte nicht auf das Blatt, sondern in Claudias Augen. »Nun, das kommt oft vor«, sagte er. »An und für sich bedeutet es noch gar nichts. Aber aus der Feierlichkeit, mit der Sie die Sache behandeln, möchte ich schließen –« Er nahm die Brille ab und putzte sie. »Bozen ... Südtirol, Vorarlberg, ich denke da natürlich ... zum Beispiel an Schloß Ambras bei Innsbruck mit seinen kostbaren Handschriften aus der Minnesängerzeit – Herrgottnochmal, sagen Sie doch etwas, Sie wissen doch selbstverständlich schon mehr!«

Claudia deutete mit einer Kopfbewegung nach den Büchern, die auf dem Tisch lagen, dann betrachtete sie wieder das Pergamentblatt. »Ja«, sagte sie, »bisweilen ist es doch ganz gut, daß man ein Steckenpferd hat, auch wenn es ein bißchen absonderlich ist. Dies hier, Herr Professor, die Schrift, die da beseitigt worden ist, um Platz zu schaffen für die vielen Eselinnen – das waren nun wirklich gotische Minuskeln, wunderschöne, sehr frühe, meiner Schätzung nach um 1230, also aus der Zeit, in der das Nibelungenlied gedichtet wurde.«

»Ich muß mich setzen«, sagte Momberg. »Aus der Bozener Gegend stammte Walther von der Vogelweide!«

Er setzte sich wirklich, aber Claudia blieb stehen. »Einerseits«, sagte sie, mit verhaltener Leidenschaft dozierend, »scheint es sich hier weder um eine neue Nibelungenhandschrift noch um Walther von der Vogelweide zu handeln. Andererseits freilich – die Schrift ist leider zu gut beseitigt, ich kann nur ein paar Worte lesen, diese allerdings mit völliger Sicherheit. Hier, rechts unten, steht ›Laurin mit grimme‹, das ist ein Hinweis, daß es sich um die Laurinsage handelt, in der Nähe des Rosengartens nicht unbegreiflich. Ich komme nachher darauf zurück. Hier aber, links oben, ist noch etwas anderes deutlich zu erkennen, was mir schlaflose Nächte macht: erstens der Wortschluß ›terich‹, unmittelbar danach der Vers: ›Daz sind mir niuwe sachen ze wêre verre wunderlich‹.«

»Hören Sie auf!« sagte Momberg. »Das ist ja der Schluß von einer Nibelungenstrophe! Was haben Sie denn da gefunden!«

»Man muß vorsichtig sein«, antwortete Claudia, zurückhaltend, wie sie es bei ihm gelernt hatte, aber doch unendlich stolz. »Ich sitze hier schon drei Tage, schade, daß Sie mich heute erwischt haben.«

»Und was –«

»Die Laurinsage ist uns nur in späten und schlechten Fassungen überliefert. Indessen wird, wie ich inzwischen festgestellt habe, vielfach die Meinung vertreten, daß diesen späteren Fassungen ein frühes, verlorengegangenes Lied zugrunde liegt.« Sie deutete auf das Blatt. »Hier!«

»Wenn Sie mit Ihrer Datierung aus 1230 recht haben –«

»Wenn ich damit recht habe«, sagte Claudia, »wird es mich demnächst um den Verstand bringen. Anzeichen dafür sind Ihnen vorhin schon aufgefallen. Denn dies hier ist nur das Mittelstück des Liedes – das erste und das dritte Blatt fehlen, mindestens das erste und das dritte, wahrscheinlich noch mehr. Wo sind sie?«

»Schreien Sie mich doch nicht so an«, entgegnete Momberg. »Ich weiß es nicht, ich habe sie ganz bestimmt nicht.« Er stand auf, trat ans Fenster und blickte hinaus. Die Sonnenstrahlen spielten in den Zweigen der großen Ulme, eine sanfte, klösterliche Stille lag im Hof der Universität. »Es gibt doch noch Augenblicke«, sagte er, »in denen der Wert von Auto und Flugzeug ein bißchen verblaßt – wie diese Eselsschrift! Was werden Sie tun, Claudia?«

»Vor allem eins: den Mund halten. Erst müssen wir sehen, ob sich die übrigen Blätter finden lassen.«

»Gewiß. Aber ich meinte: Glauben Sie, daß man die erste, die alte Schrift erkennbar machen kann?«

»Ich hoffe es. Die einundzwanzig Eselinnen jedenfalls werden sich beseitigen lassen; hier an dieser Ecke, sehen Sie, habe ich es schon versucht, mit Milch, die Bozener Klostertinte war glücklicherweise schlecht. Gelingt das, dann fragt sich immer noch, ob auch die alte Schrift weggewaschen oder etwa mit Bimsstein abgeschliffen worden ist, das wäre freilich ein Unglück, aber auch da läßt sich vielleicht helfen.«

Momberg dachte nach und schüttelte den Kopf. »Es ist nicht zu ändern, ich muß nach Schweden.«

»Und ich«, sagte Claudia, »nun, das wird sich zeigen. Aber eins weiß ich: Wenn ich wieder einmal auf die Welt komme, werd' ich Chefsekretärin bei Ling Maschinen – die fährt nämlich nächstens nach Südtirol! Ist es nicht tragisch?«

Munter und elegant betrat Philipp Ling das gläserne Eckzimmer und fand dort zwar nicht seinen Sohn, selbstverständlich aber Fräulein Schäfer. War etwas los?

Nichts Besonderes. Nur eben vorhin hatte – sie sah auf den Notizblock – Herr Universitätsprofessor Momberg angerufen und einen der Herren zu sprechen gewünscht. Weshalb? In einer privaten Angelegenheit! berichtete Fräulein Schäfer, sichtlich leicht gekränkt, weil dieser Professor keine Lust bezeigt hatte, ihr Näheres mitzuteilen, ihr! Und hier war seine Nummer.

Philipp Ling betrachtete den Namen, schüttelte den Kopf und ließ sich verbinden. Fräulein Schäfer legte die deutlichste Gleichgültigkeit an den Tag.

»Jawohl...« sagte der Alte. »Ja, das ist richtig. Gewiß, gern, ich würde mich freuen. Oh, jederzeit. Jetzt, zum Beispiel? Wenn Sie in der Nähe wohnen – Ah, so so, das interessiert mich aber. Vielleicht könnten wir es umgekehrt machen, so daß ich Sie aufsuche? Doch! Ich würde nämlich gern sehen, welchen Eindruck wir von oben machen, ich habe da gewisse Pläne. Ja, wenn's Ihnen recht ist? Aber bitte, Sie tun mir damit ja nur einen Gefallen. Auf gleich also!«

Dann hängte er den Bambusstock über den Arm, streifte die bereitliegende Unterschriftenmappe mit einem geringschätzigen und Fräulein Schäfer mit gar keinem Blick, setzte den grauen Homburg etwas zu schief nach links hinten und ging, trali trala, unentschuldbar flott für seine Jahre und den Ernst der Zeiten.

»Immerhin bin ich doch froh«, sagte er eine Viertelstunde später zu Professor Momberg, »daß man Ihre fünfzehn Treppen nicht zu Fuß heraufklettern muß. Ein atemraubender Gedanke. – Sehr hübsch. Überraschend schön. Das nennt man Niveau! Aber nur für Schwindelfreie. Aha, da drunten sind wir ja. Hm. Jawohl. Also gut. Danke, ich habe bereits gesehen, worauf es mir ankam. Und nun stehe ich Ihnen zur Verfügung.«

Die Kaffeemaschine begann zu brodeln, und als sie leer war, redete Momberg noch immer, nur selten durch eine Frage des Besuchers unterbrochen. Aber so knapp diese gelegentlichen Fragen auch waren, er mußte sich über sie wundern. »Wenn ich nicht wüßte, daß Ihnen die Lima gehört –«, sagte er.

»Ja, peinlich«, sagte der andere.

»Bitte?«

»Ich meine nur. Jedoch, wie die Dinge liegen – irgend jemand muß schließlich auch Maschinen bauen, heutzutage. Mir wäre ein Rosengarten lieber, das können Sie mir glauben. Nun, man tut trotzdem, was man kann, und selbstverständlich fährt die Dame mit. Ausgezeichnet, daß sie mit unserer Sekretärin befreundet ist. Nein, es macht nicht die geringsten Umstände, wieso denn! Meine Frau und ich, wir werden uns freuen, sie kennenzulernen – Sie sind wohl so liebenswürdig, das zu vermitteln?«

»Sie wird sprachlos sein, wenn ich ihr das alles erzähle«, sagte Momberg und rieb sich die Nase zwischen Daumen und Zeigefinger.

Philipp Ling lächelte. Er wußte, welche Überraschungen es manchmal gibt, wenn Männer solche Dinge unter sich zurechtfädeln, ohne jene gewissen unbegreiflichen Vor- und Rücksichten zu beachten, die in der weiblichen Hälfte der Welt vorhanden sind und die dem männlichen Verstand ewig unzugänglich bleiben. Hingegen verstehen sich wiederum die Männer sehr gut, wenn sie dergleichen angerichtet haben und erkennen müssen, daß mindestens die Methode falsch war – ein Blick und ein kleiner Seufzer genügen. Und deshalb sagte der muntere Herr Ling: »Denken Sie an Dietrich von Bern und schieben Sie möglichst viel auf mich. Ich will mich zwar nicht in jeder Beziehung mit dem Gotenkönig vergleichen, was aber die Heldenmäßigkeit betrifft, so bin ich immerhin seit mehr als dreißig Jahren verheiratet. Sie sind natürlich Junggeselle?«

»Warum natürlich?« fragte Momberg.

»Oh, entschuldigen Sie das alberne Wort, es kommt nur daher, weil unsereiner sich nicht alles so genau überlegt. Hingegen Ihre Arbeit, welche erstaunliche Geduld und Gewissenhaftigkeit gehört dazu! Was Sie mir da vorhin erzählten – wie lange werden Sie brauchen, um zu einem Ergebnis zu kommen?«

»Ich werde mich überhaupt kaum damit befassen«, erwiderte der Professor. »Die Entdeckung – wenn es eine ist, was man jetzt noch nicht genau weiß – hat unser Schützling gemacht, und es ist nur richtig, ihr das Weitere zu überlassen.«

»Hm«, sagte Ling.

»Vollends im gegenwärtigen Augenblick ist alles noch so unklar und unsicher«, fügte Momberg hinzu. »Nein, auf diesen romantischen Pfaden will ich ihr meine Begleitung nicht aufdrängen.«

»Jawohl«, sagte Philipp Ling, scheinbar ganz nebenhin und um zu einem Ende zu kommen. Aber er dachte, daß es eben mit zur Wissenschaft gehöre, sich die Finger nicht zu verbrennen. Trotzdem gefiel ihm diese große Zurückhaltung nicht, nein. »Sie bleiben lange in Schweden?«

»Wohl bis zum Herbst. Ich bin dort eingeladen und habe auch in mancher Bibliothek zu arbeiten. Man muß die Gelegenheit benützen.«

»Ich werde mir inzwischen alle Mühe geben, Sie bei der jungen Dame zu vertreten – was die väterliche Fürsorge betrifft!« sagte Ling und freute sich, daß Momberg dazu etwas süßsauer lächelte.

Claudias Besuch im Hause Ling bildete das Ende einer unvorhergesehenen Kette von Gemütsbewegungen, die teils fröhlich, teils gereizt waren. Sie sah ein, daß Momberg ihr hatte helfen wollen, aber seine Eigenmächtigkeit ging ihr doch wider den Strich, und daß sie dies höflichkeitshalber nicht sagen durfte, kostete Nerven und Selbstverleugnung. Auch Madonna Schäfer kostete Nerven: Als sie von der neuen Querverbindung erfuhr, saß sie zunächst ziemlich geschnitzt da und war im Begriff, sich übergangen, wenn nicht gar hintergangen zu fühlen.

Aber Claudia sagte: »So ist es doch immer, wenn Männer sich einbilden, sie könnten Vorsehung spielen. Nun muß ich für ihn ein schlechtes Gewissen haben. Was tun wir? In solchen Sachen warst du von jeher gescheiter als ich.«

Halb ausgesöhnt, aber doch mit einem blauen Fleck am Herzen antwortete Marianne: »Nichts tun wir. Übrigens ist es eine Kleinigkeit. Schade um jedes Wort, das man darüber verliert.« Oh, sie konnte großzügig sein, es tat ihr geradezu wohl.

»Wenn alles so geht, wie der Professor sich's vorstellt, wirst du es sein, die mir ein Tor in die Zukunft aufgemacht hat!« sagte Claudia mit einem Blick voll kindlich blonder Dankbarkeit.

Daraufhin begann die Chefsekretärin zu organisieren, das konnte sie. Das erste, was sie organisierte, war, daß zu dem Geschäftsführer und Mitinhaber Andreas Ling gerade an dem Nachmittag, an dem Claudia im Hause Ling angemeldet war, ein höchst wichtiger auswärtiger Besuch kam, um endlich einen Vertrag unter Dach zu bringen, um den man sich schon seit Monaten bemühte. »So leid es mir tut«, sagte Andreas zu Fräulein Schäfer, »ich muß Sie bitten, das Opfer zu bringen und im Büro zu bleiben, sonst läuft uns der Kerl womöglich wieder ohne Abschluß davon.«

Fräulein Schäfer brachte das Opfer, von ihrer Unentbehrlichkeit wie von einem Heiligenschein umleuchtet. Sie blieb und paßte auf, daß nicht etwa Andreas davonlief, um die interessante Dame mit den Heldensagen kennenzulernen. Übrigens war Claudia seit längerem davon unterrichtet, daß er ein wenig bemerkenswerter Mann war, für den es nichts gab als Arbeit und Geldverdienen.

Woher er diese nützliche Veranlagung haben mochte, wurde ihr bei dem Besuch klar. Von seinem Vater vermutlich nicht, viel eher von seiner Mutter, die ein schmales, strenges Gesicht mit kalten, hellen Augen hatte und ihr Haar, weil sie das unentschiedene Grau nicht schätzte, schneeweiß bleichen ließ. Es stand ihr gut, sie saß immer da wie in der Kirche, und manchmal lächelte sie, blickte aber mit den kalten, hellen Augen bereits anderswohin – kurz, sie sah aus, als ob sie seinerzeit für das Aufblühen der Firma einiges mitgebracht und dies keineswegs vergessen hätte. Claudia begegnete ihr mit einer betont grenzenlosen Hochachtung, gewissermaßen machte sie bisweilen einen unsichtbaren Knicks.

Aber mit Philipp Ling war es natürlich leichter. Zunächst tat es ihm schon wohl, daß Claudia ein paar Dinge sah und bewunderte, die er im Laufe der Zeit zusammengetragen hatte, nicht viele, aber ausgesucht gute und wertvolle, eine Porzellangruppe, eine alte Plastik, ein paar französische Impressionisten.

Jawohl, auf seinen Reisen fand er manches, da lernte man unterscheiden und auswählen. »Und dann«, sagte er, »müssen Sie bedenken, daß auch ich einmal geglaubt habe, in Arkadien geboren zu sein.« Claudia wußte nicht recht, was sie sich bei dieser elegisch-koketten Wendung vorstellen sollte, sie war auch nicht allzu neugierig.

Was nun die Fahrt nach Südtirol betraf, so hatte Andreas vor einer Viertelstunde durch Fräulein Schäfer mitteilen lassen, daß er zunächst wohl daheim bleiben müsse –

Claudia machte erschrockene Augen und hoffte doch sehr, daß nicht etwa sie daran schuld sei?

Nein, wie konnte ihr so etwas einfallen! Er wurde einfach mit seinen Verhandlungen nicht fertig, ach, bei ihm war das immer so, deshalb verschob sich für ihn die Reise um eine Woche, aber nur für ihn, wohlverstanden, denn man war bei den Behörden in Bozen bereits für einen bestimmten Tag angemeldet. »Da muß eben ich wieder einmal den Kopf hinhalten«, sagte Philipp Ling, und seine Gattin verzog keine Miene. »Nun, vielleicht ist es ganz gut so, dann wird Andreas mich später ablösen und den rein formalen Teil erledigen, das kann er besser als ich.«

Claudia verabschiedete sich von Frau Ling mit einem Handkuß und bekam ein unergründliches Lächeln aus den kalten, hellen Augen mit auf den Weg.

»Woher kommt sie eigentlich?« fragte Frau Ling ihren Mann.

»Wie soll ich das wissen! Ich sehe sie heute zum erstenmal. Warum?«

»Ich meine nur. Weil sie sich so gut benimmt. Eine Dame.«

»Aber entsetzlich gescheit, wie der Professor behauptet«, antwortete Philipp. »Unbehaglich gescheit!«

Und da war wieder dieses unergründliche Lächeln.

Wenn man nur nicht so dumm wäre! dachte Claudia. Freilich lachte sie dabei, aber doch nicht ganz ohne Erbitterung. Wenn man nur nicht so dumm wäre. Seit drei Jahren hatte sie für den Pelz gespart und oft genug das Abendbrot ausfallen lassen, und oft genug war ihr der Pelz im Traum erschienen, wozu der Magen eine kleine Nachtmusik knurrte – und jetzt holte sie dieses Geld einfach von der Sparkasse und fuhr hinter ein paar Pergamentblättern her, von denen sie nicht einmal wußte, ob sie überhaupt existierten.

Aber es war ein Abenteuer, und Abenteuer waren ihre Schwäche, man konnte der Einbildungskraft so herrlich freien Lauf lassen, wunderbare Spannung kam in ein Leben, dessen karge Wirklichkeit sich in den engsten Schranken abspielte.

Jetzt mußte sie noch zu einer Bekannten und sich dort einen ordentlichen Handkoffer ausleihen, denn ihren schäbigen alten Pappkoffer mitnehmen, das wollte sie diesen feinen Leuten, die sie eingeladen hatten, doch nicht antun.

Während sie nun so mit dem geliehenen Koffer heimwanderte, über sich selbst und ihre Dummheit nachdachte und dabei doch schon die Wonne des Abenteuers vorausfühlte, andererseits aber höchst schmerzvoll an ihr nicht mehr vorhandenes Sparkassenkonto dachte und den Pelz in gewiß nie wieder erreichbare Fernen entschwinden sah – währenddessen erwuchs aus diesem Durcheinander der Selbsterkenntnisse die Entdeckung: daß sie im Grunde schon immer so gewesen war und daß der Mensch sich eben niemals ändert, auch wenn er's will.

Schon als Kind hatte sie nichts Schöneres gekannt als die Heldensagen, nicht wegen der befreiten Prinzessinnen, sondern weil die Leute da tüchtig aufeinander losdroschen und sich durch keinen noch so bösen Drachen aus der Fassung bringen ließen, und so kräftige Schlußauftritte wie »die da sterben sollten, lagen all umher; zu Stücken lag zerhauen die Königstochter hehr« hatte sie ganz in Ordnung gefunden, sogar am Sonntagnachmittag und vor Florines Meißner Porzellankännchen, das sie freilich ebenfalls ungemein liebte. Claudia schüttelte den Kopf: niemals würde ihr klarwerden, wie sich das zusammenreimte.

Tappte man aber bei seinem eigenen Ich so sehr im dunkeln, daß es oft genug wie ein nie gesehenes Gespenst vor einem stand – wie sollte man da erst mit der übrigen und noch fremderen Welt zurechtkommen?

Das ist es ja! dachte sie. Das Unbekannte, Geheimnisvolle, die rätselhaften Zusammenhänge, die sich spüren lassen! Die Spannung zwischen den Dingen, die plötzlich und stets an solchen Stellen ein Funkenfeuerwerk macht, wo man es am wenigsten vermutet! Nein, langweilig ist das Leben wahrhaftig nicht. Und immer wieder schade, daß man ein Frauenzimmer geworden ist. Die Männer haben es leichter, die lassen einfach das Visier herunter – – na, heute auch nicht mehr, ach du lieber Gott!

Und da mußte sie nun so herzlich lachen, daß die Leute sich über diese zierliche junge Dame wunderten, die ihren Koffer herumschlenkerte und bei Rotlicht über die Kreuzung lief, ohne zu bedenken, daß ein einziger unhöflicher Fahrer die ganze Urfassung der Laurinsage und was damit zusammenhing wegwischen konnte. Sie hatte Glück, diesmal kam sie noch nicht in den Polizeibericht –

Aber im letzten Augenblick, als ihr Engel sie schon bis auf Schrittweite ans rettende Ufer gelotst hatte, pfiff es doch.

Ein grüner Roller. Da stand er.

Und nun geschah vor den Augen des entsetzten Publikums etwas Unerwartetes.

Die junge Dame, die eigentlich tot sein konnte, sozusagen tot sein mußte, stieg in Sekundenschnelle auf den Soziussitz dieses Rollers, der ihr soeben nach dem Leben getrachtet hatte, den leeren Handkoffer klemmte sie zwischen sich und den Rücken des Fahrers, es ging gerade noch.

»Idiot!« sagte sie laut und deutlich, und der Roller fuhr davon.

Sie scheint ihn zu kennen, dachten die Leute.

Der Roller hielt erst vor Claudias Haustür.

Claudia stieg ab, nickte hoheitsvoll und war im Begriff, zu verschwinden.

Aber der junge Mann auf dem Roller sagte: »Halt, halt! Meine Bremsen haben dir vorhin das Leben gerettet, weißt du das?«

»Was mußt du auch gerade mit deinem Spirituskocher daherkommen, wenn ich über die Straße gehe?« fragte sie. »Das war von jeher dein einziges Talent: im verkehrten Augenblick aufzutauchen.«

»Ich war unterwegs zu dir.«

»Unnötig.«

»Ich wollte noch einmal mit dir sprechen.«

Claudia überlegte ein wenig, dann sagte sie achselzuckend: »Bitte!«

In ihrem Zimmerchen stellte sie einen hölzernen Hocker in die Ecke gleich neben der Tür. Darauf mußte er sich setzen.

»Bei mir sieht es heute etwas unordentlich aus«, sagte sie und öffnete den leeren Koffer. »Ich packe nämlich. Weil ich verreise. Nach Südtirol. Mit einem Bekannten. Im Auto.« Währenddessen begann sie schon, ihre Sachen in den Koffer zu legen.

»Wieso?« fragte er und fuhr sich mit dem Zeigefinger zwischen Hals und Kragen entlang.

»Ich kann mir nicht denken, daß dich das noch interessiert.«

»Ich hätte es auch nicht gedacht. Aber wenn man sich eine Zeitlang nicht gesehen hat, kommt einem doch manches zum Bewußtsein.«

»Dann ist es ja gut«, sagte sie. »Und es ist auch ganz gut, daß es dir nicht früher zum Bewußtsein gekommen ist. Denn einmal mußte ja Schluß sein, und zwar gründlich. Das ist *mir* inzwischen zum Bewußtsein gekommen. Ich erwähne das nur, damit es keine Mißverständnisse gibt.« Ein Puderdöschen fiel ihr aus der Hand, es war aus Metall und zerbrach nicht, aber es ging auf, eine kleine rosige Düne lag auf dem Linoleum. »Da siehst du, wie deine werte Gegenwart mich nervös macht.«

»So, nach Südtirol«, sagte er.

»Studienhalber«, sagte sie und ging, ohne ihn eines Blickes zu würdigen, in die Küche, um Schaufel und Besen zu holen.

»Für lange?« fragte er, als sie wieder hereinkam.

»Das weiß ich nicht. Vielleicht fahren wir noch weiter nach Rom oder an die Riviera. Oder nach Apulien. Je nachdem.«

»Studienhalber!« sagte er.

Sie hatte zusammengekehrt und legte Schaufel und Besen auf das Fensterbrett. »Wenn dir nichts weiter einfällt als Unverschämtheiten, dann kannst du jetzt gehen. Übrigens brauche ich den Hocker, das siehst du doch. Also!«

Er stand auf. »Liebenswürdiger bist du in der Zwischenzeit ja nicht geworden.«

»Aber gescheiter«, antwortete Claudia und hielt den Füllhalter gegen das Licht, um zu sehen, ob noch Tinte darin war.

4

Die Reise begann schon sehr vornehm: Punkt acht Uhr dreißig läutete es an der Wohnungstür, draußen stand der Fahrer, nahm die Mütze ab, bemächtigte sich des Handkoffers, trug ihn hinunter und hielt Claudia die Haustür offen.

Sie bekam ihren Platz neben ihm, Philipp Ling und die Sekretärin saßen hinten.

Kaum hatten sie die Stadt verlassen, so brachte Fräulein Schäfer eine gefüllte Aktentasche zum Vorschein. »Das ist recht«, sagte Ling, »jetzt kann ich mich einmal in aller Ruhe mit diesem Handel befassen. Mein Sohn hat wohl schon viel in Ordnung gebracht; ich muß gestehen, daß ich nicht völlig im Bilde bin. Aber Sie sind es, natürlich. Also geben Sie her, und hübsch eines nach dem andern, wenn ich bitten darf, wir haben den ganzen Tag Zeit. Was, ein Jahr korrespondiert ihr schon und seid noch nicht weiter?«

Claudia war glücklich, daß sie mit niemandem zu reden brauchte, sondern sich selbst überlassen blieb. In der Hand hielt sie die Landkarte, die ihr der freundliche Fahrer zurechtgefaltet hatte.

Der Sommer kam reif und leuchtend auf sie zu. Claudia sah es, selig in dem Gefühl, einmal an nichts denken und sich um nichts kümmern zu müssen. Was einstweilen hinter ihr blieb, war ein hartes Dasein, das alle Kräfte und oft genug eine Selbstüberwindung erforderte, die bis an die Grenze des Erträglichen ging.

So wie ihr jetzt mußte es wohl einem Menschen zumute sein, der durch ein Wunder in einen schwerelosen Raum geraten ist: man wagt kaum, sich zu bewegen, um nicht wie eine Flocke ins Unendliche geweht zu werden; sie spann das Bild aus und dachte an das Samenkorn einer Löwenzahnblüte, das an seinem winzigen Fallschirm im Sommerwind segelt. Ob sich so ein Ding wohl auch wundert?

Die Gedanken wollten einschlafen, sie begriffen nicht völlig, daß dieses gleitende, hohe, silberne Blau der Morgenhimmel, dieses warme Dunkel ein Wald und dieses besonnte Grün eine Wiese waren; wie Schmetterlingsflügel falteten sie sich zusammen, weil die Welt eine einzige Blume zu sein schien, in der man ruht. Wie beglückend, wenn es weder Vergangenheit noch Zukunft, sondern nur eine Gegenwart gibt!

Aber die Gegenwart ist so bedrängend schön, daß man aus dem Dahinträumen alsbald aufwacht. Das Nacheinander der Farben entläßt wieder gegenständliche Dinge. Auf einem grünen Hügelrücken, über dem weiße Wolken blühen, schreitet ein Ochsengespann vor dem Pflug. Zwischen den Wiesen sind schon Stoppelfelder, gelb und vereinsamt. Ein Städtchen am Fluß erinnert daran, daß man die Landkarte in der Hand hält. Aber auch dies ist immer nur Gegenwart, sie wechselt von einem Augenblick zum andern, unaufhörlich, ein buntes Bilderbuch, das sich von selbst umblättert, und zwar so geschwind, daß man den Text nicht lesen kann, sondern ihn sich denken muß, dadurch also gerät man doch wieder ins Denken, aber es bleibt immer noch schwerelos.

Mehrere Stunden waren vergangen, die Sonne stand hoch, als die Straße, sich über eine Hügelkuppe schwingend, den Blick auf eine weite, glanzerfüllte Ebene freiwerden ließ, hinter der, im Blau der Ferne, über einem Silberhauch die Alpenkette deutlich wurde. Claudia hatte dergleichen noch nie gesehen, ihr leuchteten die Berge wie die Gefilde der Seligen.

Und sie wuchsen langsam, langsam heran, sie wurden wirklicher. Um die Mittagszeit füllte die Zugspitze, ein Riesenblock, einen herrlichen Talausschnitt, nicht lange danach ragte das Karwendel hellgrau in den blauen Himmel, dann wiederum sank die Straße in steilem Bogen, angesichts des Hochgebirges, zum Inntal hinab und war in Tirol.

Als man Innsbruck verließ, meinte Philipp Ling, nun habe er das arme Fräulein Schäfer lange genug geplagt, und setzte sich ans Lenkrad, neben Claudia. Auf der Brennerstraße lagen schon manche Bergschatten, das Licht auf den grünen Hängen und an den Fichtenwipfeln begann tiefer golden zu werden.

»Ich hoffe, meine Nachbarschaft stört sie nicht allzusehr in Ihren Betrachtungen«, sagte er. »Seit heute früh sehe ich, wie sehr Sie diese Fahrt genießen, beneidenswert! – Es ist ja auch seltsam: sich zu vergegenwärtigen, was unsere Straßen schon erlebt und wen sie gesehen haben! Auf dieser hier sind wohl schon Karolinger und Hohenstaufen nach dem Süden gezogen. Und Menschen wie Goethe. Da wird man freilich klein und still. Wenn die Berge reden könnten, was hätten sie zu berichten! Aber sie schweigen. Muß man da nicht ins Grübeln kommen, welchen Sinn unser bißchen Leben hat? Das ist die alte Frage, aber niemand antwortet.«

Claudia meinte: »Die Fragen, auf die niemand antwortet, sind die schönsten. Sie begleiten unseren Weg wie ein Fluß, an dessen Ufern geheimnisvolle Blumen blühen.«

»Umgekehrt wäre der Vergleich vielleicht richtiger«, überlegte er. »Unser Weg begleitet den Fluß, denn sicher war der Fluß eher da.« Er hatte mit ihr plaudern wollen, unversehens aber gerieten sie nun beide ins Nachdenken.

Bald nachdem die Paßhöhe und die Grenze mit ihren geschäftigen Unwichtigkeiten hinter ihnen lagen, begann es dämmrig zu werden. Im Tal blinkte hier und dort schon ein Licht auf, droben an den Felsen aber glühte noch der Abendschein. »Wir werden in der Dunkelheit nach Bozen kommen«, sagte Ling, »aber wir brauchen uns keine Sorgen zu machen wegen der Unterkunft, ich habe von Innsbruck aus Zimmer bestellt.«

Claudia wurde unruhig, denn jetzt trat die Wirklichkeit wieder nahe. »Sie wohnen gewiß in einem sehr teuren Hotel?«

Er lächelte. »Glauben Sie, daß ich Sie vor der Tür stehenlasse? Solange ich Sie in meiner Obhut habe, sind Sie mein Gast, das versteht sich von selbst. Aber Sie brauchen sich weder zu bedanken noch zu rebellieren, die Rechnung wird von der Firma bezahlt. So viel zu Ihrer Beruhigung. Freilich möchte ich Sie um einen kleinen Gefallen bitten, nämlich, daß Sie mit mir zu Abend essen.«

Claudia erwiderte, daß ihr dies kein Opfer sein würde, denn ihr Hunger war beträchtlich.

»Es handelt sich nicht um dergleichen ordinäre Regungen in Ihrer sterblichen Hülle«, antwortete er, »sondern ich gehöre leider zu den Menschen, die nur höchst ungern allein bei Tisch sitzen.«

»Was tun Sie dann auf Ihren vielen Reisen?«

»Ja, da sehen Sie, wie schwierig das Leben ist«, sagte Ling.

In Bozen also war es schon dunkel. Claudia erkannte von der Stadt nur die Laternen. Aber sie bekam ein schönes Zimmer, packte ihre Siebensachen aus, blickte aus dem Fenster in die warme Nacht, in der alle Geheimnisse der Zukunft zu schweben schienen, und zog sich dann gemächlich um, denn es blieb ihr noch eine Stunde Zeit, weil Herr Ling der Sekretärin mehreres diktierte, was er sich unterwegs zurechtgelegt hatte. Wie praktisch, wenn man im Hungern geübt ist.

Endlich, nach neun Uhr, saßen sie einander bei Tisch gegenüber, Ling entschuldigte sich, daß es so spät geworden war. »Noch dazu müssen Sie sich mit meiner Gesellschaft begnügen, denn Fräulein Schäfer hat die halbe Nacht zu tun – hoffentlich geht nicht alles in Erfüllung, was sie hinter mir her wünschte. Begreifen Sie nun aber, daß ich jetzt einmal an etwas anderes denken möchte als an Maschinen?«

Vor allem, bat Claudia, möchte er jetzt ans Essen denken, wenn er verhindern wollte, daß sie sich Fräulein Schäfers frommen Wünschen anschloß. Er tat erschrocken und bestellte für sie besonders gute Dinge. Und welche Pläne hatte sie nun für morgen?

Pläne? »Professor Momberg hat Ihnen erzählt, daß ich nicht zu meinem Vergnügen in der Welt herumfahre!« erwiderte sie und versuchte, streng auszusehen, aber es glückte nicht, denn die Suppe kam und duftete.

»Nicht zum Vergnügen, ja, äußerst betrüblich«, sagte der muntere Philipp Ling, und sein gescheites Gesicht unter dem weißen Haar begann rötlich zu glänzen, weil diese Suppe viel versprach. »Sie sind nicht sehr müde? Das ist gut. Ich weiß mir nämlich nichts Besseres, als nach einem solchen Tag noch eine Stunde oder auch zwei in aller Behaglichkeit zusammenzusitzen. Dabei kann man sich geradezu wieder mit der Welt versöhnen.«

»Ich hatte nicht den Eindruck, daß Sie mit ihr zerfallen sind«, sagte Claudia vergnügt; jetzt, da der Hunger nachließ, konnte sie sich erst richtig über die elegante Umgebung freuen, und das tat sie.

»Zerfallen? Nein, warum auch. Nur eben gelegentlich neigt man zu einer Art Undankbarkeit gegen das Schicksal, so ist der Mensch. Zum Beispiel, wenn man mit Maschinen handeln und zusehen muß, wie andere auf dem Wege zu Laurins Rosengarten sind.«

Claudia schüttelte den Kopf und lachte. »Was soll ich nun dazu sagen!«

»Am besten nichts!« antwortete er. »Denn ich weiß ohnehin, was Sie denken, nämlich: Wenn ich dein Geld hätte und du meine Sorgen. Das denkt man immer, wenn man jung und ehrgeizig ist – ich weiß aber nicht, ob es immer richtig ist. Werden Sie es als sehr zudringlich empfinden, wenn ich mich nach Ihren Sorgen erkundige? Professor Momberg erwähnte da einiges –«

Claudia verstand ihn absichtlich falsch. Sie liebte es nicht, von sich selbst und ihrem Leben zu sprechen, wen ging das etwas an? Deshalb begann sie sogleich von der Angelegenheit zu reden, derentwegen sie mitgefahren war, und weil Philipp Ling mit wachsender Aufmerksamkeit zuhörte, ließ sie es nicht bei ein paar Worten bewenden, sondern benützte die Stunde, alles recht gründlich darzutun, denn dabei bekam sie selbst einen Überblick. Daß sie – bei Halbgefrorenem und Mokka – ein Kolleg über die Amelungensage las, merkte sie zunächst nicht.

Sehr wohl aber merkte sie auf seinem munteren Bonvivantgesicht große Gescheitheit und ein unerwartetes Verständnis. Das tat ihr wohl, sie fühlte, daß sie noch nie in ihrem Leben so schwungvoll gesprochen hatte – und weil sie es fühlte, geriet sie auch schon ein wenig in Verwirrung.

»Schade, schade«, sagte er, »Sie waren so schön in Fahrt. Aber so geht's, wenn wir innewerden, daß wir uns ungewöhnlich hoch in die Lüfte erhoben haben: das Ikarusgefühl!«

Claudia blickte ihn überrascht an.

»Diese Überraschung«, sagte er mit einem leisen Lächeln, in dem etwas lag, was sie bei ihm nie gesucht haben würde, »diese Überraschung, mein liebes Kind, ist zwar verständlich, aber nicht gerade sehr schmeichelhaft für mich. Nein, nein, versuchen Sie nur nicht, sich jetzt herauszulügen. Es kam Ihnen einen Augenblick lang zum Bewußtsein, daß dies alles einen alten Maschinenschlosser eigentlich nichts angeht.«

»Um Himmels willen, Sie legen es falsch aus!«

»Oh, keineswegs. Erstaunen ist immer der unmittelbarste Gefühlsausdruck, daran gibt es nichts auszulegen.«

»Was hab' ich da angerichtet!« sagte Claudia.

»Nicht das mindeste«, antwortete er mit Behagen. »Was Sie mir auseinandersetzen, und wie Sie es tun, das interessiert mich sehr, eben weil es aus einer ganz anderen Welt als der meinen kommt. Denn sehen Sie, in einer geheimen Falte meines Herzens ist ein bißchen Neid versteckt, oder wie soll ich's nennen, die Sehnsucht nach jener anderen Welt, in der es Märchen und Sagen gibt und in der noch Leute über die Erde dahinzogen, die bei ihren Unternehmungen nicht immer auf Rentabilität zu achten brauchten.«

»Vergessen Sie nur nicht«, erwiderte Claudia, beruhigt durch seine gute Laune, »daß befreite Prinzessinnen gewöhnlich ein Königreich einbringen! Und der Nibelungenhort war ja auch keine Kleinigkeit.«

Ling schenkte sein Glas voll und meinte, gerade der Nibelungenhort habe sich mit der Zeit als denkbar schlechte Kapitalsanlage erwiesen. »Was mich aber an Ihrem ganzen Vortrag wundert und, ich möchte sagen, fesselt, das liegt auf einem völlig anderen Gebiet.«

Claudia blieb stumm. Jetzt war es an ihr, aufmerksam und neugierig zu sein.

»Was mich also stutzig werden läßt«, sagte er, »ist, daß Sie die Hauptsache nicht zu sehen scheinen. Alle diese wissenschaftlichen Dinge sind ja recht gut und schön. Aber die Hauptsache ist doch: wie sich da plötzlich eine Tür auftut! Spüren Sie das nicht?«

Hatte sie das nicht vor kurzem schon einmal gehört? Widerstrebend und mit gespielter Überlegenheit antwortete sie: »Eine offene Tür ist noch nichts. Man muß auch hindurchgehen können.«

»Muß man?« fragte er. »Ich weiß nicht. Bisweilen öffnet sich die Tür nur deshalb, weil draußen etwas steht, was auf uns zukommen möchte. Das Gefühl dafür haben heute die meisten Menschen freilich verloren.«

Claudia schwieg.

»Zugegeben, es klingt ein wenig unheimlich«, sagte er. »Aber das Leben hat nun einmal etwas Gespenstisches, und wenn wir das leugnen möchten, so tun wir's nur aus Angst oder Dummheit. Dummheit kann ich bei Ihnen nicht annehmen, also ist es Angst. Wovor? Ja, da reicht leider unser Verstand nicht aus. Ein Gefühl sagt uns, daß wir nie das Eigentliche sehen, sondern immer nur die Maske, in der es aufzutreten beliebt, und das ist allerdings ein Grund zur Angst.«

»Maske?« fragte Claudia, ein Schauer lief ihr über den Rücken.

»Der Zwergenkönig Laurin ist eine ungemein liebenswürdige Maske. Sie blicken mich so an – nein, verzeihen Sie, ich muß es ablehen, für den Zwergenkönig gehalten zu werden. Ich bin nicht einmal der alte Hildebrand, der den Weg zum Rosengarten weiß. Oder – lassen Sie mich überlegen –« Offensichtlich hatte er den Wunsch, das Gespräch wieder in harmlosere Bahnen zu bringen. »Morgen früh brauche ich zwar die Sekretärin, nicht aber den Wagen. Ich mache Ihnen einen Vorschlag: Fahren Sie zur Mendel hinauf, von dort aus hat man die schönste Aussicht auf den Rosengarten, und den sollten Sie doch zuallererst kennenlernen. Zwar liegt das ganze Etschtal und noch einiges andere dazwischen – aber darüber müssen Sie hinwegsehen, denn, wie gesagt, ich bin weder Laurin noch Hildebrand.«

»Wissen Sie das bestimmt?« fragte Claudia mit Kinderaugen. »Allmählich kommt es mir doch so vor, als wäre ich hier in ein Märchen geraten.«

Es war schon recht spät, als sie in ihr Zimmer trat, und ihre Gedanken kreisten so bunt und lebhaft durcheinander, daß sie sich vor langen schlaflosen Stunden fürchtete. Im Dunkeln setzte sie sich noch ans Fenster, von dem aus sie nichts anderes sah als schwarze Baumwipfel und darüber die Sterne.

Aber kaum hatte sie ein wenig geruht, als sie so müde wurde, daß sie fast nicht wußte, wie sie nun ins Bett kam. –

Claudia fuhr auf, weil das Telefon auf dem Nachttischchen läutete. Sie blinzelte in die Morgensonne und mußte sich erst besinnen, wo sie war.

»Gut geschlafen?« fragte die Stimme Philipp Lings. »Das ist recht. Ich wollte nur sagen, daß der Wagen um halb zehn Uhr auf Sie wartet.«

Es war noch nicht acht Uhr, Claudia hatte also viel Zeit, vollends aufzuwachen, und das tat sie mit unendlichem Genuß. Noch nie, wirklich noch niemals in ihrem Leben hatte sie so vornehm aufwachen und so herrlich dabei trödeln dürfen.

Als sie fertig angezogen war, konnte sie – aus sehr begreiflichen Gründen – der Versuchung nicht widerstehen, dem Zimmermädchen zu klingeln, aber sie hatte wohl auf den falschen Knopf gedrückt, ein Kellner in weißer Jacke erschien und fragte, ob sie Kaffee oder Tee zum Frühstück wünsche. Wahrhaftig, sie frühstückte auf dem Zimmer, alles wurde serviert – ach, vielleicht träumte sie noch und würde sich in der nächsten Sekunde in ihrer kleinen Studentenbude wiederfinden?

Daß nichts dergleichen geschah, überzeugte sie von der Wirklichkeit, und als sie endlich einmal auf die Uhr blickte, war es halb zehn – kaum zu glauben. Eigentlich hatte sie ja zunächst einen Spaziergang durch diese fremde und berühmte Stadt machen wollen. Aber natürlich – wenn man anderthalb Stunden zur Morgentoilette braucht! Der Portier meldete herauf, daß der Wagen da sei.

Hm. Man hatte im teuersten Hotel übernachtet, jetzt schwebte man die Treppe hinab, weil der Wagen – mit Fahrer – wartete.

Gans! sagte Claudia zu ihrem Spiegelbild, als sie das Zimmer verließ. Das war tief empfunden. Trotzdem gefiel ihr das Leben heute besonders gut.

Durch ein neues, phantasieloses Stadtviertel führte die Straße zu grünen Weiden hinaus, bald genug aber begann sie fast unvermutet zwischen Fichten emporzusteigen, eine scharfe Kehre folgte der anderen, immer winziger blieb die Menschenwelt im Tal zurück, schließlich hielt der Wagen auf der Paßhöhe.

Der Fahrer deutete auf eins der Hotels und sagte, dort werde Herr Ling um ein Uhr das gnädige Fräulein zum Essen erwarten.

Ein wenig verblüfft sah Claudia den Wagen verschwinden. Nun, auch gut.

Und wo waren, jenseits des weiten Tales, die Dolomiten? Hinter einem Nebelschleier, einem Morgendunst, der zwar das Tal schon freigegeben hatte, aus dem besonnte Dächer heraufblitzten, der sich aber noch an den Bergen hielt. Aber – sagte die Frau im Postkartenkiosk – der Nebel werde sich bis Mittag auflösen.

Claudia hatte drei Stunden Zeit; sie ließ sich raten, den Spaziergang auf dem Rücken des Penegal bis zum Aussichtsturm zu machen, und wanderte gemächlich davon.

Der Hochwald rauschte sacht, in den Zweigen wisperten die Meisen wie daheim, trotzdem erschien alles wunderbar fremd. Eine andere Luft. Und wie gut, daß man jetzt einmal allein war und Zeit hatte, die Gedanken in Ordnung zu bringen. Das viele Neue und leider auch manches Alte war so sehr durcheinandergeraten, vor allem aber konnte sie eine leichtsinnige Ferienstimmung, die sie schon seit Jahren nicht mehr empfunden hatte, unmöglich verdrängen – und dies war so schön und befreiend, daß sie sich ihr von Herzen überließ und mit hellen Augen umherblickte.

Zur Rechten stand immer der blendende Himmel zwischen den Stämmen, bis zum Waldboden herab, denn dort brach der Berg senkrecht ab, und als sie eine halbe Stunde gegangen war, sah sie, wie sich das Gebirge jenseits des Tales mählich entschleierte. Als sie dann vollends aus dem Wald heraus und in die Nähe des Aussichtsturmes kam, stand das Märchenreich der Dolomiten im hellen Licht. Da war die graue Wand des Rosengartens, an deren Fuß es rötlich schimmerte, links daneben Laurins dreizackige Krone – und überall leuchteten Gipfel, ein unendliches Gedräng stiller Gewalten, aus dieser Ferne gesehen nicht bedrückend, sondern von einer herrlichen Erhabenheit, vor der sogar die Zeit bedeutungslos wurde – genauso hatten Dietrich von Bern und der alte Hildebrand dies erblickt, als sie vor mehr als tausend Jahren von Garda heranritten.

Aber für Claudia war die Zeit freilich nicht bedeutungslos, so sehr sie sich das auch gewünscht hätte. Zum Glück fiel's ihr ein, auf die Uhr zu schauen, und schleunig machte sie sich auf den Rückweg, um nicht allzu unpünktlich wieder auf der Mendel zu sein.

Philipp Ling saß nicht bei den vielen Menschen im Freien unter einem der bunten Sonnenschirme, sondern im Haus, in einer dämmerigen Ecke. »Entweder Essen oder Aussicht«, sagte er, »will man beides zusammen, so kommt beides zu kurz. Aber davon verstehen die Leute nichts mehr. Wie war der Vormittag? – Das ist recht. – Sich nun vollends vorzustellen, daß zu Dietrichs Zeiten außer ein paar Siedlungen drunten im Etschtal keine Menschen hier waren, sondern nur ein paar freundliche Bären und Wölfe – es muß ein Paradies gewesen sein.«

»Sie scheinen Ärger gehabt zu haben?« fragte Claudia.

»Wie stets, wenn man mit den Behörden zu tun hat. Ärger? Das wäre zuviel behauptet, nennen wir es: das Übliche. Dabei war es gestern abend so hübsch. Wirklich, einmal eine ganz andere Luft, das verdanke ich Ihnen. Aber sagen Sie, ist es wahr, daß Sie bis vor wenigen Tagen eine Arbeit als Aushilfszimmermädchen gehabt haben?«

»Das können Sie nur von Fräulein Schäfer wissen, und wie kommt die dazu –«

»Ich habe sie gefragt.«

Claudia schwieg.

»Hoffentlich fassen Sie es nicht falsch auf«, sagte Ling. »Es war keine bloße Neugier. Können Sie sich vorstellen, daß ich gestern abend noch eine ganze Stunde über Sie nachgedacht habe?«

»Schlafen wäre lohnender gewesen«, erwiderte sie.

»Abgesehen von Ihrer Gelehrsamkeit sind Sie ein sonderbares kleines Mädchen«, sagte er. »Je länger ich also über sie nachdachte – nachzudenken versuchte, denn ich weiß ja fast nichts von Ihnen –, je länger ich das tat, desto ähnlicher wurden Sie einem von jenen Wesen aus Ihren Sagen und Märchen, die den Menschen unter einer angenommenen Gestalt erscheinen, ganz anders, als sie wirklich sind. Denken Sie zum Beispiel an Undine.«

Claudia lachte, ein wenig geschmeichelt, ein wenig erbittert. »Meine einzige Ähnlichkeit mit Undine ist, daß ich gelegentlich ins Wasser gehen wollte.«

»Sie haben es aber nicht getan?«

»Natürlich nicht.«

»Daß Sie ›natürlich‹ sagen, beruhigt mich. Sie haben eine sehr harte Jugend gehabt?«

»Ich?« fragte Claudia verwundert. »Nein, wahrhaftig nicht. Wie kommen Sie darauf?«

»Nicht?« fragte er zurück, gleichermaßen verwundert. »Aber Fräulein Schäfer lügt nicht!«

»Fräulein Schäfer ist –«

»Sehr richtig, dafür sitzt sie jetzt bei fünfundzwanzig Grad im Hotel und tippt Zahlenkolonnen. Sollte sie also wirklich und endlich einmal gelogen haben, und weshalb?«

»Sie hat sich einfach geirrt«, antwortete Claudia. »Wir haben einander nie recht verstanden. Nein, ich kann mich über meine Kinderzeit wirklich nicht beklagen. Nur in den letzten Jahren war es ... ein wenig knapp. Sie sehen, daß es mir nichts ausmacht.« Weil nun aber Ling schwieg und sie recht freundlich und erwartungsvoll anblickte, mußte sie wohl noch ein paar erklärende Worte sagen. »Ich komme aus einer kleinen Beamtenfamilie; drei Kinder; meine Eltern hätten das Studium nicht bezahlen können, aber da griff eine alte Dame ein, bei der meine Mutter einmal Zofe war. Sie ist noch heute der erste Mensch, zu dem ich gehe, wenn mich etwas so bedrückt, daß ich damit nicht allein fertig werde.«

»Kommt das oft vor?« fragte er.

»Sicher nicht«, antwortete sie, schon wieder vergnügter, »aber Sie würden es verstehen, wenn Sie die Gräfin Pre kennten. Das ist eine sehr verehrungswürdige Frau.«

»Augenblick!« sagte Ling. »Ich bin viel in der Welt herumgekommen, eine Gräfin Pre kenne ich nicht, trotzdem ist mir dieser sonderbare Name keineswegs unbekannt. Hugenotten, sie hatten einmal einen Akzent auf dem E. Während des Krieges war ich vorübergehend im Stab einer Division, der Kommandeur hieß Pre. Generalmajor, ziemlich jung, er fiel gleich zu Beginn des Rußlandfeldzuges.«

»Das war ihr Sohn«, sagte Claudia. »Wie merkwürdig!«

Er hob die Schultern. »Wie vielen begegnet man in solchen Zeiten, um sie bald wieder zu vergessen. Den General von Pre freilich wird niemand vergessen. Ein ungewöhnlicher Mensch, und einer der ganz wenigen in meinem Leben, vor denen ich Respekt gehabt habe. Seine Mutter lebt also noch.«

»In einem Stift bei uns daheim. Die Familie muß einmal sehr reich gewesen sein, aber davon ist nichts geblieben. Und vielleicht gibt es nur zwei, die der alten Gräfin dankbar sind: Florine und ich.«

»Wer ist Florine?«

»Meine Mutter«, antwortete Claudia.

»So. Ja, der General Graf Pre...« sagte Philipp Ling nachdenklich und blickte an ihr vorüber, aber nicht durch das Fenster und auf den Rosengarten, sondern seine Augen gingen in eine viel weitere Ferne, wie es bei alten Soldaten immer zu geschehen pflegt, wenn die Rede auf Erinnerungen kommt: hinter einem unendlich weiten Horizont steigt Versunkenes empor.

Auf einer buckligen Steppe liegt die Abenddämmerung; eine schmale, messingblanke Mondsichel hängt über der Stelle, wo vor kurzem die Sonne untergegangen ist; im Gras und in den niedrigen Birkenkusseln hört man den leisen Wind, so still ist es. Große Einsamkeit. In einer Mulde stehen zwei oder drei Bauernhütten, aus den Schornsteinen raucht es. Der Major Ling tritt aus der Tür, er hat eine letzte Besprechung gehabt, hoffentlich klappt alles. Aber da kommt ein Motorrad, ohne Licht, durch die halbe Dunkelheit, es springt und schwänzelt über die Grasbuckel, eine Straße gibt es hier nicht. Der Fahrer meldet, daß der Herr General den Herrn Major zu sprechen wünscht, jetzt gleich. Der Major geht in die Dämmerung hinein, es sind nur zwei- oder dreihundert Schritt. Der General von Pre hat nämlich die Eigentümlichkeit, daß er, wo immer es möglich ist, kein Dach über dem Kopf und keine Wanzen in den Mauerritzen haben will, sondern sein Zelt etwas abseits aufstellen läßt, das hat dem Major schon manche Sorge gemacht.

Der Major also geht. Nicht lange, und ein Wolfshund taucht aus dem Halbdunkel, er hat den Besucher gewittert und bleibt still und freundlich, die beiden kennen einander.

Der General sitzt im Freien, vor einem Kartentisch, aber kein Licht brennt.

»Abend, Ling«, sagt er. »Alles in Ordnung?«

»Alles, Herr General.«

»Setzen Sie sich. Wie spät ist es?«

»Einundzwanzig Uhr, Herr General.«

»Das ist recht, dann muß jeden Augenblick das Essen kommen, zu dem ich Sie einladen möchte.« Er lächelt. »Wir haben heute ein Huhn überfahren, Pech, aber man konnte es doch nicht liegen lassen, hat ja keinen Zweck. Und in meinem Koffer hab' ich noch eine Flasche Sekt gefunden, Ling, aus Frankreich. Aufgehoben für eine besondere Gelegenheit. Wird freilich warm sein.« Er langt neben sich ins Gras und hebt die Flasche hoch.

»Besondere Gelegenheit, Herr General?« fragt Ling. »Doch nicht Geburtstag?«

»Geburtstag? Nein. Keinesfalls.«

Der Abend schweigt. Ein roter Streifen auf dem Horizont, der in dieser Hochsommerzeit nicht dunkel wird, gibt genug Helligkeit, und in der verdämmernden Klarheit des Himmels hängt die scharfe messingne Mondsichel. Sie essen, ohne ein Wort zu reden, und trinken Sekt aus Feldbechern. Ringsum die Einsamkeit ist grenzenlos und kaum zu ertragen. Als die Flasche leer ist, steht der General auf und will sie ins Ungewisse schleudern, besinnt sich aber, wirft sie mit einer lässigen Bewegung ins Gras und setzt sich wieder.

»Ich möchte Sie etwas fragen«, sagt er nachdenklich. »Glauben Sie, daß Sie wieder heimkommen?«

»Ich hoffe doch ...« antwortet Ling.

»Hm. – Angenommen also ... ich meine, wenn Ihr Weg Sie gerade einmal in unsere Gegend führen sollte und Sie sich an den Namen erinnern ...«

»Aber Herr General!«

»Es liegt freilich ein bißchen abseits ... viel Wald, wunderschöne Wälder ... aber die Stille dort ist anders als hier ...«

Der Major Ling wartet, er wartet lange.

Aber der General von Pre ist verstummt.

In der Morgenfrühe, zur festgesetzten Minute, begann der Angriff zu rollen. Voraus fuhr der General in einem Panzerspähwagen, er mißtraute der Lage, denn im letzten Augenblick waren noch zwei unklare Meldungen gekommen. Als die Sonne unterging, wurde er begraben. –

Philipp Ling gab sich einen kleinen Ruck, es war ein Aufwachen, seine Augen kamen aus jener dunklen Ferne wieder, fanden sich in der Gegenwart zurecht. »Entschuldigen Sie«, sagte er zu Claudia. »Es war nur ... was tun wir jetzt? Ich habe mir den Nachmittag freigehalten und freue mich sehr, mit Ihnen beisammen zu sein. Ein Vorschlag: von hier aus sind es nur zwei Stunden zum Gardasee. Wie wär's?« Der Ton war, wider seine Gewohnheit, so knapp, daß Claudia nur sagte: »Gern!«

Als sie zum Wagen gingen, zeigte sich, daß Ling den Fahrer nicht mitgenommen hatte, und während er sich ans Steuer setzte, meinte er, abends müsse er wieder in Bozen sein, weil die Behörde, mit der er zu tun hatte, für ihn ein kleines Essen gab. »Trotzdem haben wir reichlich Zeit. Natürlich können wir nicht um den ganzen, großen Gardasee herumfahren, aber wenigstens das Nordende sollen Sie doch sehen, in Torbole wollen wir Kaffee trinken, dort hat Goethe gewohnt; ob er allerdings Kaffee getrunken hat, bezweifle ich, denn ich erinnere mich, daß er der Frau von Stein in einem Brief sorgenvolle Vorwürfe macht wegen ihres übermäßigen Kaffeeverbrauchs.«

»Ich wundere mich über Sie«, sagte Claudia.

»Weshalb? Weil ich Goethes Briefe an Frau von Stein kenne? Ach, wissen Sie, ich gehöre glücklicherweise zu den Leuten, die es noch nicht verlernt haben, sich Feierstunden zu machen, freilich sind sie selten genug. Und das bringt mich nun auf mein Anliegen. Denn ich habe ein Anliegen! Erzählen Sie mir doch, was Sie sich von der nächsten Zeit erhoffen.«

Hoffen, erwiderte Claudia und wurde eifrig, sei wohl schon zuviel gesagt. Wünschen wäre besser. Während der Wagen in mancher Kurve die Südseite des Passes hinabfuhr, legte sie dar, wie sie zu Herrn Venediger gehen und mit seiner Hilfe nach den übrigen Pergamentblättern suchen wolle – die Aussicht, sie zu finden, sei nicht eben groß. Schlimmstenfalls mußte jenes einzige Blatt genügen, das ihr ein glücklicher Zufall in die Hand gespielt hatte.

»Sie sollten das nicht Zufall nennen!« sagte Ling. »Es gibt nichts, was die Welt mehr entgöttert und sinnloser macht, als dieser oberflächliche Glaube an den Zufall. Viel schöner ist es doch, darin das Eingreifen einer ordnenden Macht zu erblicken, die Ihnen endlich helfen will, nachdem es Ihnen lange genug schlecht gegangen ist.«

Claudia, ziemlich rebellisch, fragte dagegen: »Wollte denn diese ordnende Macht auch, daß es mir schlecht ging?«

»Sehr wahrscheinlich«, antwortete er gelassen. »Ich wenigstens beuge mich viel lieber einer überlegenen Weisheit, auch wenn ich sie nicht begreifen kann, als irgendeinem blöden Zufall. Erkennen Sie denn nicht, daß das Leben dadurch leichter wird? Aber die Menschen mit ihrer kümmerlichen Intelligenz wollen das nicht einsehen.«

»Früher nannte man das, glaub' ich, fromm«, sagte Claudia nachdenklicher, als sie merken lassen wollte.

»Man nennt es auch heute noch so«, erwiderte er, »und die Menschen wären glücklicher, wenn sie wieder zu diesem Standpunkt hinfinden könnten; aber sie denken, wenn sie das täten, müßten sie sich schämen. Ein albernes Geschlecht. Nun aber weiter, bitte.«

Claudia also sprach von dem Text, von dem Urtext, dem Lied von König Laurin, den sie lesbar zu machen hoffte. Dann kam die wissenschaftliche Arbeit, die philologische Kritik, sie würde den Text herausgeben –

»– und damit beweisen, daß Sie jemand sind?« fragte er lebhaft und von ihrem Eifer angesteckt.

»Es wäre meine Doktorarbeit, ausnahmsweise ein Thema, das die Mühe lohnte, und zugleich der Schritt in die Zukunft. Allerdings – Professor Momberg – vielleicht wird er selbst –«

»Lassen Sie Herrn Momberg getrost aus dem Spiel«, sagte Ling und dachte daran, daß der Professor sich die Finger nicht hatte verbrennen wollen und daß er infolgedessen auch nichts davon zu haben brauchte, wenn ein anderer die Kastanien aus dem Feuer holte. »Sie können ihn ja im Vorwort erwähnen. Ich habe mit ihm über die ganze Angelegenheit gesprochen.«

»Sie?« fragte Claudia, ungemein verwundert.

»Ja, wir hatten eine sehr interessante Unterhaltung«, antwortete er kurz und mit einer ablehnenden Handbewegung. Dann lachte er. »Ich – ich möchte auch einmal in einem solchen Vorwort erwähnt werden. Das erscheint Ihnen komisch? Stellen Sie sich vor, wenn da steht ‚Danken muß ich ferner Herrn Philipp Ling‹ – ja, aber wofür? Daß ich Sie in Torbole zum Kaffee eingeladen habe? Das ist kein Format für einen Mann, der dem alten Mäzenas nacheifert, aber eine Villa bei Rom kann ich Ihnen nicht schenken, es hätte in diesem Fall auch wenig Sinn. Was tut man also statt dessen? Zunächst fragt man seine tüchtige Sekretärin.«

Claudia wandte ihm das Gesicht zu, eine Falte stand zwischen ihren Brauen. Er lächelte und hatte unerwartet viel zu tun, um an einem Ochsenkarren vorbeizukommen.

»Wieso!« sagte sie. »Das will ich nun aber unbedingt wissen!«

»Muß es gleich sein?«

»Sofort!«

»Schade, Sie sind so nett, wenn Sie sich ärgern. Wie war also die Sache mit dem Pelz?«

»Diese Kanaille!« sagte Claudia. »Diese schwarze Madonna! Und im übrigen, Herr Ling, was geht Sie der Pelz an?«

»Nicht das geringste«, sagte er. »Fürchten Sie nur nicht, daß ich Ihnen einen Pelz verehren möchte, bei dieser Hitze, und was täte ein Pelz im Vorwort zum König Laurin? Er würde die Leute nur auf falsche Vermutungen bringen – ich meine: jene Leute, die mich nicht kennen. Und bei denen, die mich kennen, wie zum Beispiel meine Frau, würde er mir vermutlich schlecht bekommen. Aber ich habe Ihnen hier auf einen Zettel etwas aufgeschrieben, woran Sie sich bitte halten wollen, solange Sie in Südtirol bleiben müssen.«

Aus der linken Brusttasche brachte er den Zettel zum Vorschein und gab ihn Claudia. Es war ein Scheck.

»Wenn Sie nun so freundlich sein möchten«, sagte er, noch ehe sie ihre Fassung wieder hatte, »mich jetzt nicht durch Schreie, Verwünschungen und schlechtes Benehmen anderer Art zu stören – Sie sehen, wir nähern uns einer Kurve, das ist immer gefährlich. Wenn Sie sich die Sache mit der nötigen Ruhe überlegen, werden Sie einsehen, daß es keinen Grund zur Aufregung gibt.«

»Wahrhaftig!«

»Ja, wahrhaftig. Weshalb sollte ein Maschinenschlosser nicht auch einmal etwas fürs Geistige tun, wenn er es gern möchte? Wenn er in das Vorwort kommen möchte? Wenn er hundert Exemplare Ihrer Arbeit an seine Freunde verteilen möchte, überzeugt, daß diese immerhin das Vorwort lesen werden? Und wenn er sich über den Professor Momberg geärgert hat?«

»Über Momberg?« fragte Claudia, von dieser Mitteilung so betroffen, daß sie im Augenblick nicht mehr an den Scheck dachte.

»Über Momberg«, bestätigte Ling. »Der nämlich, soviel ich sehe, für seine Person nicht den Mut hat, sich an die Sache zu wagen, sondern sie zunächst lieber Ihnen zuschiebt. Dergleichen mag ich nun ganz und gar nicht. Kann man sich bei dieser wissenschaftlichen Aufgabe denn so blamieren?«

»Ich wüßte nicht, wie!« antwortete sie. »Im ungünstigsten Falle wird nichts daraus, weil die Schrift nicht mehr deutlich lesbar zu machen ist.«

»Eine Fälschung kann es nicht sein?«

Claudia schüttelte den Kopf. »Wer würde sich wohl die Mühe machen! Ja, wenn es Banknoten wären – oder ein Scheck ... Nein, es lohnte sich nicht. Außerdem würde sich's bald genug herausstellen.«

»Ausgezeichnet!« sagte Ling zufrieden. »Also machen wir beide das, Sie und ich. Und wenn das Geld nicht reicht – Postkarte genügt. Einverstanden? Sie sollen endlich einmal keine Sorgen haben, kleine Claudia, und ich – ach, gönnen Sie mir's doch, daß ich mir einmal edel vorkommen kann. Und den Pelz sollen Sie sich auch kaufen können, auf den Sie nun so lange gespart haben.«

Claudia wollte lachen, aber es glückte nicht recht. Vielleicht war ihr das Weinen näher. Sie konnte sich nicht entscheiden, deshalb kam ein recht rührendes Mittelding heraus.

Nach einer Weile sagte sie: »Wenn ich mich jetzt bedanke – rechnen Sie das auch zum schlechten Benehmen?«

»Es wäre das schlechteste, was sich vorstellen läßt!« erwiderte er. »Und nun lassen Sie das Papierchen endlich in Ihrer Handtasche verschwinden, sonst fliegt es womöglich noch davon, es paßt aber nicht in die Landschaft.«

Er wies nach vorn, dort erschien jetzt, da der Weg sich um eine Felsnase bog, fern unten ein leuchtend blauer Streifen am Fuß grauer Bergwände.

Sicher war noch niemand am Ufer des Gardasees glücklicher gewesen als Claudia, und das wollte gerade bei diesem See etwas heißen.

»Das Beste an Ihnen ist, daß Sie so glücklich sein können!« sagte Ling, als sie in Torbole unter Weinlaub und blauen Trauben saßen und in das gläserne Wasser hinunterblickten, das an der alten Mauer entlangspielte.

»Unglücklich schon auch!« erwiderte sie strahlend.

»Das ist nur die andere Seite davon«, sagte er. »Die Welt käme ja sonst aus dem Gleichgewicht.«

5

Unruhigen Herzens verließ Claudia den Zug. Sie war die kurze Strecke von Bozen herübergefahren durch das gartenhafte Tal der Etsch, das, von hohen Bergen eingefaßt, sich in den Meraner Kessel ausweitete. Wie daheim lag die Morgensonne auf der alten Stadt, hier aber war alles viel bunter, weltläufiger und erstaunlicher. Im steinigen Bett rauschte die Passer zwischen Blöcken und Büschen und sah nach Gletscher aus, dicht daneben aber, auf der breiten und glatten Kurpromenade, wuchsen Palmen, leuchteten kunstvoll gepflanzte Blütenbeete in unwahrscheinlichen Farben, im Frühduft hing ein Hauch von Obst und Wein, und von allen Seiten schauten die Berge herein, auf deren Hängen der Wein reifte, helle Kirchen und graue Burgen und zufriedene Bauernhöfe sich sonnten.

Weil man in solcher Frühe noch niemand besuchen konnte, ging Claudia die Winter- und die Sommerpromenade entlang, besah alles mit neugieriger Verwunderung, auch die Hotelfronten, die sehr freundlich nach dem Kaiser Franz Joseph ausschauten, und stellte fest, daß die Hälfte aller Einwohner Merans schwarze Zwergpudel zu sein schienen, die um diese Zeit spazierengeführt wurden.

Sie lächelte bei dem Gedanken, daß sie noch niemals in einem richtigen Kurort gewesen, daß sie jedoch seit gestern eine ungewöhnlich reiche Frau war und ohne Schüchternheit in einen der eleganten Läden hätte treten können, um einiges zu kaufen, was ihr Herz schon lange begehrte – aber dann wäre es mit dem Reichtum freilich sofort zu Ende gewesen. Besonders lange und tiefsinnig stand sie vor einem Pelzgeschäft, in dessen Auslage vieles, aber nicht das kleinste Preisschildchen zu sehen war. Und während ihre Wünsche und Träume immer blasser und besonnener wurden, fiel ihr etwas recht Beklemmendes ein: Angenommen, sie fand hier in Meran keine Spur von dem, was sie eigentlich suchte, und die Reise war vergeblich – wie ging es dann weiter, mußte sie das Geld, das man ihr großzügig zur Unterstützung der Wissenschaft gegeben hatte, am Ende wieder abliefern? In der Spiegelscheibe des Pelzgeschäfts sah sie Philipp Lings Gesicht, keineswegs geisterhaft, sondern von einem sanften Lächeln überglänzt, das diesmal aber nicht vom guten Essen und Trinken und von der Zufriedenheit mit der Welt herrührte, sondern zu sagen schien: Welcher Unsinn, mein liebes Kind!

Diese Vorstellung beruhigte sie, wenn auch nicht völlig, die Bäume wuchsen nicht in den Himmel, obwohl hier in Meran vermutlich der richtige Ort dafür gewesen wäre. Mit einem strengen Entschluß trennte sie sich von der lockenden Reihe der Schaufenster und der sonnigen, sorglosen Buntheit der Blumenanlagen und geriet, wahrhaft der Nase nachgehend, alsbald in die Mitte der Altstadt, auf den engen Obstmarkt, dessen Verkaufsstände jetzt geöffnet wurden und noch verführerischer und bunter leuchteten als die Blumenbeete draußen, die blanken Äpfel gelb, rot, grün, dazwischen die satten Farben des frischen Gemüses und darüber die großen Sonnenschirme. Kniff man nur ein wenig die Augen zu, so war dies alles zusammen, vom blauen Himmel überwölbt, eine große Palette, auf die ein Maler seine sämtlichen Tuben übermütig ausgedrückt hatte. Und wie es duftete!

Zur Seite zweigte, eine dämmerige Schlucht zwischen sehr alten Häusern, die Laubengasse ab. Sie kannte diese langen Laubengänge schon von Bozen her, hier aber gefielen sie ihr besser, weil sie noch die lebendige, jahrhundertealte Schlagader einer kleinen Stadt darstellten, mit manchen Blicken in mittelalterlich enge Höfe.

Claudia, immer sehr empfänglich für solche Dinge, vergaß die Gegenwart sogleich; was etwa aus neuerer Zeit stammte, wurde bedeutungslos, und statt eines knatternden Motorrads hätte hier ebensogut das Rasseln eines eisenbereiften, schwerverhangenen Reisewagens sein können, in dem die häßliche Herzogin Margarethe Maultasch zu ihrer Burg Tirol hinauffuhr. Da nun vollends in den alten Gewölben, in die man aus den Laubengängen blickte, des öfteren trübgelbe Lampen brannten, deren Dämmerlicht die Dinge mehr verschleierte als zeigte, und weil aus vergitterten Kellerfenstern, aus den Höfen, ja sogar aus den dunklen Steinen der Grundmauern mancher Geruch kam, wurde die Gegenwart noch unwichtiger: Wein, Käse, Zwiebeln, Salami, Leder waren durchaus zeitlose Düfte, vor einem halben Jahrtausend hatte es hier sicher schon genauso gerochen.

Ohne sich dessen recht bewußt zu werden, war Claudia vor einem der dunkelsten Läden stehengeblieben.

Es war ein Antiquitätengeschäft. Auf den Rundungen von ein paar Zinnsachen lag ein blinder Schimmer, sonst ließ sich kaum etwas erkennen. Weit hinten im Laden brannte ein Lämpchen, ungemein mißmutig, weil sich's nicht lohnte, altes Gerümpel zu beleuchten.

Claudia war im Begriff, sich abzuwenden und weiterzugehen, als noch jenseits dieses Lämpchens ganz im Hintergrund eine Tür geöffnet und eine Gestalt sichtbar wurde. Es war ein Mann, er kam langsam nach vorn, und als er durch den matten Lichtkegel des Lämpchens ging, wußte sie, daß sie ihn, und zwar in einer ähnlichen Beleuchtung, schon einmal gesehen hatte: der Spitzbärtige aus dem Eisenbahnabteil.

Nun, weshalb soll es derlei Wiederbegegnungen nicht geben, dachte Claudia. Aber so gleichgültig sie auch sein wollte, sie spürte doch, daß es ihr unangenehm kühl den Rücken hinablief.

Der Mann stand jetzt hinter der verglasten Eingangstür. Er schloß auf und verbeugte sich mit einer einladenden Handbewegung.

Claudia hatte keinen Augenblick lang die Absicht gehabt einzutreten. Trotzdem tat sie es jetzt, wenngleich recht ungern. Daß die Tür offen blieb, beruhigte sie, nach ihr kam ein Schwall frischer Luft in das Gewölbe.

»Ich hatte bereits einmal das Vergnügen«, sagte der Mann. »Mein Name ist Barelli.«

»Sie erinnern sich?« fragte Claudia.

»Das gehört zu meinem Beruf.«

»Es war damals noch dunkler als hier.«

»Darf ich vorausgehen«, sagte er und führte sie nach rückwärts, ohne sich mit einem Wort zu erkundigen, was sie etwa wünsche.

Das Gewölbe war länger und vor allem enger, als es von draußen ausgesehen hatte, an beiden Wänden standen Dinge, die Claudia im stillen Gerümpel nannte, hauptsächlich Möbel, es gab aber auch Uhren, Bilder, Bücher und eine Brunnenfigur aus Bronze, die ein Stück Samt wie den Rest eines Gewandes über der Schulter trug. Herr Barelli würdigte diese Dinge keines Blickes, sondern ging weiter bis zur Rückwand und öffnete dort die Tür, durch die er vorhin aufgetaucht war.

Claudia sah in ein Zimmer, das ihm wohl als Büro diente. An der Decke brannte eine Lampe, freilich heller als im Laden, aber ebenso schirmlos und kahl. Dazu erhielt der Raum noch ein wenig Licht durch ein in Kopfhöhe befindliches Fensterchen, mehr breit als hoch, außen durch ein Eisengitter von mittelalterlicher Dicke geschützt, das keinen anderen Ausblick erlaubte als den auf eine dicht davorstehende schmutzige Mauer. Ein Schreibtisch, der unter einem Wust verschiedenster Gegenstände fast verschwand, drei Stühle und ein allerdings eindrucksvoller moderner Panzerschrank bildeten die Einrichtung. Rechts führten zwei Stufen zu einer weiteren Tür hinauf, hinter der Claudia, ohne jegliche Neugier, Herrn Barellis Privatwohnung vermutete.

Das vergitterte Fenster und fast noch mehr der Panzerschrank ließen in ihr die bedenklichsten Erinnerungen an gewisse Zeitungsberichte so wachwerden, daß sie auf der Schwelle stehenblieb.

Herrn Barelli entging das nicht, er schien unter dem schütteren Spitzbart ein Lächeln zu verstecken – in seiner Stimme war es jedenfalls, während er sagte: »Was Sie hier sehen, war einmal das Verlies, in dem die Grafen von Tirol, die drüben im Stadtschloß hausten, unliebsamen Besuch einzuquartieren pflegten. Die Mauern sind außerordentlich dick und aus Natursteinen. Zugegeben, es ist nicht sehr freundlich hier, für mein Geschäft aber besonders geeignet, zumal auch die Tür, auf deren Schwelle Sie stehen, eisern ist.« Aus der rückwärtigen Hosentasche zog er einen Schlüsselbund hervor. »Übrigens wären Sie im Irrtum, wenn Sie glaubten, daß ich in diesem Panzerschrank etwa die Reste junger Damen aufzubewahren pflege, und da wir alte Bekannte sind, will ich Ihnen das beweisen.«

Während er umständlich die Tür des Schrankes öffnete, wurde dessen Innenbeleuchtung strahlend hell. Claudia erkannte eine Menge Schächtelchen ohne Deckel, in jeder waren Edelsteine, nach Farben zusammengeordnet, ein märchenhaftes rotes, grünes, weißes, blaues, gelbes Funkeln – als ob man in die

Berghöhle des Zwergenkönigs schaute. Barelli erlaubte ihr diesen Blick einige Sekunden, dann schloß sich die Zauberhöhle wieder.

»Ich zeige Ihnen dies, damit der Raum für Sie etwas weniger unfreundlich wird. Der Speicherkram draußen ist nur noch Attrappe und wartet durchaus nicht auf Kunden.«

»Ich werde aber weder draußen noch hier etwas kaufen«, erwiderte Claudia benommen. »Und selbstverständlich konnte ich nicht erwarten, Ihnen hier zu begegnen.«

»Hier vielleicht nicht«, sagte er. »Aber die Welt ist überraschend klein, von gewissen Standpunkten aus betrachtet. Wer hieß Sie gerade vor meinem Hause stehenbleiben, und wer hieß mich gerade in dieser Minute den Laden betreten?«

»Das Haus gehört Ihnen?« fragte sie, nur um seinen sonderbaren Reden auszuweichen, von denen sie sich auch diesmal unangenehm berührt fühlte.

»Mit allem, was dazugehört.«

»Dann«, sagte Claudia lebhaft, »können Sie mir vielleicht eine Auskunft geben. Ich suche einen Mann namens Venediger, der hier wohnen muß.«

»Hier, jawohl.«

Sie sah ihn erstaunt an.

»Bei mir, im Hinterhaus. Sie gehen durch die Toreinfahrt neben der Ladentür und über den Hof, dann im Rückgebäude die Treppe hinauf, so weit es irgend möglich ist.«

»Sie kennen ihn also gut?«

»Er zahlt seine Miete pünktlich, das ist für mich die Hauptsache. Schade, daß er kein richtiger Venediger ist«, sagte Barelli mit einem Blick auf den Panzerschrank, »ich hätte Verwendung für ihn. Denn die Venediger, müssen Sie wissen –«

»Ich bin im Bilde«, sagte Claudia.

»Wahrhaftig!«

»Und welchen Beruf hat er?«

Barelli hob die Schultern. »Er lebt.«

»Ist das ein Beruf?«

»Ich dächte doch«, antwortete er und strich den Spitzbart. »Sogar der eigentliche und ursprüngliche, wenn ich nicht irre. Heute allerdings sehr selten und im Aussterben begriffen. Die Menschen haben zuviel Nebenbeschäftigungen, durch die sie davon abgelenkt werden. Man sollte ein Apfelbaum sein oder ein Weinstock.«

Das war wieder diese Art von Weltweisheit, die Claudia mißfiel, zumal jetzt, da sie den Inhalt des Panzerschrankes kannte. Sie ließ sich nicht darauf ein, sondern bedankte sich nur für die Auskunft. Barelli begleitete sie bis zur vorderen Tür und schloß hinter ihr zu.

Draußen also ging sie noch ein wenig fröstelnd und benommen durch den Torbogen, der sich über abgeschliffenen Prellsteinen wölbte, und durch die halbdunkle Einfahrt, trat in den Hof, der so voll war von Gerüchen, daß sie schichtweis übereinander zu liegen schienen, überquerte ihn und kam zur Tür des Hinterhauses, die insofern verwunderlich war, als unmittelbar hinter der Schwelle eine alte Holztreppe ohne den kleinsten Vorplatz gerade und steil anstieg, sie war so gut wie dunkel. In den Stockwerken zweigten gebrechliche Galerien ab, die zu den Wohnungen führten, Claudia erinnerte sich aber an Barellis Weisung, so weit hinauf zu klettern wie irgend möglich, und es ging überraschend hoch hinauf.

Schließlich erreichte sie doch ein Ende. Auch hier hörte die Treppe unmittelbar vor der Türschwelle auf. In der Meinung, daß sich wenigstens hinter diesem Eingang ein Vorraum befinden möchte, klinkte sie auf und sah, daß die Meinung falsch gewesen war: Sie blickte in einen weißgetünchten Speicherraum, den man, da ein sehr großes Fenster in die Dachschräge eingebaut war, wohl als Atelier bezeichnen konnte.

An einem großen Tisch saß Herr Venediger im weißen Arbeitskittel und frühstückte.

»Bitte um Entschuldigung!« sagte Claudia.

»Weshalb?« fragte er. »Das ist ein sehr hübscher Tagesanfang!«

Claudia trat vollends ein, schloß die Tür hinter sich, nannte ihren Namen und fügte hinzu, daß sie von Professor Momberg kam, von dem sie einen Brief zu überbringen hatte.

Herr Venediger schob ihr einen Stuhl zurecht. Sie setzte sich, er las den Brief, und währenddessen hatte Claudia Zeit genug, ihn zu betrachten. Er sah aus, wie Momberg ihn beschrieben hatte: hager, nicht eben groß, braungebrannt, mit sehr hellen Augen. Die Stirn wirkte hoch, weil das Haar darüber bereits dünn wurde, bestimmt viel zu früh; von den Nasenflügeln liefen tiefe Falten zu den Mundwinkeln.

Dann blickte sie ein wenig in diesem Atelier umher, es war das eines Fotografen, also auch Laboratorium; freilich gab es hier auch große Zeichnungen, aber sie hatten mit Kunst nichts zu tun, sondern waren Gebirgsquerschnitte, geologisch und petrographisch. Die Möbel, soweit vorhanden, waren denkbar einfach, ja kümmerlich, fast sahen sie aus, als ob sie von Herrn Barelli stammten. Besonders nachdenklich betrachtete Claudia ein Ding, das man wohl als Liegestatt bezeichnen mußte, eine Matratze, über deren höchst romantische Buckel eine reichlich schmutzige, ehemals wahrscheinlich gelbe Leinendecke gebreitet war. Schon die Vorstellung, daß jemand auf dieser Berglandschaft schlafen sollte, verursachte Knochenschmerzen, aber eine mehr malerisch als ordnungsliebend zurückgeschlagene Wolldecke bewies, daß dies vor nicht allzu langer Zeit der Fall gewesen war. In den Winkeln sehen wir lieber nicht nach! dachte Claudia. Indessen juckte sie's in allen Fingern, wenigstens den Aschenbecher in das eiserne Öfchen auszuleeren, aber sie beherrschte sich, besonders da sie vermutete, daß dieses Öfchen bereits bis oben voll war.

»Das scheinen ja aufregende Dinge zu sein!« sagte Venediger, legte Mombergs Brief beiseite und betrachtete Claudia mit dem wohlwollenden Interesse eines Insektensammlers. »Darüber müssen wir uns ausführlich unterhalten, soviel steht fest!«

»Wenn Sie Zeit haben?« fragte Claudia.

»Zeit hab' ich immer«, antwortete er, stand auf und blickte suchend umher, »es ist das einzige, was ich immer habe. Darf ich Ihnen eine Tasse Kaffee anbieten? Allerdings wird der Henkel fehlen.«

»Das würde mich weniger stören ...«, sagte Claudia. Sie nahm ihm das Wertstück aus der Hand und ging zum Wasserhahn. »Mein Gott, und dieser Ausguß!«

»Es kommt von den Chemikalien«, sagte er.

»So, nennt man das hier Chemikalien. Bei uns daheim heißt es Dreck. Schämen Sie sich denn gar nicht?«

»Nur wenn Besuch da ist.«

»Hier wird wohl niemals Ordnung gemacht?«

»Doch, aber dann finde ich nichts mehr, und darin kann ich eigentlich nicht den Sinn der Ordnung erblicken.«

»Immerhin, Ihr Kaffee ist gut«, sagte Claudia.

»Das beruhigt mich. Sind Sie schon lange in Meran?«

»Seit heute früh. Ich wohne in Bozen. Im Hotel.«

»Dann haben Sie also sehr viel Geld.«

»Gar nicht, ich bin eingeladen. Es gibt noch Mäzene.«

»Ja, komisch«, sagte Herr Venediger. »Und zwar immer dort, wo ich nicht bin. Aber nun weihen Sie mich bitte in Ihre Angelegenheit ein, vergessen Sie aber nicht, daß Sie es mit einem völligen Laien zu tun haben.«

Zwei Stunden später war Claudia am Ende ihrer kurzen Bemerkungen, die er nur selten durch eine Frage unterbrochen hatte.

»Hm!« sagte er. »So gelehrt sind Sie also. Eigentlich sollten Sie grundhäßlich sein und eine dicke Brille tragen. Weil Sie aber hübsch sind und keine Brille tragen, stimmt hier etwas nicht, und das beunruhigt mich. Es müßte sich aber herausfinden lassen.«

»Ist das alles, was Sie zu sagen haben?«

»Ja, denn alles übrige haben Sie gesagt, und zwar ganz ausgezeichnet.«

»Und Sie begreifen, worum es sich handelt?«

»Mühelos, dank Ihren lichtvollen Darlegungen«, antwortete er. »Es handelt sich darum, daß Sie ein glänzendes und außerordentliches Thema für Ihre Doktorarbeit und damit den Startblock für das Hürdenrennen um einen wissenschaftlichen Ruf gefunden haben.«

Claudia wurde brennrot. »Davon hab' ich kein Wort gesagt!«

»Nein. Aber ich bin Geologe, das erzieht den Blick für verschwiegene Tiefen. Daß ich mich nebenbei ein bißchen aufs Fotografieren verstehe, kommt Ihnen höchst gelegen, auch wenn Sie lieblos über meinen Ausguß sprechen. Vor allen Dingen aber möchten Sie die fehlenden Blätter, nicht wahr.«

»Jawohl«, sagte sie ziemlich kleinlaut in der Erkenntnis, daß sie diesen Venediger offenbar unterschätzt hatte. »Das wäre freilich wunderbar, obwohl es vielleicht und zur Not – auf dem einen Blatt, das ich habe, müßte genug stehen – vorausgesetzt, daß es gelingt, die erste Schrift lesbar zu machen.«

»Wo ist es?«

»Ich habe es in Bozen gelassen. Etwas so Kostbares trägt man nicht spazieren.«

»Hoffentlich haben Sie nicht schon daran herumexperimentiert?«

»Nein – das heißt –«

»Das heißt?«

»Nur an einer Ecke... und nur mit einem Tropfen Milch, ich mußte doch wissen, ob die Tinte abgeht.«

»Geht sie?«

»Leicht.«

»Das ist gut«, sagte er. »Sie dürfen aber nicht solches Herzklopfen haben, es könnte anstecken.«

»Ich habe kein Herzklopfen«, erwiderte Claudia erbost, »ich ärgere mich nur, weil Sie bereits einen überlegenen Ton anschlagen. Gibt es denn etwas Arroganteres als die Männer?«

»Erlauben Sie!« sagte Herr Venediger, milde lächelnd, streckte die Hand aus und nahm ihr mit spitzen Fingern etwas von der Schulter. »Das hat mich nämlich schon gestört, als Sie zur Tür hereinkamen. Ich bin so ordnungsliebend.«

Es war ein heller Seidenfaden.

»Wie kommt denn der dahin?« fragte Claudia, sie saß ganz steil da.

Er zuckte die Achseln. »Ich weiß ja nicht, wo Sie vorher waren.«

»Ein seidener Faden...« sagte Claudia. »Bin ich vielleicht unversehens im Reich des Zwergenkönigs Laurin gewesen? Allerdings hatte ich mir den Rosengarten anders vorgestellt... und den König Laurin auch. Obwohl...« Sie verstummte.

»Wenn Sie sich etwas weniger rätselhaft ausdrücken möchten? Ich verstehe gar nichts.«

»Ich auch nicht«, sagte sie. »Aber ich glaube allmählich, daß es bei euch spukt. Nein, natürlich nicht bei euch. Sondern bei mir, in meinem Kopf, und zwar schon ziemlich lange. Ich kann Ihnen sogar den Tag sagen, an dem es anfing, oder vielmehr die Nacht. Da saß er in einem Eisenbahnabteil.«

»Wer?«

»Dieser Herr Barelli.«

Venediger lachte. »Dann kann ich Sie beruhigen. Barelli spukt nicht, er tut nur so. Sie waren bei ihm? Und was hat er Ihnen aufgehängt, außer diesem Seidenfaden?«

»Nichts, soviel ich weiß.«

»Es ist kein Wunder, daß er auf die meisten Leute einen reichlich verschrobenen Eindruck macht«, sagte Venediger, »aber das paßt zu diesem Haus.« Plötzlich wurde er aufmerksam und unruhig. »Hoffentlich haben Sie ihm nicht erzählt, weshalb Sie hier sind?«

»Nein. Warum?«

»Das Pergamentblatt stammt aus Barellis Laden.«

Sie fuhr auf, schlug die Hände zusammen. »Wunderbar! Und da ich ihn nun kenne –«

»Halt, halt!« sagte Venediger. »So einfach ist das nicht. Sie wissen ja, wozu ich das Blatt brauchte: zum Fotografieren. Ich kramte bei ihm herum, er gab es mir, wahrscheinlich hat er's als ein wertloses Geschenk angesehen, mir jedenfalls wäre niemals der Gedanke gekommen, es wieder bei ihm abzuliefern, und ich bin überzeugt, daß er das auch gar nicht erwartet, sondern die ganze Angelegenheit längst vergessen hat, ebenso wie ich sie vergessen hatte. Aber weshalb soll nicht auch ich einmal Glück haben!«

»Ob es ein Glück war, muß sich erst noch zeigen«, sagte Claudia.

»Ich meinte die Bekanntschaft mit Ihnen.«

»Wie wär's, wenn wir weiterhin bei der Sache blieben?«

»Verzeihen Sie«, erwiderte er, »ich gehöre nicht zu den Fakiren der Sachlichkeit. Darf ich bemerken, daß ich Ihnen bereits zwei Stunden mit der größten Sachlichkeit zugehört und infolgedessen einen gesunden Hunger habe? Es wird Zeit zum Mittagessen!«

Claudia schaute verblüfft auf die Uhr und stand auf. »Nur noch eine Frage!« sagte sie. »Können Sie sich erinnern, ob er noch mehr solcher Blätter hatte?«

»Ich glaube wohl. Er nahm sie aus einer Kommode oder aus einem Schrank, ich weiß nicht mehr. Aber wenn wir jetzt danach fragen, wird er stutzig werden und seinen Preis verlangen oder sie zunächst überhaupt nicht hergeben.«

»Aus dem Panzerschrank?«

»Den kennen Sie also auch schon?« fragte Venediger lachend. »Nein, aus dem gewiß nicht, das ist eine Tragikomödie, die zu Barelli paßt: Er hat ihn mit anderen alten Sachen gekauft und kriegt ihn nicht auf!«

»Den Panzerschrank?«

»Ja. Er hat weder die Kennzahl noch die Schlüssel.«

»Wissen Sie das von ihm selber?«

Venediger nickte.

»Dann wollen wir jetzt also zum Essen gehen«, sagte Claudia.

Bei ihrer Rückkehr nach Bozen fand Claudia einen Zettel von Philipp Ling vor; er hoffte, mit ihr und Marianne eine Flasche Wein trinken zu können. Glücklicherweise hatte dieser sonderbare Nachtvogel dazu eine recht späte Stunde bestimmt, Claudia brauchte sich nicht zu beeilen.

Aus gutem Grund verwandte sie diesmal noch mehr Sorgfalt als sonst darauf, sich hübsch zu machen. Als sie aber das Restaurant betrat und Ling und Marianne erblickte, wurde ihr sofort klar, daß die Chefsekretärin offenbar denselben Gedanken gehabt hatte, und es ließ sich nicht leugnen, daß sie blendend aussah. Der schwarzglänzende Madonnenscheitel, das stille Gesicht mit seinen regelmäßigen Zügen, die dunklen Augen, die schöne Nackenlinie taten ihre Wirkung. Sie sollte aber nicht soviel Spaghetti essen! dachte Claudia und schwebte blond und leicht auf die beiden zu.

»Man erkennt, daß ich Sie einen Tag lang nicht unter meiner Obhut gehabt habe!« sagte Ling. »Sie machen einen geradezu elenden Eindruck!«

Claudia erwiderte mit schönem Augenaufschlag, damit könne er ausnahmsweise recht haben. Der Tag sei für sie ungemein anstrengend gewesen, der Hauptgrund für ihr beklagenswert schlechtes Aussehen sei aber der Abschiedsschmerz.

Welcher Abschiedsschmerz?

Da berichtete sie von ihrem Besuch in Meran und daß sie morgen dorthin übersiedeln müsse und werde.

»Unsinn!« sagte Ling.

Erstens war es kein Unsinn, und zweitens hatte sie für die nächsten Tage bereits ein Zimmer gemietet. Das war notwendig, sie konnte nicht immer nach Bozen zurückfahren, denn sie würde auch nachts arbeiten müssen.

Die Chefsekretärin legte den Kopf ein wenig schief.

Nachts, jawohl. Es handelte sich um fotografische Aufnahmen in einem Atelier, dessen großes Schrägfenster sich unter keinen Umständen genügend gegen das helle Tageslicht verdunkeln ließ, davon hatte sie sich überzeugt. Also blieb nichts weiter übrig, als die Nacht auszunützen.

»Es geht aber nicht«, sagte Philipp Ling.

»Was geht nicht?«

»Daß Sie nach Meran ziehen«, antwortete er. »Jetzt kann ich mir endlich erklären, weshalb heute ein schwarzer Tag für mich war, es kommt ohne Zweifel von Ihrer Abwesenheit!«

»War ein schwarzer Tag?«

Er sah die Sekretärin an, sie nickte. »Nichts ging so, wie wir gehofft hatten.«

»Wie freundlich, daß Sie es mir in die Schuhe schieben!«

»Ich schiebe es Ihnen nicht in die Schuhe«, antwortete er, »aber Sie sind ein Katalysator.«

»Bestimmt nicht, denn ich weiß nicht einmal, was das ist.«

Er rieb sich nachdenklich das Kinn. »Es gibt Stoffe, die durchaus nichts miteinander zu tun haben wollen«, sagte er. »Sie stehen sich vollkommen gleichgültig gegenüber. Bringt man aber einen dritten dazu, so entbrennen die beiden ersten plötzlich in heißer Liebe zueinander, ohne daß an dem neu hinzugebrachten dritten die geringste Veränderung geschieht.« Philipp Ling nahm ein Stückchen Zucker aus der Schale und hielt ein brennendes Streichholz darunter. »Sie sehen, der Zucker brennt nicht, er schmilzt höchstens. Er hat keinerlei Interesse an dem Sauerstoff, der in der Luft ist. In dem Augenblick aber, wo ich ihn mit einer Spur Zigarettenasche betupfe« – er tat es – »brennt der Zucker lichterloh und so lange, bis er sich völlig verzehrt hat. Die Zigarettenasche verändert sich dabei nicht, sie ist also lediglich der Katalysator, ein Ding, das einen Vorgang zwar auslöst, selbst aber unbeteiligt bleibt.«

»Wie merkwürdig!« sagte Claudia. »Wissen Sie, daß Sie sich mit diesem Gleichnis auf den Spuren Goethes befinden, dessen Wahlverwandtschaften einen ähnlichen chemischen Vorgang zum Thema haben?«

«Das hätt' ich mir heute früh auch nicht träumen lassen, daß ich am Abend in einem Atem mit Goethe genannt werden würde«, erwiderte Ling. »Danke! Aber das ist es ja: kaum sind Sie wieder hier, so macht der Tag ein freundlicheres Gesicht.«

»Trotzdem werden Sie sich nach einem anderen Katalysator umschauen müssen«, sagte Claudia. »Und gar so schwarz wird der Tag wohl auch nicht gewesen sein.«

»Rabenschwarz!« sagte Ling. »Fräulein Schäfer kann es bezeugen. Die Italiener fingen unversehens an, kleinlich zu werden, und das kann ich nicht ausstehen, besonders wenn es auf meine Kosten gehen soll. Wenn sie aber glauben, daß ich mir das recht lange gefallen lasse, sind sie im Irrtum. Liebes Fräulein Schäfer, wer hat Ihnen gestattet, zu lächeln?«

»Ich«, antwortete sie sanft. »Sie sind zu temperamentvoll für diese Südländer.«

»Nicht jeder kann Ihre Engelsgeduld haben!«

»Mit dieser Feststellung kritisieren Sie meinen Chef.«

»Ein schwarzer Tag, sogar die Madonnen werden boshaft«, sagte Ling und gab Claudia sein kleines Notizbuch. »Schreiben Sie mir wenigstens Ihre Meraner Adresse auf, damit ich weiß, wohin ich mich flüchten kann, wenn es mir gar zu schlecht geht. Bleiben Sie lange drüben? Ich werde Sie besuchen, sobald ich Zeit habe.«

Ein Hotelpage trat heran und überreichte ihm ein Telegramm.

Ling las es und blickte seine Sekretärin kummervoll an. »Das geschieht Ihnen recht. Morgen müssen wir nach Rom, man erwartet uns im Ministerium. Bei der Hitze!«

Marianne machte ihre Rehaugen.

»Mein Gott!« sagte Claudia, als sie das obere Ende der steilen Himmelsleiter in der Meraner Laubengasse erreicht hatte und auf der Schwelle des Ateliers stand. »Ist denn so etwas möglich! Hier sieht es ja fast aus, als hätte jemand aufgeräumt!«

Noch viel mehr war geschehen, Papierkorb und Aschenbecher waren leer, es roch nach Kernseife, und sogar das Porzellan stand sauber gespült auf einem Wandbrett. »Seit ein paar Wochen«, sagte sie, »erlebe ich eine Kette von Wundern, aber dieses hier hätte ich denn doch nicht erwartet.«

»Es war schon seit langem geplant«, antwortete er. »Wie es aber bei weltgeschichtlichen Ereignissen oft der Fall ist: sie brauchen einen Anlaß, um plötzlich in Erscheinung zu treten.«

Der Katalysator! dachte Claudia, stellte die Milch auf den Tisch, die sie in einer Flasche mitgebracht hatte, und sagte: »Über den erschütternden Eindruck dieser neuen Ordnung werden wir am besten durch Arbeit hinwegkommen.« Aus der Aktentasche zog sie das sorgfältig zwischen zwei Pappdeckeln verwahrte Pergament.

Venediger, die Hände auf den Tisch gestützt, betrachtete es neugierig und machte seine Bemerkungen über die völlig unleserliche Barockschrift. War es nicht schade, die einundzwanzig trächtigen Eselinnen endgültig aus der Welt zu schaffen?

Claudia antwortete nicht. Unter dem fotografischen Zubehör suchte sie die größte Entwicklerschale, spülte sie sorgfältig aus, brachte einige Schwämmchen zutage, die sie vorhin gekauft hatte. Inzwischen aber fotografierte Venediger das Blatt noch einmal in seinem Eselinnen-Zustand, vorsichtshalber.

Dann gingen sie mit aller Behutsamkeit ans Werk. Es zeigte sich alsbald, daß die Eselinnen gutwillig verschwinden würden, zunächst jedoch gründlich eingeweicht werden wollten; mindestens bis zum Mittag würde das Pergament in dem Milchbad liegenbleiben müssen, damit man so wenig wie möglich reiben mußte. Bis dahin war hier nichts mehr zu tun. Venediger schlug vor, in der Zwischenzeit Herrn Barelli zu besuchen und ihn so zurückhaltend wie möglich nach den fehlenden Blättern zu fragen.

Als die Glocke über der Ladentür blechern bellte, kam der Antiquar aus dem rückwärtigen Zimmer, diesmal trug er einen fleckigen schwarzen Arbeitsmantel, der seine Erscheinung noch sonderbarer machte. Er begrüßte die beiden mit einer zu tiefen Verbeugung und einem zerfahrenen, undurchsichtigen Lächeln.

»Ich bringe Ihnen etwas«, sagte Venediger und hob eine Papierrolle, die er in der Hand trug. »Heute sollen Sie einmal sehen, daß Sie mir mit Ihren Schätzen gelegentlich nicht umsonst aushelfen.«

»Schätzen?« fragte Barelli. »Nicht daß ich wüßte.«

Venediger rollte das Papier auseinander. Es war eine Vergößerung, eines von jenen Lichtbildern, die er mit außerordentlichem Geschmack und unübertrefflichem Können für Werbezwecke zu machen pflegte. Das Bild zeigte eine Art Stilleben. Neben einem zinnernen Leuchter, der eine brennende Wachskerze trug, lag eine Rose bei einem alten Tintenfaß, in dem eine Gänsefeder stak, als Hintergrund diente das lässig hingeordnete Pergamentblatt mit dem Eselinnentext, dessen deutlich erkennbare Schrift in dieser Umgebung überaus geheimnisvoll und anziehend wirkte.

»Schön!« sagte Claudia. »Weshalb haben Sie mir das nicht schon droben gezeigt?«

»Es braucht seine Umgebung«, erwiderte Venediger, »und ich bin nicht ohne Eitelkeit, zumal wenn mir etwas so besonders geglückt ist wie dies hier. Übrigens hat es vor wenigen Tagen eine Fabrik für feine Briefpapiere gekauft.«

»Das freut mich«, sagte der Alte, »meinen Glückwunsch.«

»Jetzt endlich kann ich Ihnen das Blatt bezahlen, Herr Barelli.«

»Welches Blatt?«

»Das Pergament«, sagte Venediger, auf das Bild deutend.

Claudia hörte dieser Improvisation mit Herzklopfen zu, die Art, wie Venediger ohne Umstände auf das Ziel lossteuerte, erschien ihr sehr kühn. Vor Aufregung mußte sie sich die Nase putzen.

»Lächerlich!« sagte Barelli. »Geben Sie mir's einfach wieder, damit ist die Sache erledigt.«

Claudia knüllte ihr Taschentuch zusammen. Jetzt war die Katastrophe da.

Venediger legte sein hageres Kletterergesicht in die kummervollsten Dackelfalten. »Das sagen Sie so! Aber ich kann's Ihnen nicht zurückgeben, denn ich habe einen ganzen Topf Milch darübergeschüttet, eben vorhin, da verlief die Tinte.«

Barelli lachte. »Auch kein Unglück!« sagte er. »Schenken Sie mir dafür die Aufnahme, ich werde sie über meinem Schreibtisch an die Wand nageln, sie paßt gut dorthin.«

»Mir fällt ein Stein vom Herzen!« sagte Venediger, und ein noch unendlich viel größerer fiel von Claudias Herzen. »Mit dem größten Vergnügen, Herr Barelli! Erlauben Sie aber wenigstens, daß ich das Blatt unter Glas und Rahmen bringen lasse, denn erstens gehört es sich so, und zweitens wollen wir's doch lieber staubdicht machen, meinen Sie nicht?«

»Dort hinten stehen ein paar alte Rahmen«, erwiderte der Antiquar. »Suchen Sie einen aus, Sie sollen ihn billig bekommen.«

»Ich werde ihn stiften!« sagte Claudia voll heimlicher Dankbarkeit gegen das Schicksal.

»Aber das Pergament«, seufzte Venediger und betrachtete die Aufnahme, »schade, schade. Es war eine so ungewöhnliche Schnörkelschrift – ich hätte es bestimmt noch ein paarmal verwenden können, man findet dergleichen nicht alle Tage, und schon gar nicht, wenn man's braucht.«

Barelli zog die oberste Schublade einer alten schmutzigen Kommode auf. »Bitte!« sagte er mit einer seiner grotesken Verbeugungen. »Hier liegt genug!«

Claudia mußte sich sehr beherrschen, um nicht aufzuschreien. Die Schublade war bis zum Rand voll. Freilich sah man auf den ersten Blick, daß die meisten dieser Rollen kein Pergament, sondern Papier waren.

»Das ist ja eine ganze Sammlung!« sagte Venediger scheinheilig bewundernd.

»Keine Sammlung«, erwiderte der Antiquar gleichgültig, »nur eine Ansammlung. Aber für Ihre Zwecke läßt sich vielleicht doch etwas finden, sehen Sie es durch, wenn Sie sich die Mühe machen wollen.«

»Wie kommen Sie denn dazu?«

Barelli machte eine wegwerfende Handbewegung. Er war viel unterwegs, um alte Sachen zu kaufen, dabei fand sich hin und wieder auch ein solches Papier. »Wertloses Zeug, darauf können Sie sich verlassen. Wenn es etwas von Bedeutung wäre, läge es nicht mehr hier. Ich habe schon manches Gute an große Händler verkauft.«

»An alledem hab' ich kein Interesse«, sagte Venediger. »Ich möchte nur noch ein Blatt mit dieser Schrift.« Er hielt dem Alten die Fotografie hin.

Claudia hatte bereits die ersten Rollen herausgenommen und legte sie beiseite, da sie aus Papier und teilweise nicht beschrieben, sondern bedruckt waren. Ein Blick genügte, um zu erkennen, daß es sich um alte Handwerksbriefe, Doktordiplome und dergleichen handelte, lauter Dinge, die wirklich wertlos waren.

Barelli stand dabei und sah mit hintergründiger Gelassenheit zu.

Sie betrachteten eine Rolle nach der anderen, flüchtig oder genauer. Nur drei oder vier wurden abgesondert, zum Schluß nochmals angeschaut und dann mit den übrigen wieder in der Schublade untergebracht. Große Enttäuschung, größer noch, weil sie verheimlicht werden mußte.

»Sie wollten mir ja nicht glauben«, sagte Barelli. »Was haben Sie jetzt? Schmutzige Hände.«

Venediger fand noch einen recht hübschen kleinen Rahmen, dessen dunkelgewordenes, in manchen Abstufungen schimmerndes Gold gut zu der Fotografie paßte, und nahm ihn mit. Dann kletterten sie wieder die Himmelsleiter zum Atelier hinauf, um sich gründlich zu säubern.

»Glück!« sagte er.

»Pech!« sagte sie.

»Wir haben das Pergamentblatt geschenkt bekommen, es ist unser Eigentum – genauer: das Ihre.«

»Wir haben die fehlenden nicht gefunden!«

»Man muß mit allem zufrieden sein.«

»Man muß nicht mit allem zufrieden sein.«

»Sie sind ein undankbares Geschöpf.«

»Ich bin kein undankbares Geschöpf«, sagte Claudia ziemlich vergnügt. »Weder gegen das Schicksal noch gegen Sie. Sie haben das allerliebst eingefädelt, ich hätte länger gebraucht.«

»Mit der Wahrheit geht es immer am schnellsten.«

»Aber auch am schiefsten. Übrigens behaupte ich, daß die Geschichte damit noch nicht zu Ende ist.«

»Wer sagt das?«

»Mein Gefühl.«

Natürlich wurden die gebadeten Eselinnen genau betrachtet. Da lagen sie in der Entwicklerschale, bedeckt von einer Flüssigkeit, die einmal schöne weiße Milch gewesen und jetzt eine dunkelgraue Schmutzbrühe war. Das Blatt wurde herausgehoben, mehrmals abgespült, sanft mit den Schwämmchen bearbeitet. Bis auf geringe und sehr blasse Reste war die Bullenschrift verschwunden und die Pergamentoberfläche leer, beängstigend leer, denn auch die Spuren der früheren, ersten Schrift waren in der Nässe nicht zu erkennen. Venediger kratzte sich am Kopf. Claudia zog sich am Ohrläppchen, aber das änderte natürlich nichts an der beklemmenden Tatsache. Nach längerer Beratung entschlossen sie sich, das Blatt wie einen Film zum Trocknen aufzuhängen, vorsichtig am unteren Rand beschwert, damit es nicht einrollte. Frühestens am Abend würde es trocken sein, vielleicht sogar erst morgen; in die Sonne durfte man es nicht legen, es wäre hart und brüchig geworden.

Venediger schlug vor, nach dem Segenbühl hinaufzufahren und von dort nach Schloß Tirol hinüberzuwandern, zum Mittagessen. »Damit Sie auf andere Gedanken kommen.«

»Ich will gar nicht auf andere Gedanken kommen!« sagte sie, ging aber bereitwillig mit.

Gegenüber der alten landesfürstlichen Burg, die inmitten der Stadt recht vereinsamt aus der Vergangenheit in die Gegenwart sah, schwebte der Sessellift am Berg empor über Weingärten, die als braungrüner Teppich auf dem Hang lagen, in den Bunden waren die Trauben schwer und blau. Auf der lockeren Erde flimmerte die Hitze.

Der Blick wurde frei und drang in die Täler, die aus den Bergen herabkamen. Der breite, üppige Garten des Etschlands öffnete sich.

Durch rötlichen Staub, zwischen Reben und Obstbäumen, deren Zweige sich unter der Last bunter Äpfel neigten, gingen sie dem Dorf Tirol entgegen.

»Es hat mich in diesen Tagen immer wieder gewundert«, sagte Claudia, »wie viele Burgen es hier gibt.«

Venediger gab ihr zu bedenken, daß dies eine Gegend sei, die einmal im Brennpunkt des Verkehrs zwischen den Ländern südlich und denen nördlich der Alpen gelegen war, angefangen von den Römern bis in die neuere Zeit, und jedes der Täler, die sternstrahlig vom Meraner Kessel auseinanderliefen, war eine uralte Handelsstraße. »Wenn Sie sehr gute Augen haben«, sagte er, »sehen Sie da drüben am Fuße des Vigiljochs ein Flüßchen aus seiner Schlucht kommen, es ist die Falschauer, dort steht auch die Burg jener Grafen Brandis, die den Weinberg gegen die Eselinnen eingetauscht haben.«

»Und wer wohnt jetzt da?« fragte Claudia.

»Wer? Die Grafen Brandis natürlich, das tun sie schon seit achthundert Jahren. Ein Stück Geschichte. Hier ist nichts verlorengegangen – außer dem Land selbst. Da zeigt sich, daß man auch da etwas finden kann, wo man nichts zu suchen hat.«

Jenseits des Dorfes wurde die Gegend einsamer, vom Berg herab kam der Wald mit schönen Buchen, der Weg lief in den Felstunnel, den der Kaiser Leopold hatte schlagen lassen, um schneller zur Burg Tirol zu gelangen, die auf ihrem Kegel verschlafen in der Mittagshitze stand.

Unterhalb des alten Gemäuers aber, im Schatten der Bäume, war eine freundliche Rast, nur wenige Gäste saßen hier, still, zu dieser Stunde des Pan, da kein Blatt sich regte und eine süße Müdigkeit auf der grünen Laubhöhle lag. In den Gläsern leuchtete der Weißburgunder, schweigend und gefährlich wie der alte Heidengott. Eine Pfauhenne ging mit ihren kleinen grauen Kindern herum, auf einem Geländer schliefen zwei Pfauhähne, auch sie farblos und ohne Schweife, weil die Zeit der Mauser war, sie sahen unscheinbar aus wie verzauberte Prinzen, nur an der Brust hatten sie noch ein wenig bunten Schimmer, gleichsam ein verblaßtes Ordensband, und zwischen den Blättern hindurch fielen Sonnenflecken auf sie wie Dukaten.

Claudia, vom langen Weg durstig und müde, hatte ihr Glas ausgetrunken, ohne daß Venediger es merkte und sie warnen konnte. Jetzt, während sie auf das Essen warteten, schlief sie fast ein.

»Aber!« sagte er lächelnd.

»Ich find's nicht, ich find's nicht!« murmelte sie, den Kopf in beide Hände gestützt, und sah, in der Stille schwebend, vor sich hin. »Eine wahre Schande. Wenn Momberg das wüßte!«

»Was finden Sie nicht?«

»Das Eichendorffgedicht mit der alten Burg.«

»Da gibt es mehrere.«

»Um so schlimmer! Aber das müßte man haben.«

»Das Gedicht?«

»Die Burg. Zugbrücke hoch – aus!«

»Und viele Pergamentblätter!«

»Ja, viele! Und einen Liegestuhl.«

Zum Glück kam das Essen, da wurde sie wach.

Venediger sagte: »Sie sind vorgemerkt. Zunächst auf einen der Liegestühle da vorn, dann aber – nun, nicht gerade auf eine Burg mit Zugbrücke, aber wir wollen sehen, was sich machen läßt.«

»Ja, ja«, sagte sie, »mich wundert nichts mehr – oder, wenn Sie das lieber hören: mich wundert alles. Dies ist der merkwürdigste Sommer, den ich je erlebt habe.«

»Und das will etwas heißen!«

Sie sah ihn aus den Augenwinkeln an. »Bisweilen muß ich an meine Schulzeit denken. Da gab es Mathematikaufgaben, denen einfach nicht beizukommen war, man versuchte es auf diese und jene und eine dritte Weise, es ging nicht. Und dann plötzlich ging es ganz von selbst, mit überraschender Leichtigkeit entwickelte sich eine Zwischenlösung aus der anderen, nichts mehr war schwierig –«

»– und zum Schluß war doch alles falsch.«

»Gar nicht!« sagte sie mit einem freilich ganz mißglückten Versuch, aufzubrausen. »Es war richtig. Und wenn es falsch war, dann war es doch mindestens sehr schön!«

Er lachte herzlich. »Kleine Claudia! Ach, ich kann mir dieses bezopfte Wesen so gut vorstellen und die erstaunten Augen, wenn sich zeigt, daß die Lösung eben doch nicht richtig war. Aber ›mindestens sehr schön‹ ist reizend, eine allerliebste Lebenskunst. Und so ergeht es Ihnen also jetzt wieder?«

»Fragen Sie nur Barelli.«

Venediger sah verwundert auf. »Wen?«

Da erzählte sie von ihrer ersten Begegnung mit Barelli, in jenem Eisenbahnabteil, es war gewiß in einer Kurve gewesen, in einer Kurve, um die sie bis dahin niemals herumgekommen war, aber plötzlich ging es – und hinter der Biegung lag eine ganz neue Welt.

Er schwieg.

»Durchaus möglich, daß zum Schluß alles falsch ist«, sagte sie. »Dann war es eben ein Traum. Aber ein schöner. Das wird sich schon zeigen, wenn ich aufwache.«

»Und dann?«

»Dann binden wir eben ein rosa Bändchen darum und legen's in die Schublade. Da liegt bereits einiges.«

»Bewundernswert«, sagte er und streichelte ihre Hand mit einer sehr zarten kleinen Bewegung. »Sie sind so merkwürdig begabt für das Leben. Freilich sammeln alle Menschen ähnliche Erfahrungen – aber ein rosa Bändchen darumbinden, das bringen die wenigsten fertig. Und auf das rosa Bändchen kommt es an. Das kann nur eine Frau. Ich zum Beispiel wüßte gar nicht, wo ich eines hernehmen sollte.«

»Von mir«, sagte Claudia. »Ich habe genug.«

Nach dem Essen trugen sie zwei Liegestühle so weit nach vorn, daß sie gerade noch im Halbschatten waren und doch schon der Blick in die breite

Tiefe des Etschtals offen wurde, das sich in den Glanz des Mittags ausdehnte, während von allen anderen Seiten die Berge aus der Runde herabblickten, aufwachsend aus dem Grün der Weingärten, in denen die hohen Fontänen der Wasserstrahlen sich wölbten, dann von Wäldern belebt, endlich zu Felsen erstarrt. Claudia hörte noch, wie Venediger ihr die Bergnamen nannte, die ihr nichts sagten, sie schaute gehorsam nach links, wo über der lustig gescharten Dächerherde von Meran ein Riesenklotz aufwuchs, von dem Venediger manches zu erzählen hatte ... Pferde kamen darin vor ... und dann, den Arm unter den Kopf gelegt, verstand sie nichts mehr und schlief herrlich ein.

Als sie aufwachte, traf ihr Blick, noch nicht ganz aus einem Traumrosengarten zurückgekehrt, gerade in ein gläsernes Auge, das sie anstarrte und einen winzigen Sekundenbruchteil zwinkerte.

»Seligkeit des Spätsommers –« sagte Venediger mit sanftem Eifer. »Oder so ähnlich – das wird eine wunderbare Reihe von Aufnahmen, und der Wind legte so reizend das winzige Löckchen auf Ihrer Stirn zurecht, als ob er wüßte, worauf es mir ankam. Sie werden sich in sämtlichen Illustrierten wiederfinden, allerdings im Anzeigenteil. Ein ungewöhnlich verwendbares Mädchen: für Haarwasser, Reisebüros und Hautcreme. Wovon haben Sie geträumt? Das möcht' ich nun wirklich wissen.«

»Eigentlich sind Sie ein recht netter Mensch ...«, sagte Claudia und sah ihn nachdenklich an. »Wenn ich schon wach wäre, würde ich das natürlich für mich behalten. Geträumt? Ich weiß nicht. Aber jetzt wollen wir gehen. Wie oft muß ich Ihnen denn noch erklären, daß ich nicht zu meinem Vergnügen hier bin?«

»Aber ich –«

»Und zu Ihrem erst recht nicht.«

»Ich denke –«

»Denken Sie daran, daß die Wissenschaft auf uns wartet!«

»Jawohl!« sagte er kleinlaut, und nun wanderten sie heim.

Im Atelier hing das Blatt an seinem Bindfaden, entseelt, trocken, sauber, trostlos leer, und hatte nichts mitzuteilen.

Wie Kinder, die etwas angerichtet haben, standen die beiden davor und betrachteten den Erfolg ihrer gemeinsamen Bemühungen. Venediger legte sein Gesicht wieder einmal in unwahrscheinliche Kummerfalten. Die übrigen Blätter, meinte er, seien ihnen durch die Lappen gegangen, und dies hier sei nicht sonderlich vielversprechend, darüber dürfe man sich wohl nicht täuschen. Hatte Claudia vielleicht zufällig ein Endchen rosa Band bei sich –?

Sie schüttelte den Kopf und nannte ihn einen blutigen Laien. Man hörte aber, daß sie ihrer Sache nicht sicher war. Sie nahm das Blatt aus den Halteklammern, es war steif wie ein Brett und wurde mit Salzwasser befeuchtet. Daraufhin nahm es Vernunft an und ließ sich hübsch flach auf den Tisch legen. Claudia, darübergebeugt, drehte es hin und her und versuchte, in der matten Spiegelung des Lichts etwas zu erkennen. »Früher sah man mehr...«, sagte sie beklommen.

»Ich möchte Ihre grundlegende Feststellung dahin ergänzen, daß man jetzt überhaupt nichts sieht!« sagte Venediger. »Aber ich glaube, ich kann Sie trösten. Die Zellen dieser alten Eselshaut haben wahrscheinlich noch zu viel Feuchtigkeit in sich, auch wenn man es nicht bemerkt. Morgen oder übermorgen wird es schon anders sein. Die eingegrabenen Spuren der alten Rohrfeder können nicht für immer verschwunden sein, sie werden wieder zutage kommen.«

Claudia seufzte tief. »Und ich werde eine schlaflose Nacht haben!«

6

Die Laubengasse, diese Schlucht durch die Vergangenheit, lag schon in Dämmerung, aber aus dem Himmel rieselte noch goldrötliches Licht in die Enge, als Claudia durch den Torbogen hinaustrat. Herr Barelli schloß eben seine Ladentür von außen zu. Er trug nicht mehr den schwarzen Arbeitsmantel, sondern einen recht ordentlichen Straßenanzug.

»Gehen Sie noch ein wenig spazieren?« fragte Claudia freundlich, nur um nicht wortlos an ihm vorüberzulaufen.

»Man muß das tun, wenn man den ganzen Tag in diesen Gewölben sitzt«, antwortete er. »Und Sie?«

In der Eingebung des Augenblicks fing Claudia die Frage auf wie einen Ball. Bei solchen Gelegenheiten verließ sie sich von jeher darauf, daß sie mit Männern umzugehen wußte. »Diese milden Abende hier!« sagte sie. »Bei uns daheim wird es meistens so kühl, daß man nicht im Freien sitzen kann.«

»Ich bin allerdings nicht mehr hübsch und jung genug, als daß Ihnen meine Gesellschaft Vergnügen machen könnte«, sagte er in seiner umständlichen Ausdrucksweise, »aber vielleicht dürfte es für Sie doch einigen Vorteil haben, durch Ihre Anwesenheit einen alten Mann zu erfreuen, der die Welt kennt?«

Über einige opernhaft enge Treppchen, die auf der gegenüberliegenden Seite der Gasse durch Torbögen und zwischen verwinkelten Häusern am Hang emporführten, kamen sie zu einer Art Veranda, wo unter Weinranken drei Tische standen.

»Hier«, sagte Barelli, »pflege ich bei einem Glas Gewürztraminer nachzudenken. Ich muß Sie freilich bitten, mit einem sehr einfachen Essen vorliebzunehmen, aber es ist gut.«

»Und worüber denken Sie nach?«

»Ganz bestimmt nicht über die Probleme dieser Gegenwart!« erwiderte er.

»Weshalb nicht?« fragte Claudia und tat streitlustig, um ihn zum Reden zu bringen. »Man muß das tun!«

»Muß man? Über die Probleme der jeweiligen Gegenwart nachzudenken, lohnt sich nicht. Denn was heute Gegenwart ist, das ist morgen schon Vergangenheit. Also sind jene Leute, die sich mit Gegenwartsproblemen befassen und modern zu sein glauben, in Wahrheit immer altmodisch, sie bleiben an der ständig wechselnden Form kleben wie die Fliegen auf dem Leimpapier und sehen das Ewige nicht.«

»Eine bedenkliche Logik, Herr Barelli!«

»In Wirklichkeit«, sagte er mit einer wegwischenden Handbewegung, »gibt es – wenn's hochkommt – vielleicht ein Dutzend Probleme, die ewig sind.«

»Nämlich?«

»Wenn ich darauf antworten könnte, wäre ich der liebe Gott«, sagte er. »Man kann sie nur ahnen, gelegentlich blitzen sie auf und ziehen vor unseren erstaunten Augen wunderbare Bögen durch die Nacht des Daseins, wie die Leuchtkäfer in den Tropen. Zu ihnen gehören die Beziehungen zwischen Mann und Frau.«

Claudia sagte: »Gewöhnlich nennt man das Liebe, soviel ich weiß.«

»Gewöhnlich, ja«, antwortete er trocken.

»Ich muß Sie etwas fragen, Herr Barelli. Es ist mir bei den bunten Leuchtkäfern eingefallen. Sie haben da einen so hübschen, interessanten Schrank hinter Ihrem Laden.«

»Ich liebe es gar nicht, daß ihn jemand interessant findet.«

»Sehr begreiflich. Herrn Venediger zum Beispiel haben Sie erzählt, daß Sie ihn überhaupt nicht öffnen können. Weshalb haben Sie ihn aber gerade mir gezeigt?«

Er sah sie an und lächelte in seiner verkniffenen Weise. »Ein Experiment, nichts weiter. Für die Leute hier bin ich ein Trödler. Daß ich mit Edelsteinen handle, braucht niemand zu wissen. Vielleicht kam es mir darauf an, zu erfahren, ob Sie den Mund halten können?«

»Und warum?«

Er schien die Frage zu überhören. »Es ist eine alte Meinung, daß die Frauen schwatzhaft sind. Aber wenn diese Meinung auch alt ist, so wird sie dadurch doch nicht wahrer. Freilich plappern die Frauen gern über die unwichtigsten Dinge – im Grunde jedoch sind sie viel verschwiegener als die Männer. Was sie nicht sagen wollen, das bringt keine Macht der Welt aus ihnen heraus, und zu verschweigen hat jede etwas.«

»Ich wundere mich, Herr Barelli!«

»Aber Sie bestreiten es nicht. Natürlich nicht, denn Sie wissen sehr genau, wie recht ich habe. Nehmen Sie doch das Beispiel, das sich millionenfach wiederholt: Zwei junge Leute heiraten; der Mann, um seiner Braut zu beweisen, welchen Teufelskerl sie kriegt, tut groß mit seinen bisherigen Liebschaften, renommiert sogar noch einiges dazu – und ahnt in seiner Unerfahrenheit nicht, daß ihm alle diese Sächelchen zur rechten Zeit wieder aufgetischt werden.

Hingegen das Mädchen, auch kein unbeschriebenes Blatt – schweigt wie die Mitternacht.« Er fingerte in seinem Ziegenbart herum. »Ich langweile Sie?«

»Gewiß nicht!« sagte Claudia. »Angenommen, Sie hätten recht – glauben Sie, daß Frauen auch untereinander so verschwiegen sind?«

»Das müssen Sie selbst am besten wissen!« antwortete er.

Claudia blickte sehr nachdenklich vor sich hin.

Barelli beobachtete sie eine Weile, dann fragte er unvermittelt: »Wonach haben Sie eigentlich heute vormittag in meiner Papierschublade gesucht?«

Sie erschrak. »Das wissen Sie doch!« sagte sie. »Nach dem zweiten und vielleicht dritten Blatt mit der verschnörkelten Schrift, die man nicht lesen kann.«

»Aber Sie können es?«

»Einigermaßen«, antwortete Claudia voll Unbehagen, aber bereits wieder gefaßt. »Wenigstens so weit, daß ich den Sinn verstehe – auf den es in diesem Fall freilich nicht ankommt.« Sie erzählte ihm von den einundzwanzig Eselinnen.

Barelli nickte. »Allerdings, die Schrift fiel mir schon damals auf, als ich das Blatt mitnahm«, sagte er, »sonst hätte ich's wahrscheinlich bei den übrigen liegen lassen. In meinem Beruf muß man aufmerksam sein. Ich zeigte es gelegentlich einem Professor in Mailand. Was Sie über den Inhalt sagen, stimmt.«

»Dachten Sie, ich lüge?« fragte Claudia gelassen. Innerlich zitterte sie vor Spannung: Barelli wußte also noch, woher er das Blatt bekommen hatte, und erinnerte sich, daß dort noch mehr lagen. Da er aber nicht weitersprach, glückte es ihr nicht, einen Angelpunkt zu finden, in dem sich diese geheimnisvolle Tür drehen ließ, und durch Fragen wollte sie ihn nicht aufmerksam und argwöhnisch machen. »Herr Venediger hat schon daran gedacht, sich bei den Grafen Brandis zu erkundigen«, sagte sie.

Barelli winkte ab. »Dorther ist es nicht. Vielleicht kann ich ihm aber doch noch etwas verschaffen. Ich will nichts versprechen. Würden Sie mir dabei helfen?«

»Ich?« fragte Claudia verwirrt.

Er nickte.

»Wenn ich Ihnen damit einen Gefallen tue!« sagte sie.

»Behalten Sie die Angelegenheit aber einstweilen für sich, damit nichts dazwischenkommt.«

»Sie wissen, daß wir schweigen können«, sagte Claudia heiter, obwohl ihr nicht so zumute war.

Deshalb traf nun ihre Prophezeiung ein, daß sie eine schlaflose Nacht haben würde. Zudem war es in dem Zimmerchen, das sie so billig wie möglich gemietet hatte, heiß und dumpfig, das Fenster ging in einen Hof hinaus, der so voll war von mancherlei Kellergerüchen, daß sie es nicht offen lassen konnte. Als der Morgen schon graute, stand bei ihr der Entschluß fest, nicht eine Nacht länger hierzubleiben und nie wieder an der falschen Stelle sparsam zu sein. Ling hat mir das Geld nicht gegeben, damit ich ersticke! dachte sie, wütend auf sich selbst, und weiter dachte sie reuevoll und sehnsüchtig an das herrliche Hotelzimmer in Bozen und an Ling überhaupt, der so elegant zu leben verstand, und wie er diesen Barelli, der ihr trotz seinem Entgegenkommen nicht geheuer war, mit der linken Hand aus dem Bild gewischt hätte. Und dann erschien der Zwergenkönig Laurin mit einer Krone, deren goldene Vögel singen konnten, er hatte jedoch einen Ziegenbart, was Claudia überaus mißfiel, und er lud sie ein, ihn in seine Höhle zu begleiten, die aber nichts weiter war als ein Panzerschrank. Die Leute, sagte er, denken immer, ich hätte keinen Schlüssel dazu, aber hier ist er, nur Sie dürfen ihn sehen. Und der Schlüssel hatte ein rosa Bändchen, aber in dem Schrank roch es ganz widerlich nach Keller. Sie sollten nicht so viel Gewürztraminer trinken! sagte Laurin und warf den Schlüssel samt seinem Spitzbart über das Geländer der Kurpromenade in die Passer.

Wie sollte man nun aus dem Schrank herauskommen!

In dem Wunsch also, die Stickluft und die infame Häßlichkeit ihres Zimmerchens schleunigst und für immer zu verlassen, ging Claudia zeitig genug in dem leuchtenden Sommermorgen zum Fluß. Nachdem sie sich von den Gesichten der Nacht hinreichend erholt und ihre gute Laune wiedergewonnen hatte, kaufte sie ein, was ihr zu einem genußreichen Frühstück notwendig erschien, wanderte in die Laubengasse und stieg die Himmelsleiter hinauf.

Sie klopfte, niemand antwortete, sie öffnete die Tür und erblickte ihren Freund Venediger. So wie sie ihn gestern verlassen hatte, die staubigen Schuhe an den Füßen, lag er schlafend auf der abenteuerlichen Matratze und war äußerst unrasiert. Das Atelier, dessen verhältnismäßige Ordentlichkeit sie noch vor vierundzwanzig Stunden gelobt hatte, sah bereits wieder aus wie ein Schlachtfeld.

So gut es glücken wollte, machte sie auf dem Arbeitstisch Platz, stellte Wasser auf und fand sogar einen Teller, den sie freilich erst abspülen mußte.

Vom Duft des Kaffees wurde Venediger lebendig, nach einer leichten Grunz-Ouvertüre wachte er auf, fuhr sich mit den Fingern durchs Haar und fragte: »Wieso?«

»Ja, das würde mich interessieren!« sagte Claudia. »Sie sind doch gestern erst abends heimgekommen. Meiner Schätzung nach haben Sie die ganze Nacht gebraucht, um diese Schweinerei zu machen!«

»Stimmt!« sagte er. »Die ganze Nacht. Genau bei Sonnenaufgang war ich damit fertig, ein weihevoller Augenblick.«

Sie blickte kopfschüttelnd in die Runde. »Ich kann es mir denken. Es muß eine schwere Arbeit gewesen sein.«

»Das ahnt niemand, der es nicht mitgemacht hat«, sagte Herr Venediger, sprang wie ein Schachtelteufel von seiner Liegestatt, zog das Hemd über den Kopf und drehte den Wasserhahn über dem Ausguß auf, daß es rauschte. »Die Hauptsache«, sagte er zwischen öfterem Schnauben, Stöhnen und Prusten, »die Hauptsache ist, daß erst einmal alles in Unordnung kommt, aufräumen kann man später.«

»Sie erwarten hoffentlich nicht, daß ich Ihnen dabei helfe?«

»Ich bin sogar fest davon überzeugt, daß Sie es tun werden, und zwar mit Vergnügen.«

»Ein schrecklicher Irrtum!«

»Oh, ich bin von noch viel mehr überzeugt, zum Beispiel davon, daß Sie mir innerhalb der nächsten zehn Minuten um den Hals fallen!« erklärte er gurgelnd und zähnebürstend. »Oder sagen wir vorsichtshalber: nachdem ich rasiert bin, denn es sieht immer so kompromittierend aus, wenn junge Damen stachlige Männer geküßt haben.«

»Sind Sie während der Nacht verrückt geworden?« erkundigte sich Claudia. »Es war mir doch gleich so, als ich die Bescherung hier sah.«

»Dazu hatte ich beim besten Willen keine Zeit. Aber passen Sie auf, daß Sie es nicht werden!«

Bereits rasierpinselnd, wies er mit der Linken auf eine große, viereckige Glasschale, die im Winkel auf einer Kiste stand.

Claudia beugte sich darüber. Es war die Vergrößerung einer Fotografie. Zeilen – Zeilen – Zeilen, eng untereinander, herrliche, perlende frühgotische Minuskeln, bisweilen scharf, bisweilen blaß und weich, überall jedoch lesbar – ze wâre verre wunderlich –

»Ich werd' verrückt!« rief Claudia, und genau wie er's vorhergesagt hatte, sprang sie ihm ungestüm an den Hals. Es schmeckte leicht nach bitteren Mandeln.

Eine Minute später sagte Venediger: »Gut, gut – aber eine schlechte Regie, du hättest warten sollen, kleine Claudia, bis ich schön bin.«

Mit dem Handtuch im Gesicht herumwischend, stand sie schon wieder über die Glasschale gebeugt.

»Wunderbar, wunderbar, diese unglaubliche Menge Text –!«

»Eine einzige Tasse Kaffee wäre mir jetzt lieber«, sagte er. »Was denn! Die Finger aus der Schale!«

»Ich muß aber doch –«

»Kaffee kochen, jawohl.«

»Gibt es denn gräßlichere Egoisten als die Männer!«

»Nein. Die Kerle sind imstande, die ganze Nacht hindurch zu arbeiten, damit ein hübsches kleines, aber zweckentfremdetes Mädchen –«

»Was?«

»Ich sage: durch schreckenerregende Gelehrsamkeit zweckentfremdetes Mädchen –«

»Wie haben Sie das überhaupt gemacht?« fragte Claudia und drehte ihm, während sie einigermaßen den Tisch deckte, beharrlich den Rücken zu, denn er sollte nicht sehen, wie rot sie war; er sah es aber doch an ihrem Nacken. »Soviel ich nämlich weiß, gibt es keine wirklich zuverlässige Methode, solche verschwundenen Schriften erkennbar zu machen.«

»Sie spricht schon wieder von Methode!« seufzte Venediger. »Nein, erkennbar nicht. Aber fotografierbar. Das heißt, wenn man's kann. Es kommt auch darauf an, welche Art von Tinte benutzt wurde. Einfach war es nicht, und es glückte auch nicht sofort. Das Durcheinander hier ist nicht zufällig entstanden. Aber natürlich, zum Dank –«

»Kommen Sie her!« sagte Claudia und stellte den Kaffeetopf auf den Tisch. »Sie kriegen noch einen Kuß, unverschämtes Mannsbild. Und nun werden Sie endlich vernünftig!«

»Eine durchaus falsche Methode!« sagte er schnurrend. »Was tun Sie, wenn ich gar nicht vernünftig werden will?«

»Aber ich will's. Wie also?«

»Ja – als ich schon den ganzen Kram beiseite legen und die Hoffnung verlieren wollte, ging es plötzlich mit ultraviolettem Licht, allerdings nicht ohne gewisse Kniffe, die man durch Erfahrung gelernt hat. Aber –« sagte er und begann umsichtig zu frühstücken, »das sind ja Nebensachen.«

»Was sind Nebensachen?« fragte sie stirnrunzelnd.

»Ich meine dieses nichtsnutzige Pergament und was damit zusammenhängt. Die Nacht hat mir etwas viel Rentableres und Schöneres gebracht.«

»Nämlich?«

»Ich kann's Ihnen noch nicht zeigen, dort drüben hängt der Film zum Trocknen. Eine reizende junge Dame, schlafend, träumend – und ohne jede Spur von Zweckentfremdung. So viel Kummer können Sie mir gar nicht machen, daß sich diese Aufnahmen nicht lohnen.«

Claudia sagte, sie hätte jetzt keine Zeit, sich über ihn zu ärgern, würde es aber bei Gelegenheit nachholen. Sie blickte schon wieder in die Glasschale. Wo war der Film? Und das Pergament? Das Blatt packte sie sofort in ihre Aktentasche. »Denn was machen wir, wenn es versehentlich in den Papierkorb gerät?«

Oh, und nun kam ja für sie die große Arbeit, auf die sie sich unbeschreiblich freute, nämlich den sichtbar gemachten Text der Laurinsage zu lesen. Es würde viele Tage dauern. »Sie glauben ja nicht, welche Menge Text auf ein solches Blatt geht.« Wie schwierig war es, sich zunächst nur mit den Abkürzungen vertraut zu machen, die der alte Schreiber angewandt hatte. Aber auch welche Aussichten! »Ungefähr so muß es Columbus zumute gewesen sein, als er Land im Westen erblickte!« Jedoch davor stand noch eine große Sorge, die ihr schwer auf dem Herzen lastete: Sie erzählte von ihrem Mißgriff mit dem billigen Zimmer und seufzte erbärmlich. »Keine einzige Nacht mehr bleib' ich dort, und wenn ich auf einer Bank in den Anlagen schlafen muß!«

Venediger frühstückte unentwegt, ließ sie reden und seufzen – und lächelte. Claudia sah es und bekam zornige Augen.

»Darf ich Ihnen eine Unterkunft anbieten?« fragte er.

»Und wo bleiben Sie?«

»Hier!« antwortete er in aller Unschuld, stand auf, nahm die Vergrößerungen – er hatte gleich ein ganzes Dutzend gemacht – aus dem Wasser, ließ sie abtropfen, legte sie auf ein Fließpapier und hängte sie schließlich mit Klammern vorsichtig auf. »Solange die Blätter naß sind, müssen Sie Ihre Arbeitswut noch bändigen. Machen wir wieder einen Ausflug? Vielleicht ist er wichtig, ich möchte Ihnen etwas zeigen.« Er sagte das mit einem so netten Lächeln, daß Claudia beschloß, auch ihren neuen Zorn für später aufzuheben.

Mit dem Autobus fuhren sie nach Obermais hinauf. »Von hier aus«, sagte Venediger, »gibt es keinen Wagen mehr, sondern der Weg führt durch die Luft.« Sie stiegen in die große Kabine einer Drahtseilbahn, die alsbald steil am Hang jenes großen Klotzes in die Höhe glitt, den sie gestern von Tirol aus gesehen hatten. Die große Hochebene von Hafling, erklärte er, sei insofern noch ein Rest des Paradieses, als keine Autos dort hinauf könnten und alles, Wälder, Felder und die ganze Berglandschaft noch in unberührter Stille lägen.

Droben umfing sie sogleich der Fichtenwald, der Pfad führte an einem stillen grünen Teich vorüber, eine besonnte Wiesenmatte öffnete sich, in einer Mulde standen, zwischen wenigen kleinen Bauernhäusern, herrliche braune Pferde, deren hellere Schweife so lang waren, daß sie den Erdboden berührten.

Es ging immer weiter bergauf in dieser buckligen Welt, deren Ende nach keiner Seite hin abzusehen war, obwohl man bald genug einen weiten Blick über die Wälder und über die Wiesen, in denen oft der Fels zutage trat, und die spärlich verstreuten Höfe hatte. Eine Stunde mochten sie schon gegangen sein, als Venediger unweit eines Gasthauses abbog und den Weg über eine natürliche Felstreppe einschlug, die wiederum zu einem Waldrand emporführte. Von unten nicht zu sehen, aber selbst mit dem freiesten Blick über das Etschtal hinweg zu den fernen Bergen im Süden, stand da, durch Fichten von rückwärts geschützt, eine Hütte, daneben ein Brunnentrog, in den ein klarer Wasserstrahl floß.

Venediger zog einen Schlüssel aus der Tasche. »Wenn es Ihnen hier gefällt«, sagte er, »sind Sie nun also zu Hause und können völlig ungestört arbeiten und auf König Laurins Spuren wandeln, ja sogar sterben könnten Sie ungestört und ohne daß es jemand merkt – was ich allerdings nicht wünschen möchte. Ich werde Ihnen einen zweiten Schlüssel zu dieser Burg geben. Die Zugbrücke müssen Sie sich freilich dazudenken.«

»Wie denn!« sagte sie und trat ein. »Dieses Haus gehört Ihnen?«

»Haben Sie wirklich geglaubt, daß ich tagaus, tagein in Barellis Speicher vegetiere? Ich wollte Ihnen schon gestern davon erzählen, im Liegestuhl, aber da schliefen Sie mir unter den Händen ein. Freilich brauch' ich drunten in der Stadt einen Arbeitsraum, es wäre sonst allzu umständlich. Aber ein Haus dürfen Sie's nicht nennen, das soll es auch gar nicht sein.« Er öffnete die Fenster und die Läden.

Eine freundliche Stube. Ein grüner Kachelofen. An der Schmalwand zwei Kastenbetten übereinander. Tisch und Stühle, eine Fensterbank, bauernmäßig derb. Ein Schrank.

Das war so ziemlich alles, aber es war sauber und ordentlich.

»Wenn ich schon arbeiten und Geld verdienen muß«, sagte er, »und nicht in die Berge kann, dann will ich wenigstens eine Hütte haben, aus der ich mich noch tausend Meter hinaufträume in die große Einsamkeit. Gefällt's Ihnen?«

»Ich darf es Ihnen nicht wegnehmen!« sagte Claudia beschämt.

»Essen können Sie in dem Gasthaus, das wir vorhin gesehen haben. Die Morgentoilette und das Wäschefest finden im Freien statt, das ist besonders im Winter bei einem tüchtigen Schneesturm sehr gesund – aber bis dahin, fürcht' ich, werden Sie nicht bleiben?«

»Wenn ich nur wüßte, was das alles bedeuten soll!« sagte Claudia und nahm seine Hand. »So lange ist es mir recht erbärmlich gegangen – und jetzt, auf einmal, sind alle Türen offen. Wie mach' ich's nun, daß ich mich bei Ihnen bedanke?«

Er nickte. »Es gibt solche Zeiten, man muß sie ausnützen wie schönes Wetter und fröhlich sein. Wenn der Sonnenschein vorbei ist, regnet es ganz von selber.«

»Und wenn ich nun hier allein bin und an Sie denke«, sagte Claudia und schaute ihn recht lieb an, »dann kann ich doch unmöglich ›Herr Venediger‹ denken – wie heißen Sie mit Vornamen?«

»Lorenz. Ich finde den Namen auch nicht besonders schön, aber was will man machen. Vielleicht sind Sie so freundlich und denken ›Laurentius‹?«

»Laurin werd' ich denken!« rief sie und klatschte in die Hände. »Aber zum Glück ist dies keine unterirdische Höhle!«

»Also darf man hoffen, daß auch kein Dietrich von Bern erscheint«, sagte er.

Sie ging in der Stube umher, schaute hierhin und dorthin. Die weiß und rot gewürfelten Vorhänge waren frisch gewaschen, die Bettwäsche lag schön gebügelt im Schrank, das bißchen Geschirr auf dem Wandbrett blitzte vor Sauberkeit, und als sie die Tischschublade aufzog, lagen da Messer, Gabeln und Löffel frisch geputzt.

»Diese Ordnung . . .«, sagte Claudia sehr tiefsinnig.

»Salz und dergleichen Dinge sind in dem Kästchen dort.«

Claudia besichtigte auch dies. Dann sagte sie: »Umbringen wird mich hier niemand?«

»Ich wüßte nicht, wer. Haben Sie Angst?«

»Ich? Nein.«

Philipp Ling hatte die Verhandlungen mit der Regierung in Rom zu einem erträglichen Ende gebracht. Es war nicht einfach gewesen; in gewissen Punkten mußte man nachgeben, das tat Ling niemals gern, er war gewöhnt, seinen Kopf mit unwiderstehlicher Liebenswürdigkeit durchzusetzen – merkwürdigerweise schien man diesmal auf der Gegenseite die gleiche Gewohnheit zu haben, und weil infolgedessen jeder der beiden Partner im voraus wußte, welchen Kniff der andere zu Hilfe nehmen würde, gab es ein anstrengendes Hin und Her.

»Meinen Sohn hätten sie hier schon längst unter den Tisch gebügelt«, sagte Ling zu Fräulein Schäfer.

Sie aber, die ihre Unentbehrlichkeit auch diesmal bewiesen hatte, erwiderte sanft und madonnengescheitelt: »Ich würde das nicht zugelassen haben.«

Ling sah sie ziemlich verblüfft an. Dann begriff er. »Sie sind also der Überzeugung, daß man bei dem endlichen Abschluß mit der Provinzialregierung in Bozen auf Ihre Mitwirkung nicht wird verzichten können?«

»Es wäre einfacher«, sagte sie unbewegt und still wie ein Waldsee.

Ling wanderte ein paarmal durch das Zimmer und spielte mit den Schlüsseln in seiner rückwärtigen Hosentasche. Wer ihn kannte, der wußte, daß dies bei ihm stets ein Zeichen für angestrengtes und weitreichendes Nachdenken war. Fräulein Schäfer liebte diese Klimperei nicht sehr, sie hatte ihre Gründe dafür.

»Gut«, sagte er schließlich. »Bitte schreiben Sie.«

Nun sah man wieder, was eine tüchtige Sekretärin wert war. Volle zwei Stunden lang setzte Ling seine Zimmerwanderung fort – nur für ganz seltene Augenblicke des schärfsten Überlegens blieb er am Fenster stehen und sah auf die Straße hinunter –, dabei klimperte er fast ununterbrochen mit den Schlüsseln und diktierte so geschwind und fließend, als läse er aus einem Buch vor, mit dem er so bald wie möglich zu Ende zu kommen wünschte. Und dies alles bei dreißig Grad im Schatten.

Als er fertig war, fragte er auch noch ganz harmlos: »Haben Sie's?«

Fräulein Schäfer hatte es, sie saß in der klassischen Haltung einer Römerin da, obwohl sie am Umkippen war. »Ein Parlamentsstenograph«, sagte sie, »würde das nur zehn Minuten aushalten.«

»Seien Sie also froh, daß sie nicht zu dieser schwächlichen Gesellschaft gehören«, antwortete er mit erstaunlicher Logik. »Ja, richtig, jetzt schreiben Sie noch den Schlußsatz: Wenn du dir dies alles zu Gemüte geführt hast, mein lieber Andreas, wirst du mit mir der Überzeugung sein, daß Fräulein Schäfer rückwirkend ab 1. August um einhundert Mark aufgebessert werden sollte, die Entscheidung überlasse ich dir. Morgen früh – nein, das brauchen Sie natürlich nicht mehr zu schreiben! –, morgen früh klettern Sie in das Kursflugzeug und sind mittags zu Hause. Alles Weitere ergibt sich aus dem Diktat. Sonst noch etwas? Sehr schön. Wiedersehen! Und wenn Sie dem Fahrer begegnen, sagen Sie ihm bitte, er soll morgen um acht Uhr mit dem Wagen vor dem Hotel sein.« Bambusstock, Hut, Nelke im Knopfloch, so ging er davon, trali trala.

Weil Philipp Ling endlich keinen Anlaß mehr hatte, in dieser heißen Stadt zu bleiben, ließ er sich anderntags in ein von den meisten Fremden unbeachtetes Fischerdorf an der ligurischen Küste fahren, wo er ein kleines, aber ausgezeichnetes Gasthaus kannte, dessen Garten unmittelbar an das felsige Meeresufer stieß.

Dort blieb er mehrere Tage, erholungsbedürftiger, als er sich selbst zugeben wollte und vollends anderen jemals zugegeben hätte. Wenn er nicht auf seinem Balkon saß, verbrachte er den Tag im Liegestuhl, äußerlich mit nichts weiter beschäftigt, als auf das Meer hinauszublicken. Abends dann saß er wiederum auf dem Balkon, trank eine Flasche Wein, sah, wie die Fischerboote lautlos an den Felsen entlangglitten und mit ihren geheimnisvollen Leuchten das Wasser in einem magischen Blau durchsichtig werden ließen. Und er sah die Sterne hinabsinken. Es war die Zeit, in der die Sternschnuppenschwärme über den Himmel fuhren, bunte Spuren tanzten durcheinander, manche liefen der allgemeinen Richtung zuwider, aber das große Ganze, diese wunderbare schimmernde Bühne der Ewigkeiten, sank doch hinab.

Ich hätte, dachte er und lächelte ein wenig sauer über sich selbst, an die Adria gehen sollen – dort steigen die Sterne auf, wenn man über das Meer blickt. Es ist doch schlimm, daß der Mensch sich in dieser Weise trösten und wenn möglich betrügen möchte. Trösten – worüber? Gewiß, der Gang der Dinge in Rom war kaum befriedigend. Aber ich mag nicht mehr. Soll sich Andreas plagen. Ob die kleine Claudia mittlerweile die Reste ihres Zwergenkönigs gefunden hat? Man hätte sie nicht alleinlassen sollen. Aber ich konnte der italienischen Regierung wohl nicht erklären, daß ich leider verhindert sei, die Verhandlungen zu führen, weil ich auf König Laurins Spuren wandle. Allerdings, wenn ich gesagt hätte: mit einer hübschen jungen Dame – dann hätten sie vielleicht Verständnis dafür gehabt. Aber ... ach du lieber Gott.

Da fuhr wieder eine giftgrüne Sternschnuppe über den Himmel, man wunderte sich, daß es dabei nicht leise zischte, und sie verschwand wie in einer dunkelblauen Höhle. Philipp Ling mußte an Laurins Höhle denken, von der Claudia ihm erzählt hatte, und an den merkwürdigen seidenen Faden, der den Rosengarten schützte. Dieses Mädchen Claudia, die durfte nun in den Rosengarten hinein, der tausend Jahre verschlossen gewesen war. Da sprach von Bern Herr Dieterich: Das sind mir Sachen wunderlich ...

Überlegte man's genau, so war es doch schön, daß es noch solche Leute gab, die sich aus der Zeit nichts machten, auch wenn es ihnen noch so schlecht ging. Sie lebten in dieser Welt wie in einem Würfel, er war eng, aber aus Kristall, und eine ganz andere Welt leuchtete zu ihnen hinein. Und in besonderen Stunden konnten sie wohl auch aus der Enge heraus in jene andere Welt hinüberwechseln. Unsereiner, dachte Ling, hat das eben nicht gelernt, der seidene Faden spannt sich zwischen dem Hier und dem Dort. Beinahe möchte man sich darüber ärgern, aber mit Gewalt läßt sich da nichts machen, das wußte schon Herr Dietrich und besonders der alte Hildebrand. Daß ich über dies alles nachdenke! Werd' ich vielleicht weise? Wächst mir etwa ein langer Bart?

Er lachte vor sich hin. Und dann wieder: daß sie jahrelang für einen Pelz sparte, aber sofort bereit war, alles herzugeben, wenn sich ihr nur der Garten jenseits des seidenen Fadens auftat! Selbstverständlich hatte man das nicht zulassen können, aber wahrscheinlich wäre eine etwas kräftigere Hilfe nötig gewesen. Das bißchen Geld. Vielleicht war sie damit schon fertig, die Unkosten ließen sich neulich nicht vorausberechnen, es war nicht ausgeschlossen, daß sie das meiste schon für die fehlenden Blätter ausgegeben hatte.

Überhaupt! Je länger Philipp Ling sich Gedanken machte, desto deutlicher wurde ihm, daß er dort oben in Südtirol noch einmal nach dem Rechten sehen mußte. Der Heimweg bot die natürlichste Gelegenheit dazu. Hier wird es ohnehin zu einsam für einen alten Mann, der das Gefühl hat, daß ihm ein langer Bart wächst. Der alte Mann grübelte zuviel. Das ist nicht gut für alte Männer.

Eines Tages betrat Andreas Ling seinen Arbeitsraum in der gläsernen Ecke. Schon als er die äußere Tür öffnete, hörte er Schreibmaschinengeklapper.

»Guten Morgen!« sagte er.

»Guten Morgen, Herr Ling!« sagte Fräulein Schäfer, erhob sich und gab ihm die Hand.

»Wann sind Sie zurückgekommen?«

»Gestern.«

»Daß mein Vater mich nicht gleich angerufen hat?«

Sie berichtete, wie es war und wie es gewesen war, und daß, soviel sie wisse, der Seniorchef im Ligurischen Meer plätscherte.

Andreas Ling, gutmütig und geduldig, hörte sich das an und nickte zufrieden. »Eigentlich«, sagte er und ging im Büro auf und ab, mit den Schlüsseln jedoch konnte er nicht klimpern, weder in der rückwärtigen Hosentasche noch sonstwo, denn er hatte keine Schlüssel, zur Freude der Sekretärin, »eigentlich ist es ganz gut so. Stellen Sie sich vor, *mir* wäre das passiert! Wir haben uns schon letzthin ein bißchen angeflüstert, er und ich. ›Mehr als arbeiten kann ich nicht!‹ sagte ich. – ›Eben!‹ sagte er, und was er in dieses

Wort hineinlegte, vergeß ich ihm nicht so bald. Und dann meinte er tröstend, *ein* genialer Mensch in der Firma genüge.«

»Das hat er gesagt?«

»Nicht wörtlich, nein, aber doch unmißverständlich. Er überzuckerte die Sache noch ein bißchen, aber ich saß da und war klein und häßlich. Und deshalb freut's mich jetzt. Bitte das aber als durchaus private Äußerung zu betrachten und sofort zu vergessen. Ehem! Sonst?«

Marianne wies auf zwei Stenogrammblöcke. »Das hab' ich für Sie mitgebracht. Es wird aber noch ein paar Tage dauern.«

»Ich muß mich setzen!« sagte Andreas Ling. »Und was ist das Wichtigste daran?«

»Das Wichtigste«, erwiderte Marianne und tat, als ob sie überlegen müßte, »das Wichtigste ist, daß wir beide, Sie und ich, so bald wie möglich nach Bozen fahren müssen, damit die Geschichte endlich in Ordnung kommt.«

Andreas schnaufte ein wenig, das geschah selten. »Sie waren noch nicht im Urlaub!«

»Nein.«

»Ich auch nicht.«

Fräulein Schäfer hörte aus diesen Worten eine nicht geringe Erbitterung, und da sie eine ungemein fähige Stütze der Direktion war, so begriff sie blitzschnell, daß jetzt nur noch ein winziger Nadelstich dazugehörte, den Ballon platzen zu lassen. »Ich wollte Ihren Herrn Vater nicht an den Urlaub erinnern«, bemerkte sie sanft und rehäugig, »er war selber so erholungsbedürftig.«

»Na!« sagte Andreas. »Wo ist übrigens der Wagen?«

»Tja ...«, sagte sie achselzuckend. Das war also der Nadelstich.

Andreas preßte die Lippen zusammen, der Ballon platzte gewissermaßen nach innen, physikalisch besehen ein höchst sonderbarer Vorgang, von dem sich die tüchtige Sekretärin jedoch viel versprach, freilich ohne ein Wort zu sagen, sondern sie wandte sich wieder der Schreibmaschine zu und suchte im Stenogramm nach der Stelle, wo sie vorhin bei der Übertragung stehengeblieben war. Und eben weil sie so tüchtig war, fiel ihr erst jetzt eine Kleinigkeit ein, nämlich der Schlußsatz, den ihr der Seniorchef diktiert hatte.

»Was?« fragte Andreas. »Ich muß mich schon wieder setzen, ach so, ich sitze ja schon. Hundert Mark? Fräulein Schäfer, Sie ruinieren die Firma!«

»Den Eindruck hab' ich schon lange.«

»Dann ist es ja gut.«

»Es wird höchste Zeit, daß Sie mich hinauswerfen.«

»Das wäre ein Ausweg und sehr zu überlegen. Haben Sie heute abend Zeit?«

»Eigentlich nicht, denn ich wollte weiterarbeiten. Aber um die Firma zu ruinieren –«

»Gut! Ich mache Ihnen einen Vorschlag. Wir nehmen den Wagen –«

»Welchen?«

»Einen Wagen also!« sagte Andreas Ling, abermals erbittert. »Was ist das überhaupt für ein trostloser Laden, wo es nur einen einzigen Direktionswagen gibt?«

Fräulein Schäfer suchte mit dem Zeigefinger so nachdrücklich in ihrem Stenogramm, als wollte sie damit andeuten, daß sie sich über die Trostlosigkeit dieses Ladens keinesfalls zu äußern gedenke.

7

Wenn Claudia vor ihre Hütte trat, fiel ihr anfangs oft die Bezeichnung ›Dach der Welt‹ ein. Zwar erinnerte sie sich dunkel, daß das richtige Dach der Welt ein sehr hohes Gebirge in Asien war, aber für ihre kleinere Welt konnte dies hier durchaus als Dach gelten: die weite Hochebene, unübersehbar mit ihren Almhügeln, schmalen Wiesen und Wäldern, mit Hängen, an denen glattgewaschenes Urgestein zutage trat, und – was besonders erfreulich war – mit sehr wenig Menschen, die noch dazu zerstreut wohnten und keinen Herdentrieb zeigten. Ringsum aber, man mochte wandern, wohin man wollte, stand das Blau der Berge, die samt und sonders durch breite, tiefe Täler von diesem Dach der Welt getrennt waren, ein Blau, das je nach der Entfernung und dem Sonnenstand weicher oder härter war. Nur Fußwege, Holzwege führten in diese Welt empor, deshalb gab es kein Auto, ausgenommen einen kleinen Gasthausomnibus, der sich mitunter durch ein Staubwölkchen bemerkbar machte und von dem nicht feststand, wie er hier heraufgekommen war, vielleicht hatte man ihn von einem Flugzeug abgeworfen.

Auch sonst war auf diesem Dach vieles anders als etwa drunten im Etschtal. Claudia merkte das sogleich, wurde sich aber erst nach einiger Zeit über die Hauptunterschiede klar: in dieser Höhe gab es keine Weingärten mehr und was damit zusammenhing, auch die paar Obstbäume sahen aus, als ob sie an harte Winter gewöhnt wären. Man war doch tausend Meter über dem Blumengarten von Meran, wo Palmen und Zypressen wuchsen. Und es war hier oben beinahe so schön wie daheim. Lieber Himmel, ja, an Florine mußte sie jetzt endlich einmal schreiben.

Und es war auch nicht immer gutes Wetter. Bisweilen lag morgens ein kalter, dicker Nebel über allem – die Leute im Tal, die sich in der Frühsonne wärmten, sahen ihn als breite Wolkenbank am Haflinger Plateau hängen, und vielleicht dachte Venediger, wenn er durch sein schräges Speicherfenster blickte, an Laurins Tarnkappe und lächelte. Claudia mochte sich gar nicht vorstellen, wie es mittlerweile in seinem Atelier wieder aussah, auf jeden Fall hoffnungslos und völlig anders als hier oben, wo die Ordnung und Sauberkeit derart war, wie ein Mann sie niemals zustande bringen kann – darüber zerbrach sich Claudia nicht den Kopf, zumal sie letzthin Nadel und Faden gesucht und dort gefunden hatte, wohin sie gehörten, dazu einen Fingerhut, so klein, daß er niemals auf einen männlichen Finger gepaßt hätte, es war aber wohl nicht anzunehmen, daß Laurins Zwerge sich gelegentlich hier einfanden, um Hosenknöpfe anzunähen ... eher ein Schneewittchen.

Claudia also fühlte sich nicht berufen, ihre Sagen- und Märchenforschung in dieser Richtung auszudehnen. Sie hatte ohnehin genug zu tun. Wenn sie die Hütte einmal verlassen würde, sollte niemand ihr nachsagen können, daß sie ein vielleicht gelehrtes, bestimmt aber schlampiges Frauenzimmer war. Kein Zwerg und erst recht kein Schneewittchen sollte seinen Schnabel an ihr wetzen. Infolgedessen hatte sie nach einem in aller Ruhe eingenommenen Frühstück jeden Vormittag vollauf mit der Hauswirtschaft zu tun, sie putzte und fegte und wusch und bügelte recht märchenhaft, und dann war es gewöhnlich Zeit, zum Mittagessen zu gehen.

Die folgende größere Hälfte des Tages brachte ihre eigentliche Arbeit. Da saß sie am Tisch, auf dessen weißgescheuerter Ahornplatte die Vergrößerung des listenreich fotografierten Liedtextes lag, durch eine Glasscheibe flachgehalten, und übertrug Buchstabe für Buchstabe und Zeile für Zeile; die Abkürzungen, Kontraktionen und sonstigen Schreibkunststücke löste sie dabei noch nicht auf, denn erst mußte der Text so, wie sie ihn gefunden hatte, als Material klar sein. Jede Minute verfing sie sich in endlose Gedankenreihen, deren endloseste und erregendste die war: ob es mit Barellis Hilfe etwa doch noch glücken würde, den Rest zu finden – recht häufig ertappte sie sich, daß sie darüber in die seltsamsten Träumereien geraten war, dann gab sie sich jedesmal einen gewaltigen Stoß, kehrte reumütig zur Philologie zurück und stellte nicht ohne Genugtuung fest, wieviel sie gelernt hatte – es war auch gut, denn hier stand ihr weder ein mittelhochdeutsches Wörterbuch noch eine Grammatik noch ein Leitfaden der Handschriftenkunde zur Verfügung, aber zum Glück konnte sie sich auf das verlassen, was in ihrem Kopf war, es reichte bis auf einige ganz besondere Schwierigkeiten sehr weit.

Kein Wunder, daß dabei die Tage verflogen. Abends arbeitete sie meist weiter bis in die Nacht, aus reiner Neugier, wie sie sich einreden wollte. Es steckte aber etwas Ernsthaftes dahinter, nämlich die immer deutlichere Erkenntnis erstens, daß dies wirklich ein Fund war, der sich in der gelehrten Welt sehen lassen konnte, und zweitens, daß sie ein halbes Jahr zu tun haben würde, um überhaupt den üblichen ›Vorbericht‹ veröffentlichen zu können. Mit Schnelligkeit war dabei nichts zu erreichen, sondern nur mit Gründlichkeit, sonst endeten alle Mühen und Hoffnungen in einer Blamage.

»Wie sehen Sie aus!« sagte Venediger, als er nach einer Woche wieder heraufkam und sich von dieser Tageseinteilung berichten ließ. »Grau, übermüdet und so, als ob Sie auf lauter Nadelspitzen lebten. Daß man euch doch nicht ohne Aufsicht lassen kann! Schon im Paradies war es so. Aber natürlich. Damals hat sogar der liebe Gott bei den Weibern zu viel Vernunft vorausgesetzt, und er hätte es doch besser wissen müssen, da er selber sie gemacht hatte.«

»Wie reden Sie denn mit mir!« sagte Claudia erbost, es hielt sich aber in mäßigen Grenzen.

»Nein, im Ernst. Hab' ich Sie deshalb in diese Bergluft verpflanzt, daß Sie von des Gedankens Blässe angekränkelt werden? Nichts da! Von heute ab wird nur halb soviel gearbeitet – oder Sie müssen wieder hinunter, und zwar in Ihr altes Zimmer.«

Das gute Zureden half, sie versprach's ihm.

Er besah, was sie mittlerweile fertiggebracht hatte, lobte sie respektvoll und schenkte ihr eine besonders schöne Aufnahme des Rosengartens.

Sie saßen vor dem Haus in der Abendsonne, zwischen sich auf der Bank eine Schüssel voll Trauben und Äpfel, aus der Claudia mit unbeschreiblichem Vergnügen aß. »Wie machen Sie es aber«, fragte sie, »daß Ihre Bergbilder so eigenartig sind, daß man sie aus hundert anderen herauskennen würde?«

Dazu hatte er einiges zu sagen. Sie durfte auch nicht vergessen, daß er Geologe war.

»Mit Examen?«

»Mit!« antwortete er. »Unausstehliche Person!«

»Deshalb die wunderbaren Aufnahmen«, stichelte sie.

»Es ist etwas dran«, sagte er. »Meinen Sie nicht, daß man einen Menschen besser fotografieren kann, wenn man sein Inwendiges kennt? So ist es wohl auch mit dem Berg und allem. Stellen Sie sich vor: ein ungeheurer Sockel aus Schiefer, Urgestein, über dessen Entstehungszeit wir nicht zurückdenken können. Eine Milliarde Jahre, oder wie Sie wollen, auf hundert oder zweihundert Millionen Jahre kommt es mir nicht an, da bin ich großzügig. Über diesen Schiefersockel quillt nun einmal jene Platte aus Porphyr, die man am Fuße des Rosengartens erkennt, als Glutbrei aus dem Bauch der Erde herausgepreßt und zu Stein erstarrt. Endlich – wann, kleine Claudia? – kommt das Meer, ein Weltmeer, es ist warm und tropisch, denn auf der Porphyrplatte, die nun den Meeresgrund bildet, siedeln sich Korallen an, eine Schicht nach der andern lebt und stirbt, Korallen, Korallen. Was von ihnen übrigbleibt, ist Kalk, er wächst und wächst, alle hundert Jahre um Handbreite, das Meer fließt ab, die riesige Korallenbank steht noch da und heißt Rosengarten.«

Mit großen Augen hatte Claudia zugehört.

»Man muß die Dinge nicht nur ansehen, sondern auch betrachten«, sagte Venediger und nahm noch ein paar Blätter aus seiner Mappe. »Dies hier ist zwar in seiner Art alles andere als ein Berg, aber doch etwas recht Erhebliches.« Es waren die Aufnahmen, die er von ihr gemacht hatte.

Claudia sah eine nach der andern wortlos an.

»Da müssen Sie mich aber lange betrachtet haben ...«, sagte sie schließlich.

»Es war eine besonders glückliche Stunde«, antwortete er: »Sie schliefen – ich weiß nicht, soll ich sagen fast oder fest, es wechselte wohl, je nach den Träumen. Und das Licht war günstig, es spielte seine Rolle ausgezeichnet. Ja, sogar der Wind spielte mit, nämlich mit dem Löckchen, das inzwischen vor lauter Arbeit beinahe verschwunden ist, schade. Es war eine Claudia, wie man sie selten zu Gesicht bekommt.«

»Da es also eine andere war«, sagte sie, »darf ich wohl die Bemerkung machen, daß sie ausgesprochen hübsch ist.«

»Wenn es nur das wäre – hübsche Mädchen gibt es viele.«

»Aber?«

»Ich weiß nicht. Es läßt sich kaum mit Worten beschreiben, sondern eben nur betrachten, darin liegt ja der Sinn des Bildes. Darf ich Ihnen diese Abzüge verehren? Sie können noch mehr haben, wenn Sie wollen. Und nun möchte ich Sie noch einmal um Ihre Erlaubnis bitten, daß ich die Bilder verwenden darf.«

»Gern, wenn es Ihnen nützlich ist. Aber ohne meinen Namen.«

»Das versteht sich von selbst.«

»Neugierig bin ich, was Sie damit machen werden.«

Er sah die Bildreihe an. »Oh, damit läßt sich viel anfangen, das sagte ich Ihnen ja schon. Dieses hier zum Beispiel –«

Claudia rückte interessiert neben ihn. »Ja?«

»Ich stelle mir vor«, sagte er und legte prüfend den Kopf schief, »etwa für ein Nervenberuhigungsmittel – –«

»Oh, unverschämt!« rief sie. »Nervenberuhigungsmittel ist eine Unverschämtheit!«

Zum Glück stieg aus dem Tal herauf ein Wind, der, da die Sonne hinter die Gfallwand sank, so wuchs, daß er die Papierblätter gefährdete; sie wurden in Sicherheit gebracht, der Umzug ins Haus beruhigte Claudias Gemüt, und nachdem sie ihm, bereits wieder lachend, kurz, aber gründlich ihre Meinung gesagt hatte, tat sie die Bilder beiseite und begann den Tisch zu decken. Da die Fenster sehr klein waren, mußte man bald Licht machen, dabei sagte sie: »Weil ich's nun einmal versprochen habe, werde ich abends nicht mehr arbeiten, es ist auch gewiß besser so, das seh' ich ein – Sie glauben aber nicht, wie schön gerade diese Stunden waren. Die Tür weiß man verriegelt, draußen geht niemand als der Mond, und hier, im engen Zauberkreis der Lampe, der die Gedanken und Vorstellungen wie mit einer Glaslinse sammelt und ganz hell und deutlich werden läßt, treten die Gestalten aus ihrem tausendjährigen Hintergrund. Da läuft's einem ordentlich über den Rücken: wie dünn ist die Scheidewand zwischen dem Wirklichen und dem Unwirklichen – ist sie überhaupt vorhanden?«

»Wenn etwas wirkt, ist es wirklich«, sagte Venediger. »Also sind Ihre Gestalten wirklich.«

»Auch Laurin?« fragte sie, ohne zu lächeln.

»Weshalb nicht? Er vor allen anderen, denn er schützt ja die Scheidewand, das ist seine Aufgabe in dieser Welt. Übrigens ist es keine Wand.«

»Nicht?«

»Nein, sondern ein seidener Faden.«

»Wunderbar!«

»Dünn, dünn, das wissen Sie jetzt, aber gefährlich, und wer ahnungslos darüber hinweg ins Unwirkliche tölpelt, dem bekommt es schlecht.«

»Ganz wunderbar!« Claudia sah ihn groß an. »Bis zu dieser Minute hab' ich mir den Kopf zerbrochen über den Faden, der den Rosengarten umgibt. Daß ich das nicht begriff! Wie sind Sie darauf gekommen?«

»Auf so etwas kommt man nicht – es kommt auf einen zu«, antwortete er. »Vielleicht weil ich ein Venediger und jenseits des Fadens kein Fremder bin? Aber der Umgang mit solchen Dingen will gelernt sein, Claudia, und deshalb sollen Sie nachts nicht mehr arbeiten. Wenn einer schwimmen kann, tut ihm das Wasser nichts. Wenn er aber nicht schwimmen kann, wird die Sache bedenklich.«

Sie schüttelte den Kopf. »Wie viele Nächte meines Lebens hab' ich schon mit diesen Dingen zugebracht!«

»Ja, aber damals kam es noch nicht zu Ihnen.«

»Was?«

»Jenes geheimnisvolle Es, dem auch die Sprache in einem so vorsichtigen Bogen aus dem Wege geht, weil sie's nicht beim Namen nennen möchte. Haben Sie nicht selber oft genug gesagt, daß seit ein paar Wochen etwas in Ihrem Leben anders ist?«

»Machen Sie mich doch nicht vollends verrückt!« sagte Claudia. »Oder sind Sie deshalb heraufgekommen?«

»Gewiß nicht«, antwortete Venediger, »im Gegenteil. Ich wollte hier nur ein bißchen nach dem Rechten sehen, denn ich weiß doch, daß auch das Einsamsein gelernt werden muß. Nun sagen Sie mir noch ein paar Worte von Ihrer Arbeit, und dann nichts mehr davon. Dies hier haben Sie bisher übertragen?«

Das war eine gute Wendung. Claudia berichtete, deutete, erklärte, jetzt war sie es, die von der Sache etwas verstand, und dabei fand sie ihr Selbstbewußtsein wieder. Verglichen mit den aus späterer Zeit erhaltenen Fassungen war dieses ursprüngliche Lied vom Rosengarten kurz gewesen, eben ein Lied, und man durfte annehmen, daß es nicht mehr als drei Blätter umfaßt hatte, von denen sie das zweite besaß. Hatte Venediger wieder einmal mit Barelli gesprochen?

Nein. Der Antiquar schien verreist zu sein, wie dies oft geschah, jedenfalls sah man ihn nicht. »Haben Sie immer noch Hoffnung?« fragte Venediger.

Claudia hörte aus seinem Ton, daß er keine hatte, sie vermied es aber, zu antworten, und sagte nur: »Dann ist dies hier eben das ›Meraner Fragment‹, und es muß auch so gehen. Ich kann Ihnen schon heute versichern, daß ich eine sehr ordentliche Arbeit darüber schreiben werde. Professor Momberg wird sich freuen.«

»Momberg . . .«, sagte Venediger mit einem so eigentümlichen Gesicht, daß Claudia stutzig wurde. Er überlegte. »Den Brief, den Sie mir neulich von Momberg mitbrachten, kennen Sie nicht? Nein, natürlich nicht. Wollen Sie ihn lesen?«

»Sie haben ihn noch, und Sie haben ihn bei sich?« fragte Claudia erstaunt.

»Hm, ja . . .«, antwortete er, »ich habe ihn bei mir, und nicht ganz zufällig. Ich denke, Sie sollten wissen, was drin steht. Jetzt sollen Sie es wissen, da wir die alte Schrift auf dem Pergament erkennbar gemacht haben und Ihre Vermutung sich bestätigt hat. Er schreibt mir nämlich, wenn ich noch mehr von diesen Blättern hätte oder fände, möchte ich sie ihm sogleich schicken – ihm!«

»Nein!«

Venediger gab ihr den Brief.

»Gemein!« sagte Claudia. Und dann: »Das ist eine große Enttäuschung.«

»Nicht so wichtig.«

»Doch!« sagte sie. »Doch!« Da hatte sie die Augen voll Wasser. »Unanständig und gemein! Ich soll den Kuchen backen, und er möchte sich zwei Drittel davon abschneiden!«

»So sind die Menschen. Darüber werden Sie sich wohl nicht aufregen.«

Claudia schlug mit der Hand auf den Tisch, es knallte ziemlich. »Ich will mich aber aufregen! Neulich schon hat jemand eine Bemerkung gemacht. Sollte man's denn glauben! – Nicht übel: Wenn ich mich geirrt hätte, wenn unbedeutendes Zeug zutage gekommen wäre, na schön, dann ging es ihn nichts an – wenn ich aber recht hatte – – mich zerreißt's!« Und dabei schnurrte sie das R, daß sogar die elektrische Birne einen Augenblick lang zitterte. »Haut denn nicht gleich ein Blitz und ein Donner in die ganze Bande?«

»Mit Bande meinen Sie vermutlich die Männer«, sagte Venediger und betrachtete diesen Ausbruch, als wenn er im Theater säße.

»Eine Wut hab' ich, eine Wut –!« Ihre Augen waren ganz dunkel.

»Gut, daß Sie mich darauf aufmerksam machen, ich hätte es sonst nicht gemerkt.« Er stand auf, ging um den Tisch herum und setzte sich neben sie auf die Bank. »Nein, also das mit dem Nervenberuhigungsmittel muß ich mir doch noch einmal überlegen.«

Es zeigte sich sofort, daß er die Lage richtig beurteilt hatte. Mit einem Ruck, als wenn ihr jemand einen Stoß gäbe, lehnte sie ihren Kopf an seine Schulter und weinte ganz erbärmlich.

»Nur zu!« sagte er und streichelte ein bißchen über ihr Haar. »Nur heraus damit! Das tut wohl! Ja, ja, die Welt ist schlecht.«

Als er aber der Meinung war, daß es nun allmählich wieder gut sein müßte, hob er ihr das Kinn, lächelte in ihre Augen, brachte ein völlig frisches Taschentuch zum Vorschein und wischte ihr die Tränen aus dem Gesicht. »Es liegt an mir«, sagte er, »ich hab' dich zu lange allein gelassen, kleine Claudia . . .«

Eines Vormittags schlenderte Philipp Ling über die Meraner Kurpromenade. Er war schon vor ein paar Tagen angekommen, empfand die mildere Wärme der Gebirgsgegend als sehr wohltuend, die Landschaft als ungemein lieblich und romantisch – und schlenderte, denn was bleibt einem weißhaarigen und eleganten Mann weiter übrig, wenn er auf der Suche nach einer jungen Dame erfahren hat, daß die angegebene Adresse nicht mehr stimmt und daß sie verzogen ist, unbekannt wohin? Daß sie die Stadt verlassen hatte, mochte er nicht glauben, und weil sie bereits nach vierundzwanzig Stunden wieder ausgezogen war, durfte man vermuten, daß ihr nur diese Unterkunft nicht zugesagt hatte, was Philipp Ling durchaus begriff.

Aber auch die bunteste und hübscheste Kurpromenade wird langweilig, wenn man keine Gesellschaft hat, vollends nicht diejenige, die man zu finden hoffte. Zudem hatte er mit der Morgenpost einen Brief erhalten, der ihm über mancherlei Umwege nachgeschickt worden war und in dem ihm sein Sohn Andreas mitteilte, daß er, Andreas, es für richtig und nötig halte, möglichst bald nach Bozen zu fahren, um die bewußten Verhandlungen abzuschließen, und da dies so sei, empfehle es sich wohl, daß der verehrte Seniorchef – wenigstens vorübergehend, schrieb Andreas – sich um die Leitung der Firma kümmere. Ganz genauso stand es natürlich nicht auf dem Papier, dazu hatte dieser Sohn denn doch zuviel Respekt, aber die Worte »wenigstens vorübergehend« standen doch da, und das roch geradezu nach Palastrevolution.

Philipp Ling war alles andere als ein Tyrann und Wüterich. Er ärgerte sich über diesen Brief, das erforderte schon die Selbstachtung, insgeheim jedoch konnte er sich nicht verhehlen, daß Andreas recht hatte . . . eigentlich. Und eigentlich erfüllte es ihn mit einer Art Befriedigung, daß dem Sohn Andreas endlich einmal die Geduld riß. Allerdings war diese Befriedigung ein bißchen sauer: Was tat sich da –?

In so zwiespältiger Laune also schlenderte Philipp. Wahrscheinlich lag es in den Wolkenschatten begründet, die über sein im allgemeinen heiteres Gemüt hinglitten, daß er unversehens von der sorgenlos hellen Promenade in die wesentlich dunklere Laubengasse geriet und dort vor dem dunkelsten aller Läden stehenblieb.

Durch das Fenster sah er Claudia, die mit dem Inhaber sprach.

»Sind Sie auf Antiquitätenjagd?« fragte Ling eintretend.

Claudia, nach der vergnügtesten Begrüßung, sagte: »Man könnte es so nennen. – Ich höre noch von Ihnen, Herr Barelli? Auf Wiedersehen!«

»Bestimmt, bestimmt«, sagte der Ziegenbärtige und begleitete die Herrschaften zur Tür, wo er sich mit mehreren Verbeugungen verabschiedete.

Draußen und ein wenig von dem Laden entfernt, blieb Ling stehen, nahm ihre beiden Hände und sah ihr prüfend ins Gesicht. »Wie geht's, was machen Sie, haben Sie Erfolg, brauchen Sie Geld, wo hausen Sie?«

»Halt, halt!« sagte Claudia lachend. »Eines nach dem andern. Es geht mir ausgezeichnet.«

»Das sieht man. Die Meraner Luft bekommt Ihnen gut.«

»Ich wohne nicht in Meran.«

»Dann freilich!« sagte Ling. »Und mich lassen Sie seit Monaten verzweifelt umherirren! Wo also?«

Sie deutete nach Hafling hinauf. »Ganz oben hinter den sieben Bergen, wohin kein Auto kommt.«

»Gescheit. Aber weshalb?«

»Damit ich ungestört arbeiten kann, den Verlockungen der Menschenwelt entrückt.« Sie waren inzwischen wieder zur Promenade gekommen und setzten sich auf eine Bank. Claudia berichtete, Ling hörte aufmerksam zu. Einen Augenblick lang dachte sie an Mombergs Brief und den Ärger, erwähnte dann aber nichts davon.

»Das ist gut«, sagte er. »Und verhungert sind Sie noch nicht, wie ich sehe.«

»Ich brauche so wenig, daß ich von meinen Zinsen leben kann.«

Er lachte. »Sie wissen aber, daß ich unbedingt ins Vorwort kommen möchte.«

Claudia nickte.

»Wann haben Sie das letztemal Schokolade gegessen?«

»Schokolade?« fragte Claudia. »Sie sollten mich an diesem heiteren Vormittag nicht mit solchen Gewissensfragen überfallen. Schokolade? Nein. Haferflocken sind auch gut und billiger.«

»Aha!« sagte Ling und stand auf. »Glauben Sie, daß man hier in Meran Schokolade kaufen kann?«

»Ich weiß nicht, ich habe es noch nicht versucht.«

»Oder zum Beispiel Pralinen«, sagte er. »Eine riesige Schachtel, so groß wie ein Wagenrad, jede ist anders, lauter Überraschungen, abends stellt man sie neben das Bett, und während man liest, greift man immer wieder einmal in die Schachtel, ganz in Gedanken –«

»Hören Sie auf!« sagte Claudia schwach. »Ich gehe jetzt auf meinen Berg. Denn hier im Tiefland... nein, glücklich ist man doch nur, wenn keine Wünsche herumschleichen.«

Aber eine Stunde später saßen sie wieder auf der Bank, und neben Claudia lag ein Netz, angefüllt mit Päckchen – wie gut, daß die Bushaltestelle nach Obermais nur ein paar Schritt entfernt war.

»Wirklich ein heiterer Vormittag!« sagte Philipp Ling. »Und dabei begann er für mich gar nicht so heiter. Wie lange haben Sie noch Zeit? Zehn Minuten, ja, das ist recht. Hören Sie, Claudia, ich habe da einen ganz unsympathischen Brief bekommen, in der Fabrik scheint man Wert auf meine Anwesenheit zu legen, unbegreiflich. Wollen Sie mir noch einen Tag schenken? Dann erwarte ich Sie morgen früh mit dem Wagen, hier, sagen wir um neun Uhr, zu einem Ausflug. Einverstanden?«

Dies also war vormittags gewesen. Am Nachmittag ließ sich Philipp Ling nach Bozen fahren, es war ihm eingefallen, daß er dort eine Kleinigkeit zu erledigen hatte. Danach ging er noch ein wenig an den Schaufenstern entlang, um zu sehen, ob sich etwas fände, was er seiner Frau mitbringen konnte.

Dabei geriet er an das Hotel, in dem er bis vor kurzem gewohnt hatte, und beschloß, auf der Terrasse Tee zu trinken. Fürs erste jedoch wurde seine Aufmerksamkeit erregt durch den Anblick eines Autos, das vor dem Hause stand, schwarz mit elfenbeinfarbenen Lederpolstern, sehr schön, sehr neu, sehr teuer, aber das Interessanteste war, daß es ein heimisches Kennzeichen hatte. Philipp Ling also sah diesen Wagen mit nachdenklicher Bewunderung, stellte dabei fest, daß es doch noch Leute mit einigem Kleingeld geben mußte, und machte, neugierig, den Umweg durch die Hotelhalle, um sich dort zu erkundigen, wem der Wagen gehörte.

»Der Wagen?« fragte der Portier mit einem Blick durch das Fenster.

»Ja.«

»Der schwarze?«

»Eben der.«

»Die Herrschaften sind erst gestern abend angekommen.«

Dies, erwiderte Philipp, kümmere ihn nun weniger – da wurde er stutzig, weil der Portier ein so diplomatisches Hotelgesicht machte, daß es auch einem weniger Geübten als Philipp Ling aufgefallen wäre. »So –!« sagte er. »Sind sie schon da! Ja, danke.«

Und während er nun durch die große Hotelhalle ging, keineswegs trali trala, dachte er ganz griesgrämig und chefmäßig: Was! Der Lausejunge, hat er Prokura, um die teuersten Autos dutzendweise anzuschaffen?

Daß dies leicht übertrieben sei, zu dieser Erkenntnis hatte sich Philipp Ling bereits durchgerungen, als er in die frische Luft hinaustrat.

Am dritten Tisch rechts saß Fräulein Schäfer, und sie tat, was er sie noch nie hatte tun sehen, sie rauchte eine Zigarette, noch dazu aus einer ellenlangen Spitze. Und ihre Fingernägel, bisher immer nur rosa lackiert, waren dunkelrot.

»Gestatten!« sagte Philipp, erwartete jedoch nicht, daß auch ihr Gesicht dunkelrot würde, denn dazu hatte sie ein viel zu ausgeglichenes Seelenleben. Aber eine kleine Verwirrung war doch sekundenlang in ihren dunklen Augen. »Ihr sehr Geehrtes«, sagte er, »ist mir erst heute geworden, und sehen Sie mich daher wunschgemäß bereits auf dem Heimweg.«

»Wie schön!« erwiderte sie milde, wagte aber doch nicht, die Zigarette, die sie im ersten Schreck weggelegt hatte, wieder aufzunehmen, »Sie haben sich nach den anstrengenden Tagen in Rom gut erholt?«

»Ihre Freude, mich hier zu sehen, hat etwas Rührendes«, bemerkte er. »Nun verraten Sie mir bitte nur noch, weshalb es mich so schnell und so unwiderstehlich nach der Heimat zieht!«

Fräulein Schäfer kannte diesen fatalen Ton recht wohl, und gewöhnlich wurde sie beinahe nervös, wenn der Seniorchef ihn anschlug. Damit hatte er auch jetzt gerechnet. Es kam aber anders. Sie blickte ihn voll an und sagte: »Die Reise hierher ließ sich einfach nicht länger aufschieben, das werden Sie aus dem Telegrammwechsel erkennen, der zu Hause liegt. Das ist aber nicht der einzige Grund.« Und jetzt zählte sie auf, was für ihn daheim zu erledigen war. Wäre ihm nicht ihre unvergleichliche Ordnungsliebe bekannt gewesen, so hätte er sich gewundert über die Ausdauer und Geläufigkeit, mit der sie diese Aufzählung herunterschnurrte. Eine Langspielplatte! dachte er. Na, Platte ist vielleicht auch nicht ganz richtig . . .

Dabei sah sie ihm unverwandt in die Augen, auch das tat sie selten.

Unterdessen erschien Andreas Ling am andern Ende der Terrasse. Sein Vater blickte ihm entgegen und stellte fest, daß Andreas gut aussah und gut angezogen war und die Firma recht wohl vertreten konnte. Vielleicht hatte man ihn doch nicht immer richtig eingeschätzt. Tüchtig war er ja, das mußte man ihm lassen. Und Haltung hatte er auch, denn als er seinen Vater sah, lächelte er freundlich und gemessen, wie es seine Art war, und verriet nicht die mindeste Spur von Verlegenheit. Dabei wußte Philipp ganz genau, was der Wagen kostete, denn er selbst hatte sich schon einmal für das Modell interessiert, aber nicht so viel Geld ausgeben wollen. Einstweilen behielt er diese Kenntnisse für sich. Bescheid zu wissen wirkt am kräftigsten in dem Augenblick, in dem es dem anderen am unangenehmsten ist.

Nach einem kurzen Begrüßungspalaver hielt Philipp es für gut, zu bemerken, daß er wirklich nur zufällig hier sei und in Meran wohne. Gab es etwas zu fragen?

Nein, nichts.

»Ich meine ja nur«, sagte Philipp, leicht verblüfft, »denn es wäre einfacher; du weißt, daß ich nicht gern Briefe schreibe, und übermorgen will ich heimfahren.«

»Nein, alles in Ordnung.«

Hm. Und was meinte Andreas – wie lange würde er hier zu tun haben?

Andreas hoffte, daß es nur wenige Tage dauern würde. Er hatte guten Grund, dies anzunehmen.

Sein Vater, von dieser befremdlichen Kürze und Selbständigkeit irritiert, fühlte sich nahezu beiseite geschoben, das gefiel ihm nicht. Zu Hause, im Geschäft, war Andreas nicht so. »Dann werden wir uns also bald wiedersehen?«

»Es fragt sich, wohin du fährst.«

»Heim, das sag' ich doch, wohin denn sonst. Einer muß doch schließlich in der Firma sein.«

Andreas nickte, er war in der besten Laune, aber gewissermaßen nicht zu sprechen in geschäftlichen Angelegenheiten. Na warte! dachte Philipp. Und dieses Fräulein Schäfer, hielt sie sich bereits für so unentbehrlich, daß sie keinerlei Anstalten traf, diskret zu verschwinden, da sie doch deutlich merken mußte, daß Philipp mit seinem Sohn zu reden hatte? Also gut, dann nicht, dann sollte sie nur zuhören.

»Im übrigen«, sagte Philipp Ling leichthin, »finde ich es sehr nett, daß du mir den neuen Wagen mitgebracht hast. Da kann ich mich auf dem Heimweg gleich an ihn gewöhnen.«

»Welchen neuen Wagen?« fragte Andreas.

Zu fragen statt zu antworten, das war nun doch ein kindischer Versuch, das Unheil noch eine Minute hinauszuschieben. Philipp deutete mit einer Kopfbewegung auf die Straße. »Ein sehr schöner Wagen«, sagte er, liebenswürdig im Vollgefühl seiner Überlegenheit. »Allerdings etwas teuer, findest du nicht?«

»Nicht nur etwas, sondern sehr«, sagte Andreas.

»Bist du überzeugt, daß die Firma sich das leisten kann?«

»Die Firma kann sich ein Dutzend solcher Wagen leisten«, antwortete Andreas. »Aber ich kenne den Chef – infolgedessen hab' ich mir den Wagen privat gekauft, aus meinen eigenen Ersparnissen, mit der Firma hat das nichts zu tun.«

Bum!

Ich werde alt, dachte Philipp Ling. Wenn ich nicht so alt würde, hätte ich's merken müssen. Ohne ein gutes Gewissen zu haben, hätte Andreas das nicht mit solcher Seelenruhe auf sich zukommen lassen. »Deinen Chef möchte ich auch kennen«, sagte er, »der scheint dich ausgezeichnet zu bezahlen! Ich, ich könnte mir solche Ausgaben nicht leisten.« Ein klägliches Rückzugsgefecht, gerade noch gut genug, um einigermaßen das Gesicht zu wahren. Nun wurde ihm auch klar, weshalb die Schäfer nicht von der Bildfläche verschwunden war. Hier gab es keine Peinlichkeiten – wenigstens nicht für die beiden.

»Meinen Chef?« fragte Andreas und lächelte seinen Vater aufs freundlichste an. »Ja, ja, der ist in Ordnung. Er verlangt sehr viel, aber er läßt die Leute leben. Ich glaube, du würdest dich gut mit ihm vertragen. Natürlich hat er auch seine Mucken, aber im allgemeinen kann man ihn schon lassen, wie er ist. Nein, also den Wagen kann ich dir augenblicklich nicht leihen. Unter uns: er war noch viel teurer. Aber vielleicht darf ich dich und Fräulein Schäfer zu einer kleinen Spazierfahrt einladen? Etwa nach Meran? Dort essen wir dann gemeinsam zu Abend, auf meine Kosten.«

Philipp lächelte haltungsvoll zu dieser Einladung, hinter der doch nichts weiter steckte als ein Hinauswurf, notdürftig in Silberpapier gewickelt. Wer hätte das diesem Andreas zugetraut!

Daß der Himmel sich während der Nacht grau überzogen, daß es sogar geregnet hatte, fand Philipp ganz richtig. Äußerst melancholisch ging er wartend auf und ab und streifte dabei gelegentlich seinen alten Wagen mit mißfälligen Blicken.

Aber dann erschien Claudia, und es wurde gleich ein wenig heller, auch am Himmel. Der Fahrer war unterrichtet, welchen Weg er einzuschlagen hatte. Gestern hatte Philipp daran gedacht, sich selbst ans Steuer zu setzen und den Fahrer überhaupt nicht mitzunehmen. Heute jedoch –

»Der Ausflug stört Sie hoffentlich nicht allzusehr in Ihrer Arbeit?« fragte er, und in seiner Stimme war ein bisher ungewohnter Ton, ein pastellblauer Ton, ein Bleu mourant, nicht zu überhören.

»Im Gegenteil, ich habe mich sehr darauf gefreut, mit Ihnen zusammenzusein.«

»So, gefreut«, sagte Philipp.

Das Etschtal mit seinen Wein- und Obsthängen war auch unter einem grauen Himmel sehr lieblich, aber droben an den Bergen trieb der Westwind unliebliche Wolken entlang. Als man nach einer halben Stunde durch Bozen kam, blickte Herr Ling beharrlich geradeaus oder auch in sich hinein, genau ließ sich das nicht erkennen. Dann ging es ein kurzes Stück am Eisack aufwärts, von beiden Seiten drängten sich die Berge heran, und nun bog der Weg nach rechts ab durch die Klamm des Eggenbaches empor, deren lotrechte rote Felswände so nahe zusammentraten, daß der Himmel nicht viel breiter als die Straße war.

Claudia hatte dergleichen noch nie gesehen und deshalb so viel zu bestaunen, daß ihr Philipps milde Schweigsamkeit eine Zeitlang nicht mehr auffiel. Erst als sie in das grüne Welschnofner Tal hinaufkamen, fand sie sich wieder.

Es war ein Tag, an dem die Straßen über das Gebirge einsam sind. Jetzt sprühte ein feiner Regen an die Scheiben, jetzt sank weißer Nebel aus einer steilen Fichtenschlucht heraus, dann war dies alles von einem kalten Wind weggeblasen, der Himmel hoch und hellgrau, und zwischen zwei Felstürmen leuchtete ein winziger Horizontstreifen fern und in einem kranken Blau, vielleicht über Italien, über dem Gardasee, wer konnte das entscheiden, da die Straße sich hin und her zu winden begann, um die Steigung zu bewältigen. Plötzlich, nur durch einen Wiesenhang von der Straße getrennt, stand eine ungeheure dunkelgraue Felswand da, aus steiler Geröllterrasse wuchs sie bis in die Wolken und über diesen Wolken weiter, schwarz, kahl, todeinsam.

»Der Rosengarten«, sagte Philipp Ling.

Sie stiegen aus, die dünne, kalte Luft war hart und roch nach Schnee.

»Ich bin ein schlechter Regisseur, kleine Claudia. Gerade den unfreundlichsten Tag hab' ich ausgesucht, Ihnen das Hochgebirge zu zeigen – nun, vielleicht ist es ganz gut so, da sehen Sie: auch Laurins Rosengarten ist nur aus der Ferne ein Paradies.«

Claudia blieb stumm. Als ein Schauer aus feinem Schnee, ebenso plötzlich wie kurz, das Bild verhüllte, gingen sie zum Wagen zurück.

Auf dem Pordoijoch, noch fünfhundert Meter höher, standen Reiseomnibusse. »Zuviel Menschen!« sagte Ling. »Ich weiß etwas Ruhigeres.«

Mit hundert Kurven sank die Straße jenseits hinab, in Arabba bog man links ab und geriet durch kühle Matteneinsamkeit zu einem Gasthaus, das wie vergessen in der grauen Stille stand.

Es war auch wirklich niemand da.

»Sie müssen wissen«, sagte Philipp Ling und betrachtete ein paar braune Fotos an der Wand, die – ›Zur Erinnerung an meine Dienstzeit‹.– Kaiserjägergruppen zeigten, »Sie müssen nämlich wissen, daß ich die Gegend recht gut kennengelernt habe, sogar besser, als mir damals lieb war, im ersten Krieg. Blutjunger Verbindungsoffizier bei den Österreichern. Col di Lana, den Namen haben Sie gewiß noch nie gehört, damals waren Sie noch lange nicht auf der Welt. Aber wir, wir vergessen ihn nicht. Ja, so alt ist man.« Er stützte den Kopf in die Hand, eine bei ihm ungewohnte Bewegung, und hatte jenen Blick, der hinter viele und ferne Horizonte hinabreichte. Als er sich von ihr beobachtet fühlte, senkte er die Augen und strich mit dem kleinen Finger ein paar Brotkrümel zu einem winzigen Hügelchen zusammen.

Claudia sagte: »Ich habe Ihnen etwas mitgebracht«, und legte die Aufnahmen vor ihn hin, die Venediger von ihr gemacht hatte.

Da kam er freilich sofort in die Gegenwart zurück, dankte ihr mit einem Lächeln, sah die Bilder genau an, erst eins nach dem andern, dann breitete er sie auf dem Tisch aus, um vergleichen zu können.

»Wer hat die Aufnahmen gemacht?«

»Der Mann, der auch das Pergamentblatt fotografiert hat.«

»Ah –« sagte Ling, »der muß Sie aber gut kennen.« Sie wurde rot. Er tat, als merkte er's nicht, vertiefte sich aufs neue in die Betrachtung, schüttelte den Kopf:

»Claudia eins und Claudia zwei!«

»Was heißt das?«

»Daß Sie gänzlich verschieden aussehen, je nachdem, was in Ihnen vorgeht.«

»Ich schlief immer.«

»Geht im Schlaf nichts in uns vor? Vielleicht noch mehr als sonst, weil die Hemmungen gelockert sind, da kommen Dinge aus dem Hintergrund, von denen wir oft selber nichts wissen. Sehen Sie hier diese Profilaufnahme, die gar nicht ähnlich ist, wenn man nur Claudia eins kennt – und doch sind Sie es. Sehr merkwürdig ...«

Es war fast ein Dutzend Bilder, eins hübscher als das andere, aber die übrigen legte Ling beiseite und betrachtete immer nur dieses Profilbild, das Claudia eigentlich nicht sehr liebte, weil es, im Unterschied zu allen übrigen, etwas Herbes und beinahe Männliches hatte. So sah sie doch nicht aus?

»Nein«, sagte er bereitwillig, »es ist wahr, so sehen Sie meistens nicht aus. Aber Sie sind es doch, weshalb sollte die Glaslinse gerade bei dieser Aufnahme lügen? Was also kommt da zutage? Lassen Sie mich nachdenken.«

»Nicht jetzt«, bat Claudia.

»Sie schenken es mir?«

»Gern – das heißt, gerade dieses nicht gern, aber –«

»Ja, dann nehme ich sie alle, die andern und dieses eine.«

»So war das nicht gemeint!«

»Trotzdem danke ich Ihnen sehr. Erinnerung an einen schwermütigen Tag in König Laurins Rosengarten.«

»Ich hoffe, daß Sie bei meinem Anblick nicht immer wieder in Melancholie verfallen«, sagte Claudia.

Da mußte er lachen. »Es ist ausnahmsweise nicht Ihretwegen! Oder vielleicht doch: Weil ich mich auf ein paar nette Tage mit Ihnen gefreut hatte, aber unerbittlich heimgeschickt werde.«

»Von wem?«

»Ach so«, sagte Philipp Ling, »das wissen Sie nicht. Mein Sohn Andreas hat mich in Bozen abgelöst – abgelöst ist der mildeste Ausdruck, der mir im Augenblick einfällt.«

»Ist das so schlimm, ich meine, für Ihre Verhandlungen?«

»Nein. Er ist ein ungemein tüchtiger und fleißiger Mensch, hm, also durchaus der Sohn seines Vaters, und wenn seine Tüchtigkeit nicht ganz ausreichen sollte, kann Fräulein Schäfer das Fehlende dazutun. Sie sind mit ihr eng befreundet?«

»Befreundet? – Wir waren ein paar Jahre zusammen in der Schule«, antwortete Claudia zurückhaltend.

Philipp dachte nach. Er hätte wohl noch diese oder jene Frage gehabt, fand aber nicht die richtige Wendung, das kam bei ihm selten vor. Ein schlechter

Tag, wahrhaftig, und es ging ihm so viel durch den Kopf. Also beschränkte er sich auf einen Seufzer und sagte: »Die ist nämlich auch so entsetzlich tüchtig. An und für sich muß man das loben. Aber ich weiß nicht – auch da kommt man einmal an eine Grenze des Erträglichen, mir wenigstens geht es so, und jenseits dieser Grenze liegt alles, was ich in meinen Gedanken künftighin als König Laurins Rosengarten bezeichnen werde: eine andere Welt, wunderschön eben dadurch, daß es in ihr nicht nur Tüchtigkeit und Geldverdienen und lauter Tatsachen gibt, die aus der Jahresbilanz zu ersehen sind. Bisweilen darf man hineinblicken, aber wie ein Kind, das auf der Straße vor einem Spielzeugladen steht, die Fensterscheibe ist dazwischen, gläsern, unsichtbar.«

»Es ist kein Glas«, sagte Claudia, »es ist ein seidener Faden, der den Rosengarten umgibt. Ich weiß das auch noch nicht lange.«

»Der seidene Faden ...«, wiederholte Ling. »Ja, damit mögen Sie recht haben. Und wie hieß Dietrich von Berns Kampfgesell, der sich so schlecht benahm? Sie haben ihn einmal erwähnt.«

»Wittich.«

»Die Familie muß noch heutzutage unangenehm weit verbreitet sein«, sagte Ling grübelnd. »Was meine Bekannten angeht, so gehören sie, glaub' ich, alle dazu, ausgenommen eine gewisse Claudia, und das ist das Melancholische an der Sache.«

»Was?«

»Daß diese Claudia in eben dem Augenblick erscheint, wo alle Welt mir klarmachen möchte, daß ich ein alter Mann bin.«

»Soviel ich weiß, habe ich mich an diesen bösartigen Bestrebungen nie beteiligt.«

»Nein. Sie gehören auch nicht zu aller Welt. – Sehen Sie nur, wie dunkel es wird. Wir sitzen mitten in den Wolken.« Das ganze Unbehagen seines Herzens klang aus diesen Worten.

»König Laurins Reich!« sagte Claudia. »Ist es nicht wie ein Märchen? Zweitausend Meter über den Menschen, und herrlich allein.«

Ihr Profil war wie aus schwarzem Papier geschnitten vor dem grauen Fensterviereck.

Plötzlich wußte Ling, wo er dieses Profil, die reine Stirn, die noble kleine Biegung der Nase schon einmal gesehen hatte: vor einem Abendhimmel in der Steppe, die Sonne war noch nicht lange untergegangen, eine schmale Mondsichel hing in der farbigen Klarheit. Und er hörte, wie jemand ihn fragte: Glauben Sie, daß Sie wieder heimkommen ...?

Damals hatte man den Wind im Gras gehört. Auch hier war es so still, daß man den Wind hörte, aber er rauschte nicht im Gras, sondern trieb ein Schneegestöber am Fenster vorbei, die Dunkelheit war noch gewachsen.

Dann aber wurde es innerhalb weniger Minuten unvermutet heller als zuvor, das Gestöber war verflogen, auf den Berghängen lag ein dünner Schneeschleier, jetzt brach vollends die Nachmittagssonne durch die Wolken, ein Widerschein von Gold und Blau blendete in die Stube herein.

Ling stand auf. »Ich denke, Laurin hat nun genug gezaubert. Kommen Sie, machen wir uns auf die Heimfahrt. Gut, daß der Schnee noch nicht auf den Straßen liegenbleibt. Wir haben einen weiten Weg bis zur Menschenwelt hinunter.« Er seufzte. »Vielleicht sollte man sich hier oben eine Hütte bauen. Sie lächeln? Ich habe nun einmal meinen schwermütigen Tag. Nicht, weil es mir so gefällt, sondern weil mir wirklich so ums Herz ist. Wann seh' ich Sie wieder, Claudia? Sie werden mir sehr fehlen. Denken Sie manchmal an den alten Mann und winken Sie ihm zu – aus dem Rosengarten jenseits des seidenen Fadens.«

8

Es war erstaunlich, wie schnell und glatt sich Andreas Lings Geschäfte abwickelten und die Verträge unterschrieben wurden. »Ich komme mir vor«, sagte er, »wie ein Mann, der mit Steigeisen, Kletterseil und Eispickel ausgezogen ist, um eine schauderhafte senkrechte Wand zu bezwingen, und der sich nun vor einem Grashügel sieht, auf den man zur Not hinaufradeln kann. Leicht komisch! Weshalb sind wir überhaupt hier? Das hätte sich ja auch mit einer Postkarte erledigen lassen.«

Fräulein Marianne Schäfer mit ihrer unergründlichen Tüchtigkeit wäre ohne weiteres in der Lage gewesen, ihm das Rätsel zu erklären. Sie als einzige hatte alles von Anfang an mitgemacht, sie allein konnte genug Italienisch. Die senkrechte Wand war da, ohne Zweifel, Vater und Sohn hatten mit dem gehörigen Schauder davorgestanden. Aber man brauchte nur einen Bogen zu schlagen, die Wand ließ sich umgehen, auf der Rückseite konnte man also hinaufradeln. Sie hatte mit ein paar Übersetzungsfehlern ... ach, Fehler waren es eigentlich nicht, nur geschickte kleine Retuschen, die Sprache ist ein geschmeidiges Ding ... damit also hatte sie diesen Umweg gefunden, still und leise. Aber das sagte sie nicht. So tüchtig war sie.

Andreas Ling hingegen sagte, daß er das einfach nicht verstünde.

»Ihr Herr Vater«, bemerkte sie selbstlos, »hat wohl in Rom die Hauptschwierigkeiten beiseite geräumt.«

Andreas erkannte das bereitwillig an. »Aber was machen wir nun?« fragte er.

»Wie meinen Sie das?«

»Wörtlich! Wir sind hier fertig, alles ist in bester Ordnung.«

»Ja«, sagte Fräulein Schäfer.

»Oder haben wir noch etwas zu tun?«

»Nein«, sagte Fräulein Schäfer.

»Also können wir unsere Zelte abbrechen.«

»Ja«, sagte Fräulein Schäfer. Und da er allmählich die Augen zu rollen begann, fügte sie hinzu: »Wenn wir morgen recht frühzeitig hier wegfahren, sind wir abends daheim.«

»Ich vielleicht«, sagte Andreas, »Sie wahrscheinlich nicht.«

»Weshalb nicht?«

»Weil innerhalb der nächsten Minuten etwas passiert, wenn Sie weiterhin nur ja und nein sagen!« erwiderte er. »Deutscher Fabrikant ermordet Sekretärin. Oder so.«

»Bitte!« sagte Fräulein Schäfer zur Abwechslung und hielt ihm ihre Zigarettenschachtel hin. »Sie sind dringend erholungsbedürftig, Herr Ling. Die einfachsten Dinge gehen Ihnen auf die Nerven. Man weiß nicht mehr, wie man sich verhalten und was man antworten soll. Sie sind überarbeitet, und das weiche Klima hier bekommt Ihnen nicht. Daheim hatten Sie viel mehr Entschlußkraft.«

»Ich wüßte nicht, womit ich mich inzwischen überarbeitet haben könnte«, meinte Andreas. »Allerdings – daß mein Vater hier so unerwartet auftauchte, hat mich ein bißchen nervös gemacht.«

»Ja«, sagte Fräulein Schäfer, »– entschuldigen Sie, aber ich kann doch nichts anderes antworten, wenn ja am Platze ist. Soll ich vielleicht nein sagen? Das wäre nicht richtig, denn Ihr Vater macht Sie sehr oft nervös.«

»Wundert Sie das?«

»N – – ich meine: es wundert mich schon lange nicht mehr. Aber eins hat mich gewundert, nämlich, wie Sie diesmal mit ihm fertig geworden sind.«

»Man kann sich doch nicht ewig in sein Leben hineinreden lassen«, antwortete Andreas. Das war keine Kriegsankündigung, kein Trompetenstoß, sondern nur eine Feststellung, und es gefiel Marianne, daß er nicht daran dachte, sein Herz auszuschütten, auch diesmal verzichtete er auf große Worte und eine Heldenpose. Er war ein Tatsachenmensch, vielleicht gar zu einfach, aber was ihm in dieser Hinsicht fehlte, die Phantasie, die leichte Hand, die guten Einfälle, davon hatte sein Vater mehr als genug. Sie ergänzten sich ausgezeichnet, eins jedoch ließ sich nicht verkennen: was die Einfälle betraf, so mußte jemand da sein, der gelegentlich ein bißchen nachhalf. Philipp Ling war nicht da.

»Schade!« sagte Marianne.

»Was?«

»Daß Sie sich nicht in Ihr Leben hineinreden lassen. Ich hätte Ihnen sonst einen Vorschlag gemacht.«

»Es bezog sich nicht auf Sie, wie können Sie so etwas glauben! Also?«

»Setzen wir uns auf die Terrasse.«

»Ist das alles?« fragte er. Ein guter Kerl, aber einfallslos.

Als sie nun im bunten Schatten des Sonnenschirms saßen, sagte Marianne behutsam: »Es ist doch schön: dieses Gefühl, Ferien zu haben und einmal nicht denken zu müssen, was nun als Nächstes zu erledigen ist.«

»Ich gönne es Ihnen, aber –«

»Gönnen wir's uns gegenseitig! Aber?«

»Wie lange?«

»So lange Sie wollen!« antwortete Marianne, und in ihrer Stimme war eine beruhigende Fraulichkeit. »Wären Sie weniger tüchtig gewesen, dann hätten sich die Verhandlungen noch wochenlang hinausziehen können.«

»Entschuldigen Sie«, sagte er kopfschüttelnd, »aber Sie wissen so gut wie ich, daß dies einfach nicht wahr ist.«

Marianne wußte das selbstverständlich, oh, sie wußte noch einiges mehr – und konnte wunderbar schweigen. Vor allem aber hatte sie jetzt Zeit, endlich einmal Zeit, und die wollte sie ausnützen. »Hin und wieder«, sagte sie mit schöner Nachdenklichkeit, »sollte man in seinem Leben Inventur machen. Ich will damit nicht behaupten, daß unbedingt ein Ausverkauf folgen muß – aber es finden sich doch immer Dinge, die vergessen und verstaubt in einem Winkel liegen und nie wieder gebraucht werden. Weshalb schleppt man sie eigentlich immer noch mit sich herum? Es ist geradezu ungesund, sie nehmen nur den Platz weg, auf dem etwas Neues wahrscheinlich viel besser wäre.«

Andreas nickte, durchaus einverstanden. Es war angenehm und erholsam, diese Meinung anzuhören, ohne daß man etwas dazu äußern mußte. Insgeheim fragte er sich, wohin Marianne mit so viel Tiefsinn steuerte.

»Es ist«, sagte sie, »ähnlich, wie wenn man sich zuwenig Bewegung macht Das Blut wird zu dick, Schlacken setzen sich an. Man sollte mitunter leichtsinnig sein oder, wenn Ihnen das sympathischer klingt, das Leben leichter nehmen.«

Wiederum nickte Andreas, durchaus einverstanden. »Ich weiß, woran Sie denken.«

Marianne lächelte. »Ja – warum hat es die Vorsehung so eingerichtet, daß man von seinen Eltern auch die weniger vorteilhaften Seiten erbt? Sie hätte uns ein Sieb mitgeben können, in dem nur das Gute hängenbleibt, während das Nachteilige durch die Maschen fällt. Stellen Sie sich nur vor, wie schnell die Menschheit sich dann zum Ideal entwickeln würde!«

»Sehr bedauerlich, daß man Sie bei der Erschaffung der Menschheit nicht rechtzeitig um Rat gefragt hat!«

»Ja, bereits die zweite Generation wäre dann vollkommen. Bitte wundern Sie sich nicht, das ist nämlich ein Gedanke, der mich oft beschäftigt, denn manchmal denkt sich auch eine Sekretärin etwas.«

»Hm, jawohl, den Eindruck habe ich auch«, sagte Andreas. Ihm gefiel dieses Gespräch über die Maßen, man fühlte sich so hübsch geschaukelt, nein, das war nicht das richtige Wort, ›eingewiegt‹ wäre besser.

»Leider«, fuhr Marianne fort, »ist gerade dieser Gedanke ein schöner Traum. In Wirklichkeit behält die Bibel recht, wenn sie behauptet, das Dichten und Trachten des menschlichen Herzens ist böse von Jugend an.«

»Na, na«, erwiderte Ling, etwas gestört durch diese unvermutete finstere Feststellung, »ganz so schlimm ist es wohl nun auch wieder nicht. Und wenn Sie mich meinen – ich protestiere!«

»Ich will damit ja nur andeuten, daß ein bißchen Schlechtigkeit ganz natürlich ist.«

Eine verblüffende Wendung!

Dabei lächelte sie so reizend, wie er es bei ihr noch nie gesehen hatte, und fragte: »Oh, hab' ich etwas Unpassendes gesagt? Dann verzeihen Sie bitte. Das kommt davon, wenn man über diese Dinge stets nur einsam grübeln muß, ohne sich aussprechen zu können. Geht es Ihnen nicht ähnlich?«

Es ging ihm ähnlich. Merkwürdig überhaupt, wie sie den Finger – wenn auch sehr zart – genau auf die Punkte legte, die ihm manchmal wehtaten. Noch merkwürdiger, daß es diesmal ganz und gar nicht weh tat, genau besehen, war sogar das Gegenteil der Fall. »Es tut wohl, sich aussprechen zu können«, sagte Andreas, »wir hätten das vielleicht schon früher einmal versuchen sollen.«

»Wo denn?« fragte sie. »Im Geschäft? Nein, dazu muß man sich schon die Ferien aussuchen. Allein das Bewußtsein, nicht von der Arbeit bedrängt zu werden, macht den Menschen innerlich lockerer. Wir sind immer zu gewissenhaft.«

»Gut, daß Sie mich daran erinnern«, sagte er. »Ferien! Wenn wir jetzt heimfahren, gibt es wieder keine – wenigstens nicht für uns. Also bleiben wir da!«

»Wunderbar!« sagte sie und schlug die Augen auf.

Nach diesem Augenaufschlag konnte Andreas nicht mehr zurück, so viel Anerkennung lag darin. Er saß in der Grube, er war hineingerutscht, erst ganz langsam, das letzte Stückchen sehr plötzlich, darüber wurde er sich sofort klar. Und weil es für den Leiter einer großen Fabrik ganz unmöglich ist, in der Grube zu sitzen, richtete er sich wenigstens auf und nahm eine Heldenpose ein – in der Grube. »In diesem warmen Kessel«, sagte er und meinte damit freilich nicht seine eigene Lage, sondern die der Stadt, »in diesem warmen Kessel kann man sich aber nicht erholen. Wozu haben wir einen Wagen? Fahren wir nach Italien!«

»In Italien ist es noch viel wärmer«, sagte Marianne. »Und das ewige Herumzigeunern strengt nur an. Gehen wir doch in die Berge, die Dolomiten sind so herrlich. Man findet dort stille Winkel genug, wo man sich ausschlafen kann. Und die Luft! Kühl und rein und –«

»Erledigt!« sagte Andreas Ling. »Ein sehr guter Gedanke. Morgen früh. Warum sehen Sie mich so an?«

»Weil ich Sie von dieser Seite noch gar nicht kenne«, antwortete Marianne.

Anderntags, nicht sehr zeitig, kletterte also der schwarze Wagen mit den elfenbeinfarbenen Polstern in die Dolomiten hinauf. Hinter sich ließ er nicht nur die Stadt mit Enge und Gedränge und Durcheinander. Summte die Dame im Wagen ein Liedchen vor sich hin? Es kam dem Herrn am Steuer fast so vor, und er vernahm es ganz deutlich, als sie die letzten Häuser hinter sich hatten und das Waldgrün näher herantrat.

»Singen Sie?«

»Wundert Sie das?«

»Es ist nur, weil ich Sie von dieser Seite noch gar nicht kenne!« antwortete er, und dies waren für ziemlich lange Zeit die einzigen Worte, die sie miteinander wechselten, zwei Menschen, die es endlich einmal fertiggebracht hatten, die gewohnte Welt hinter sich zu lassen, selbst auf die Gefahr hin, daß diese Welt infolgedessen aus den Fugen geriet – was sie übrigens keineswegs tat, denn zum Glück gibt es nur ganz wenig Leute, derentwegen die Welt aus den Fugen gerät, und zu diesen gehörten die beiden in dem schwarzen Wagen gewiß nicht.

Die Bäche glitzerten ihnen entgegen, Bauernhäuser sonnten sich am Hang, erst noch von Apfelbäumen umgeben, dann einsamer auf einem weniger üppigen Grün, in das sich das Grau der Felsen zu mischen begann. Dies alles war nah und freundlich im Licht des Septembertags und doch schon hoch genug über den Menschen und ihrer Hast.

Als Marianne es für richtig fand, empfahl sie, anzuhalten und brachte einen nicht eben großen Korb zum Vorschein, aus dem sie liebliche und angenehme Dinge zauberte, die zu einem Picknick gehören. Das alles hatte sie noch gestern eingekauft, und je mehr sie auspackte, desto erstaunlicher fand Andreas Ling ihre Umsicht.

»Sie sind nicht verwöhnt«, sagte Marianne, »vor allem nicht von den Frauen, wie mir scheint.«

»Nein ...«, sagte er und sah ihr nachdenklich zu. »Die paar, an die ich hingeraten bin – ich weiß nicht.«

Seiner Stimmung nach hätte er nichts dagegen, diesen Punkt weiter zu erörtern. Aber Marianne war offenbar so tüchtig, daß sie sich nicht dafür interessierte, sie überließ ihn seinen Gedanken, und so gesprächig sie gestern gewesen war, so schweigsam blieb sie heute. Es paßte aber sehr gut in diese Landschaft.

Nichts eilte, erst am späten Nachmittag kümmerten sie sich um eine Unterkunft und mieden dabei die großen Häuser auf den Paßhöhen. In einem abseits gelegenen Dörfchen fanden sie, was sie suchten. Die Sonne lag noch auf den Wiesen, die nur durch einen schmalen Waldgürtel von den Felsen getrennt waren, deren senkrechte Wände zu glühen begannen, und auf dem Balkon leuchteten Geranien und Nelken.

Zu dieser Zeit war Claudia wunderbar allein, so allein, daß sie oft genug dachte, ähnlich wie sie jetzt müßte man das Leben jenseits des seidenen Fadens empfinden. Weil es aber auch diesseits Leute gab – Wittiche und andere –, pflegte sie abends, wenn es dunkel wurde, doch die Fensterläden zu schließen und zu verriegeln. Das war der Ersatz für die Zugbrücke, die sie sich gewünscht hatte. Dann, im Bett, las sie noch ein wenig, und neben dem Bett stand die große Pralinenschachtel, ganz wie Philipp Ling es gesagt und gewünscht hatte. Bald genug aber schlief sie ein, ihre Nächte waren bunt von seltsam blühenden Träumen, in denen sie selbst jedoch nur selten vorkam – und wenn sie aufwachte, war kaum etwas anderes in ihrer Erinnerung als die Farben, farbiges Licht, gegenstandslos, aber dieses leise gleitende Durcheinander blieb noch eine Weile, denn in der Hütte war es dunkel, nur die Ritzen der Fensterläden zeichneten sich als feine helle Linien ab, man konnte nicht erkennen, ob sie blau oder grau waren.

Also begann der Tag schon mit einer freundlichen kleinen Spannung: schien die Sonne oder hingen Wolken um den Berg? Claudia hatte die kaum vernehmliche Sprache der Einsamkeit verstehen gelernt und wußte die leisen Geräusche zu deuten, am besten das Flüstern in den Fichten, die dicht hinter ihrem Hause standen. Aber auch der Brunnen draußen unterhielt sich mit dem Wind und redete verständlich.

Dann wurden die Fensterläden aufgestoßen – meist leuchtete der Septembermorgen klar und wahrhaft überirdisch. Immer wachte Claudia mit der Sonne auf, deren Strahlen die Berge jenseits des in seiner Tiefe unsichtbaren Etschtals noch waagrecht trafen und die reine Luft schimmern ließen. Wie eine strahlende Orgelfuge kam das Licht von den fernen Gipfeln.

Ein Tag, der so begann, mußte glücklich sein – und jeden Morgen dachte Claudia, daß sie noch niemals in ihrem Leben so glücklich gewesen sei. In diesem Gefühl, um das sie sich selbst beneidete, hatte sie sich ein wenig zu trödeln angewöhnt, mindestens am Vormittag, auch dazu hatte sie bisher noch niemals Zeit gehabt. Das durfte sie sich erlauben, denn sie war allein, und im übrigen gab es Augenblicke, in denen sie, ohne sich dessen bewußt zu werden, die Hände in den Schoß legte und mit einem besonderen, einem sehr besonderen Lächeln in diese wunderbare Welt hinausschaute –.

Venediger war nicht da. Nicht hier oben, nicht in Meran. Daran war Claudia schuld, freilich gegen ihren Willen. Die Abzüge von ihren Bildern waren mit solchem Beifall aufgenommen worden, daß er mehrere Eilanfragen bekommen hatte. Zunächst mußte er nach Wien, dann ins ›Reich‹. Man wußte nicht, wie lange er unterwegs sein würde. Natürlich begriff Claudia die Notwendigkeit dieser Reise. Aber!

Es handelte sich ja nicht darum, daß sie jetzt öfter als sonst nach Meran hinunter mußte, um einzukaufen und nachzusehen, ob Post gekommen war. Nein, nicht darum, und deshalb hatte sie dieses besondere, leise Lächeln, wenn sie über die schöne Welt hinblickte. Bisweilen dachte sie dabei an Florine und die alte Gräfin im Stift, sogar an das lebensgefährliche Zusammentreffen mit dem grünen Roller und was darauf folgte, an mehrere Schwüre und Entschlüsse und an die gewaltige Erbitterung, die damals der Grund gewesen war, weshalb sie zwei Nächte hintereinander in der Eisenbahn verbracht hatte. Wann war das eigentlich gewesen? Vor hundert Jahren, schätzungsweise, oder im vergangenen Juli.

Und immer, wenn sie mit ihren Gedanken so weit war, bekam sie das große Kopfschütteln, teils über eine gewisse Claudia, die nie gescheit wurde, teils über alles, was in diesen hundert Jahren geschehen war. Aber eines stand fest: es hatte so kommen müssen, und deshalb war es am besten, man grübelte nicht nach, was vielleicht noch kommen würde, sondern war einfach dankbar und glücklich – eine große Kunst, fast zu groß für eine kleine Menschenseele.

Aber natürlich grübelte sie doch weiter, bisweilen wurde die Grube so groß und bedrohlich tief, daß es schien, als käme man nie wieder heraus. Ein seidener Faden ist kein Tau, an dem man hinaufklettern kann. Trotzdem hält er's aus, daß alle Ereignisse sich nacheinander auf ihm aufreihen – ist er vielleicht das, was im gewöhnlichen Leben ›Zeit‹ heißt? Dann freilich wäre es gut zu begreifen, weshalb er mit seinem Zauber die Vergangenheit von der Gegenwart trennt und das scheinbar Unwirkliche vom Wirklichen. Da sprach von Bern Herr Dieterich: das sind mir Sachen wunderlich.

»Ja, gehen wir an die Arbeit«, antwortete ihm Claudia darauf und breitete ihre Papiere über den Tisch, es waren schon einige recht ansehnliche Stöße, und sie wuchsen täglich.

Als Claudia wieder einmal in die Menschenwelt hinuntergeschwebt war, um Einkäufe für eine ganze Woche zu machen und nach Briefen zu fragen, suchte sie Barelli in seinem Laden auf, nicht ohne Grund. Wenn sie allein kam, war er immer viel mitteilsamer.

»Herr Venediger scheint verreist zu sein?« fragte er. »Für lange Zeit?«

Das wußte Claudia nicht, es würde sich wohl nach den Umständen richten. Sie vermutete, daß er ungefähr noch eine Woche ausblieb. Warum?

»Ich hätte ihm gern ein Bildchen gezeigt«, sagte Barelli, »das ich letzthin zusammen mit anderen alten Sachen übernommen habe. Es ist von der Art, die er schätzt und gelegentlich kauft.«

Aus einer Schublade zog er das Blatt, es war unter Glas, etwa von der doppelten Größe einer Postkarte. Eine Sepiazeichnung, hier und da mit Wasserfarben gehöht, aber nur ganz leicht.

»Hübsch!« sagte Claudia.

»Aus welcher Zeit wird es wohl stammen, Ihrer Meinung nach?« fragte der Antiquar.

Sie betrachtete es und überlegte. Das Bildchen zeigte eine hügelige, nach links ansteigende Landschaft, etwa am Fuß eines Gebirgsstockes. Im Vordergrund war ein halbverfallener Torbau, aus dem eine Straße herausführte, offenbar das Vorwerk einer zerstörten Burg, deren pfeilergestützte Grundmauern man auf einer waldigen Anhöhe im Mittelgrund erblickte. Das Lustige daran war, daß spätere Zeiten auf die eine Ecke dieser Grundmauern wieder ein Häuschen gebaut hatten, aus dessen Ziegeldach ein Rauch aufstieg. Rechts am Hang weideten Kühe, deren Hirt sich in der Sonne räkelte. Auf der Straße ging mit großem Hut und roter Weste ein Bauer, der einen Packesel führte, während am Straßenrand eine Bäuerin sich auf einem Stein ausruhte und ihren Tragkorb neben sich gestellt hatte.

»Eine romantische Landschaft«, sagte Claudia und suchte vergeblich nach einer Signatur, »kein großes Kunstwerk, aber recht geschmackvoll und ansprechend gemacht. Man kann sich vorstellen, daß etwa eine reisende Engländerin diesen Blick in ihrem Skizzenbuch festgehalten hat. Ja, welche Zeit? Da alles so brav und naturwahr wie möglich aufgenommen ist, auch die Bäume, und jeder charakteristische Zug fehlt, kann es ebensogut aus der Goethezeit herrühren wie aus einer späteren, etwa dem Biedermeier um Achtzehnhundertfünfzig.«

Barelli nickte. »Gefällt es Ihnen?«

»Sehr! Das Motiv könnte aus der hiesigen Gegend sein. Das ist eines von jenen Bildern, wissen Sie, in denen man spazieren gehen kann, daheim, wenn es stürmt und schneit und man an den Urlaub zurückdenkt. Was verlangen Sie dafür?«

»Jawohl«, sagte er, »aus der hiesigen Gegend.« Er sah das Bildchen beinahe verliebt an. »Ich muß dabei an eine eigentümliche Erscheinung denken, die für unsere Zeit bezeichnend ist. Nämlich: wie sich der schrecklich zunehmende Menschenstrom immer mehr auf den wenigen großen Verkehrsadern sammelt, während das Land schon ein paar hundert Meter abseits leerer ist als früher – ich wenigstens habe diesen Eindruck. Einer läuft und fährt hinter dem andern her, als ob es gar keine andere Möglichkeit gäbe. Wie die Ameisen! Verläßt man aber die große Straße, so staunt man immer wieder, wie verhältnismäßig unberührt das übrige ist. Nun, unsereines wird sich darüber nicht beklagen.« Das war wieder jene Art von Gesprächigkeit, die Claudia nicht leiden konnte, obwohl sie auch diesmal zugeben mußte, daß Barelli recht hatte.

»Die Gegend«, sagte er und klopfte mit dem Knöchel des Zeigefingers auf das Glas, »sieht heute noch genauso aus wie damals. Nicht einmal das Sträßchen, das da aus dem ruinösen Torbogen herausstolpert, hat sich geändert, und ein Auto, das sich etwa dorthin verirrt, kommt gewiß nie wieder.«

»Sie kennen also die Gegend?«

»Recht gut«, antwortete Barelli. »Sehen Sie, hier, außerhalb des Bildes zu denken, gibt es einen Weingarten, eben groß genug, um den eigenen Bedarf des Besitzers zu decken, aber ein exquisites Gewächs, wie man es kaum wieder findet. Zum Glück weiß das niemand. Der Besitzer wohnt hier oben.«

»In dem Häuschen auf der Ruinenmauer?«

Barelli nickte und hatte sein listigstes Gesicht. »Äußerst romantisch, das können Sie mir glauben. Ein Ehepaar, uralt, das eigentlich nur von einem Stück Brot und einem Becher Wein lebt. Aber ein gar so beengtes Dasein, wie es nach dem Bild scheinen möchte, führen die beiden nicht. Beachten Sie, daß Ihre reisende Engländerin, oder wer es nun gewesen sein mag, aus der Froschperspektive gezeichnet hat und dabei freilich nur die Mauern, die paar Stützpfeiler und das aufgeklebte Häuschen erblickte. In Wirklichkeit ist von der Burg noch einiges mehr erhalten, das sieht man aber nur, wenn man hinaufkommt.«

Claudia war der Meinung, daß Barelli nun lange genug wichtig getan hatte, überdies fuhr bald der Bus nach Obermais zur Talstation der Schwebebahn. »Wann ist sie zerstört worden?« fragte sie und griff nach ihrem Rucksack.

»Die Burg? Soviel ich weiß, ist sie überhaupt nicht zerstört worden, wenigstens nicht von Menschen, sondern abgebrannt und dann im Laufe der Zeit vollends zerfallen. Wie es so geht.« Aus Daumen und Zeigefinger machte er einen Ring und ließ seinen ziegenmäßigen Spitzbart hindurchgleiten. Dabei sagte er bedächtig: »Dorther stammt übrigens das Pergament, das Sie einmal interessiert hat.«

»Auf Wiedersehen!« sagte Claudia. »Vielleicht überlegen Sie sich bis morgen, was das Bildchen kosten soll.«

»Kommen Sie denn morgen wieder?«

»Ich muß. Einiges, was ich abholen wollte, war noch nicht fertig. Morgen. Oder übermorgen. Jedenfalls bald.«

Bei der Post, die sie mitgenommen hatte, war auch ein Brief von Venediger, endlich. Während der Fahrt nach Obermais las sie ihn flüchtig. Venediger war sehr zufrieden mit den Ergebnissen seiner Reise, würde aber länger ausbleiben, als er vermutet hatte. »Was macht das aus!« schrieb er. »Um so länger darf ich mich darauf freuen, dich endlich wiederzusehen, und um so länger wirst du dann in unserer Bergeinsiedelei bleiben. Der Oktober ist meistens der schönste Monat des Jahres, freilich wird es zeitiger dunkel, aber auch darin kann ich nur einen Vorteil sehen, denn wir werden uns viel zu erzählen haben.«

Claudia las diese Zeilen nur mit halber Aufmerksamkeit, denn immer drängte sich etwas dazwischen, etwas Aufregenderes, nämlich die Mitteilung Barellis über das Pergament. Instinktiv hatte sie diese Mitteilung an sich ablaufen lassen wie eine Ente einen Wassertropfen, oder es war eine Schreckhaltung gewesen, er sollte nicht wissen, wie wertvoll für sie war, was er da sagte. Gut soweit. Aber nun? Wenn Venediger dagewesen wäre! Aber er war nicht da, natürlich war er nicht da. Wichtig tun, ja, das können sie, aber wenn man sie braucht, sind sie nicht da.

Ich hätte das Bild gleich mitnehmen sollen, dachte Claudia; vielleicht fände sich jemand, der weiß, wo diese Ruine ist; Venediger wüßte es; aber natürlich, er ist nicht da ... Im übrigen jedoch hab' ich es wohl gar nicht so ungeschickt gemacht.

Von der Bergstation hatte sie fast noch eine Stunde zu steigen, aber noch nie war diese Stunde kürzer gewesen als heute, so sehr war Claudia innerlich beschäftigt. Ein Glück, daß es jetzt im Haus zu tun gab, sonst wäre ihre Phantasie vollends mit ihr durchgegangen. Welche Vorstellung, daß sich die fehlenden Blätter vielleicht doch noch finden ließen! Nur um sich abzulenken, begann sie, die drei vorhandenen Fenster zu putzen, obwohl es gar nicht nötig gewesen wäre; aber das half auch nichts, sie mußte immer denken.

Der Laden des Antiquars Barelli war noch geschlossen, aber durch den langen, dunklen Raum ließ sich erkennen, daß die rückwärtige Tür ein wenig offen stand. Mit einem Geldstück klopfte Claudia an das Schaufenster, und alsbald erschien ihr sonderbarer Freund, ließ sie ein, schloß die Ladentür wieder ab und führte sie nach hinten.

Auf seinem plundervollen Schreibtisch stand ein Ding, das aussah wie ein Mikroskop; daneben eine Anzahl Schächtelchen.

»Nehmen Sie Platz«, sagte er, »und verzeihen Sie, wenn ich zunächst diese Arbeit beende, es dauert nur noch Minuten, ich habe Sie nicht so früh erwartet, und außer Ihnen hätte ich niemand hereingelassen. Aber Sie – Sie können schweigen, das weiß ich. O nein, dies sind keine bedenklichen Dinge. Ein paar Edelsteine, wie Sie sehen, die auf ihre Reinheit geprüft werden müssen, denn danach bestimmt sich der Preis. Ich habe sie letzthin gekauft, daraus brauche ich kein Geheimnis zu machen – aber was geht es die Leute an? Ein Mann, der mit Speicherkram handelt, lebt sicherer als ein Edelsteinhändler.«

»Ihr Vertrauen ehrt mich«, sagte Claudia. Sie hatte den Eindruck, daß es in diesem Hinterzimmer heute etwas heller war als sonst, und als sie sich umblickte, sah sie, daß der Panzerschrank halb offen stand, seine Innenbeleuchtung brannte, daher die Helligkeit. Ohne sich vom Platze zu rühren, schaute sie hinein, so gut es möglich war.

Barelli hatte seine Arbeit wiederaufgenommen, streifte Claudia aber des öfteren mit einem Blick. »Zur Zeit keine besonderen Kostbarkeiten«, bemerkte er, »die Geschäfte gehen zu gut, die Leute kaufen zuviel. Und dann wechselt auch die Mode, wissen Sie.«

»Ich habe noch keinen Kunden bei Ihnen gesehen«, sagte Claudia.

»Nein, meine Kunden sind nur Juweliere, das ist viel einfacher, dafür muß man aber um so mehr auf Qualität achten.«

»Und woher bekommen Sie die Steine?«

»Ich kaufe sie unter der Hand. Alter Schmuck und dergleichen.« Er legte die Brille auf den Tisch und lehnte sich in seinem Stuhl zurück. »Man glaubt ja nicht, wieviel alten Schmuck es noch gibt, auch bei Leuten, wo man ihn kaum vermuten möchte. Ich weiß es aus Erfahrung, und trotzdem frage ich mich manchmal, wohin die Unmengen von Juwelen gekommen sein mögen, von denen aus früheren Zeiten berichtet wird, und zwar nicht nur fabelnderweise. Denken Sie nur daran, was allein zur Renaissancezeit an Fürstenhöfen vorhanden war, wie in den damaligen Inventarverzeichnissen zu lesen steht. Wer nur einigermaßen etwas auf sich hielt, besaß einen ganz mit Perlen bestickten Rock, mindestens einen, meistens aber zwei oder drei, von den Ringen, Ketten, Anhängern gar nicht zu reden, und was war am Zaumzeug, auf Schuhschnallen, an Knöpfen! Alles echt, denn nachmachen konnte man es damals noch nicht! Rechnen Sie nun hinzu, was seitdem produziert worden ist, so sollte man meinen, wir alle müßten in Perlen und Edelsteinen ertrinken – ich habe aber noch nichts davon gemerkt.«

»Bei mir jedenfalls besteht diese Gefahr nicht«, sagte Claudia, die mit großem Vergnügen zuhörte, weil ihr das Gebiet neu war.

»Bei mir auch nicht und eigentlich bei niemandem«, erwiderte Barelli. »Um so beunruhigender wird aber dadurch meine Frage: Wo ist das ganze Zeug hingekommen?«

»Zu mir nicht, Ehrenwort!« sagte Claudia lachend.

Einmal bei diesem Thema, ließ er sich nicht so leicht davon abbringen. »Gewiß, vieles wird inzwischen zehnmal den Besitzer gewechselt haben, aber noch in guten Händen sein. Vieles ist geplündert, gestohlen und in alle Winde zerstreut worden. Aber zufriedengeben kann ich mich mit dieser Antwort nicht. Was also?«

»Einen Augenblick, Herr Barelli!« Sie suchte in ihrem Gedächtnis und fuhr dann im Kanzlerton wichtig fort:

»Zu wissen sei es jedem, der's begehrt:
Der Zettel hier ist tausend Kronen wert.
Ihm liegt gesichert, als gewisses Pfand,
Unzahl vergrabnen Guts im Kaiserland.«

»Ausgezeichnet!« sagte der Antiquar und trommelte mit den Fingern auf dem Tisch. »Ausgezeichnet! Woher?«

»Faust.«

»Sehen Sie, sehen Sie! Goethe war Staatsminister, der muß es doch gewußt haben!«

»Aber Herr Barelli!«

»Was! Halten Sie es für unmöglich? Nun will ich Sie an etwas erinnern«, sagte er mit geheimnisvoller Wichtigkeit. »Gerade an unseren Talhängen haben wir besonders viele Burgen, das fällt jedem Fremden auf. Manche sind wohlerhalten, die meisten aber sind Ruinen, jedenfalls aber saßen dort einmal recht wohlhabende Leute, das werden Sie zugeben.«

»Meinetwegen.«

»Bei den unfreundlichen Sitten, die damals herrschten, rauften sich die Ritter munter herum. Wohin, Fräulein, würden nun Sie Ihre Kostbarkeiten verstecken, wenn Ihre Burg belagert würde?«

Claudia hatte Mühe, sich als Ritterfräulein zu fühlen und dabei einigermaßen ernst zu bleiben. Aber Barelli war so schön im Schwung!

»Sicher nicht auf dem Dachboden, das ist wohl klar«, fuhr er fort, »sondern möglichst tief in der Erde, wahrscheinlich sogar in einem eigens dafür angelegten Raum. Das Unglück geht weiter, die Burg wird zerstört, verbrannt, stürzt zusammen, alles bleibt liegen, wie es ist – und darunter, tief darunter?« Aufgeregt zappelte er auf seinem Stuhl herum, lächerlich mit seiner Kitschromantik, trotzdem ein bißchen gespenstisch.

»Die Burgbewohner werden ja nicht gleich alle miteinander mausetot gewesen sein«, sagte Claudia. »Bestimmt ist der eine oder andere lebendig davongekommen, der dann – selbstverständlich in einer pechschwarzen, stürmischen Nacht – das Depot abholte. Übrigens hatten die Leute damals Panzer, weshalb also keine Panzerschränke!«

»Es ist unwürdig, über eine so verzweifelte Lage Witze zu machen!« sagte Barelli. Da saß er, sichtlich gekränkt, der kleine Mann, der um Bilderbuchideen kämpft.

Claudia war der Meinung, dieses komische Gespräch sollte jetzt schon deshalb zu Ende gehen, weil der Alte immer eifervoller und hitziger wurde und ihr viel, sehr viel daran lag, ihn nicht ernstlich zu verstimmen. Sie mußte um jeden Preis erfahren, ob es noch mehr Blätter des Laurinliedes gab und ob der Antiquar sie ihr verschaffen konnte ... und in diesem Zusammenhang fiel ihr jetzt etwas ein: Gab es diese Blätter, so war es wohl gut, wenn Venediger nichts davon erfuhr, denn er kam sonst in eine schiefe Lage gegenüber Professor Momberg, der in seinem merkwürdigen Brief darum gebeten hatte. Freilich brauchte sich Venediger nicht an diesen Brief zu halten, was ging's ihn an, er hatte keinerlei Verpflichtung. Trotzdem! Momberg war so hinterhältig gewesen – nun sollte er erst recht nichts erfahren. Ich weiß von seinem Brief nichts, dachte Claudia, ich bin ahnungslos, und nun sollst du sehen, wie Frauen schweigen können. Noch vor zwei Wochen hätte sie nicht den Mut zu dieser Überlegung gehabt, aber jetzt war sie mit ihrer Arbeit so weit, daß sie völlig klar sah, diesen Schatz entriß ihr niemand mehr. Aber erst muß man ihn haben! dachte sie und schüttelte wieder einmal über sich selber den Kopf. Ihre Luftschlösser unterschieden sich von denen Barellis eigentlich nur dadurch, daß er die seinen in den Keller hinunterbaute.

»Seien Sie mir bitte nicht böse«, sagte sie mit aller Freundlichkeit und Geduld, ging dabei jedoch schnurgerade auf ihr Ziel los. »Sie sind also überzeugt, daß in der Burg, von der wir sprechen, ein Schatz zu finden ist?«

»Das habe ich nicht behauptet!« antwortete Barelli etwas zu hastig. »Ich habe nur eine allgemeine Theorie entwickelt. Im übrigen«, sagte er und versuchte, die Sache abzuflachen, »habe ich in alten Schlössern schon manchen Schatz gefunden, das können Sie mir glauben, wenn es auch nicht gerade Juwelen waren. Danach zu suchen, lohnt sich gewiß nicht immer, ich möchte sogar sagen, es lohnt sich selten, aber bisweilen gerät einem doch etwas in die Hände, ein Bild oder eine Plastik oder eine von den gotischen Truhen, die gern gekauft werden ... und dann ist es ja auch eine sehr interessante Beschäftigung, nicht wahr «

Claudia nickte abwartend.

»Eine Beschäftigung«, fuhr er mit deutlichem Zögern fort, »bei der man im allgemeinen keinen Wert auf Zuschauer legt.«

»Sicher«, sagte sie.

»Keinen Wert auf Zuschauer – obgleich man sich bisweilen ein wenig sachverständige Unterstützung wünschen möchte.«

»Schade, daß ich von diesen Dingen fast nichts verstehe«, sagte sie lächelnd.

»Von den einundzwanzig Eselinnen haben Sie etwas verstanden.«

»Die waren für Sie nichts wert.«

»Nein, aber vielleicht lag noch dies und jenes dabei? Übrigens«, sagte Barelli und machte seine wichtige Miene, die stets ein Zeichen dafür war, daß er nun eine von jenen okkulten Weisheiten abfeuern würde, die Claudia nicht leiden konnte, »übrigens bindet sich das Wichtige gern eine Maske vor, damit es nicht jeder erkennen kann. Das Schicksal ist aristokratisch, es wirft sich nicht jedem an den Hals, es kann warten, ich glaube sogar, daß es warten *will*, denn es pflegt sich seine Leute auszusuchen.«

Claudia war auf diese Worte, die ihr im Augenblick bedeutend genug vorkamen, keineswegs gefaßt gewesen.

Sie war so betroffen, daß sie sich, um das nicht merken zu lassen, wider Willen in die schnöde Bemerkung rettete: »Deshalb also fällt der bewußte Dachziegel nicht jedem auf den Kopf!«

»Mit Ihnen kann man nicht reden«, sagte Barelli.

»Doch, doch, verzeihen Sie, der Dachziegel ist mir nur so herausgerutscht, es soll nicht wieder vorkommen. Wie kann ich es wieder gutmachen?«

Barelli erwiderte: »Ich sage, daß man mit Ihnen nicht reden kann, und trotzdem rede ich mit Ihnen, denn Sie sind eine nette junge Dame, das wußte ich schon damals in der Eisenbahn. Versöhnen wir uns also. Vielleicht sind auch Sie eine Maske des Schicksals, und es steckt mehr hinter Ihnen, als man erwartet. Ich will mir das überlegen.«

»Was?«

Er antwortete mit einer Gegenfrage: »Würden Sie mich begleiten?«

»Wohin?«

»Hier«, sagte er, »nehmen Sie das Bildchen mit und leben Sie sich ein wenig in die Lage ein. Herr Venediger ist nicht da?«

»Er bleibt noch länger weg, das hat er mir erst gestern geschrieben.«

»Recht gut. Sie haben bisher geschwiegen, schweigen Sie weiter. Derlei kleine Geheimnisse, wie das unsere, zerfließen gar zu leicht in nichts, je mehr Leute davon wissen. Herrn Venediger würde es also Freude machen, wenn Sie ihm noch ein solches Blatt bringen könnten?«

»Angenommen, es fände sich noch eines oder zwei – vielleicht kann man sie kaufen?«

Barelli wiegte den Kopf. Erinnerte sich Claudia daran, was er ihr gestern von dem uralten Ehepaar erzählt hatte, das in dem Häuschen auf der Burgruine wohnte? Es würde sich empfehlen, ein Pfund Kaffee und eine Handvoll Toscani mitzunehmen, das war den Leuten lieber als Geld.

»Toscani?«

»Das sind Zigarren, ähnlich wie die Virginier, man bekommt sie überall in Bündeln. Rauchen Sie aber keine«, sagte Barelli lächelnd, »es würde Ihr Tod sein.«

»Und Sie glauben in der Tat –?«

Er hob die Schultern. »Als ich das letzte Mal droben war, es ist freilich schon ein halbes Jahr her, meine ich diese sonderbare Schnörkelschrift noch irgendwo gesehen zu haben. Ich kann mich allerdings irren. Da Sie aber Wert darauf zu legen scheinen –«

»Versuchen könnte man es.«

»Jawohl«, sagte er und dachte eine ziemliche Weile nach. »Ich wollte ohnehin wieder einmal hinauf. Wegen dieses wirklich ganz außergewöhnlichen Weins, wissen Sie. Und dann –« Er verstummte. Offenbar kostete ihn der Entschluß, weiter zu reden, große Überwindung. Endlich fuhr er fort: »Es ist ja ewig schade, wenn man zusehen muß, wie das mit der Zeit vollends zugrunde geht. Da gibt es zum Beispiel eine Tür aus altem Eichenholz, die Bohlen sind noch nicht gehobelt, sondern mit dem Beil geglättet, das Schloß hat ein schönes schmiedeeisernes Beschläg, frühgotisch. Aber der alte Mann hat ein halbes Dutzend große Haken in das Holz geschlagen, dorthin hängt er seine Kleider.«

»Hören Sie auf!« sagte Claudia. »Das tut einem ja ordentlich weh!«

Er nickte. »Wenn es nur das wäre!«

»Wem gehört die Ruine eigentlich?«

»Ja, wem!« erwiderte Barelli. »Auf diese Frage hab' ich gewartet, kann sie aber nicht beantworten, und ich glaube, niemand kann sie beantworten. Sie dürfen nicht vergessen, daß das Land jetzt italienisch ist. Der alte Rubatscher, der dort wohnt, kann nachweisen, daß schon sein Großvater als Eigentümer galt, und es wird niemandem einfallen, das zu bestreiten. Weshalb denn auch? Eine Ruine, ein lächerlich draufgeklebtes Häuschen, das ganze zwei Stuben hat, ein Stückchen Weinberg, ein paar Geröllhalden, wo zwischen den Steinen gerade so viel Wildgras wächst, daß davon zur Not drei Kühe satt werden oder auch nicht. Man macht sich keine Vorstellung, mit wie wenigem die Leute auskommen. Für die alte Rubatscherin ist ein Pfund Kaffee auf Monate hinaus die reine Seligkeit, das werden Sie sehen.«

»Unsere Fahrt ins Abenteuer ist also beschlossen?« fragte Claudia. Es lag ihr daran, mit dieser seltsamen Angelegenheit ins reine zu kommen, solange Venediger noch verreist war. Zwar sagte sie das nicht ausdrücklich, aber Barelli ging auf ihre Absicht so bereitwillig ein, daß sie das Gefühl nicht loswurde, er verfolge mit alledem noch eine Nebenabsicht, die er einstweilen im dunkeln ließ. Nun, das würde sich zeigen.

Sie verabredeten den Tag, Claudia war damit einverstanden, weil ihr auf diese Weise noch fast eine Woche Zeit blieb – denn plötzlich eilte es ihr nicht mehr so sehr; die Sache wollte noch einmal durchdacht sein, es war auch vorher einiges zu erledigen, kurz und gut: sie hatte ein bißchen Angst, obwohl sie das recht albern fand. Nicht, daß sie sich geradezu fürchtete – weshalb denn! Aber sie war hier doch ganz allein, niemand ahnte, wohin sie ging, einstweilen ahnte sie es selber noch nicht, und sie wußte auch nicht, ob Venediger damit einverstanden gewesen wäre. Und dann eben dieses Gefühl, daß der Antiquar nicht alles gesagt hatte.

Aus reiner Gewohnheit ging sie zur Post, um nach Briefen zu fragen, obgleich seit gestern wohl kaum etwas gekommen war. Es gab jedoch eine Überraschung: sie erhielt einen Brief von Ling, Philipp Ling. Nicht zufällig also hatte sie während der letzten Tage mehr als einmal an ihn denken müssen. Als sie jetzt seine elegante und klare Handschrift erblickte, die sie nur selten gesehen hatte, aber sofort erkannte, war er ihr so nahe, daß sie die paar Schritte zu jener Bank auf der Kurpromenade ging, um dort den Brief zu lesen.

Er habe, schrieb er, bei seiner Rückkehr nach Hause einiges Unerwartete vorgefunden – nichts Ärgerliches übrigens! –, das ihm Kopfzerbrechen mache, aber damit wolle er sie nicht langweilen. Nur sei ihm aus diesem Anlaß durch eine der bekannten Gedankenquerverbindungen eingefallen, daß Claudia (entschuldigen Sie, daß ich keine Umstände mache, aber ich bin kein guter Briefschreiber!) mit der lächerlichen Summe, die er ihr seinerzeit gegeben, doch längst fertig und also dem Hungertod nahe sein müßte. Es war ganz gut, daß er über diesen Punkt nicht persönlich mit ihr sprechen konnte, denn da würde sie ihn ja doch wieder anlügen, wie neulich. Er hatte nachgerechnet. Aß sie etwa ihren Pelz auf? Er war davon überzeugt, konnte es aber unter keinen Umständen dulden. »Ich habe deshalb meinen Sohn Andreas, der ja gegenwärtig in Bozen ist oder sein müßte, gebeten, sich mit Ihnen in Verbindung zu setzen. Sie werden also Nachricht von ihm erhalten. Soweit ich mich erinnere, kennen Sie ihn noch nicht? Seien Sie nett zu ihm, er ist ein sehr anständiger und fleißiger Mensch, also seinem Vater durchaus nachgeraten, aber ins Vorwort will ich allein kommen!« Wahrscheinlich konnte Andreas besser mit so widerspenstigen jungen Damen wie Claudia fertig werden, weil er das Geschäftliche stets vom Persönlichen zu trennen verstand, eine Gabe, die seinem Vater in bedauerlichem Maße fehlte. Apropos: fehlte! Konnte Claudia sich vorstellen, wie sehr sie einem gewissen alten Mann fehlte? Dies nur nebenbei und weil es sich am Schluß dieses Briefes so gut ausnahm. Ah, ces beaux jours dans la roseraie!

Nachschrift: Sie sehen daraus, daß der erwähnte Herr wirklich alt ist, sonst wäre er nicht so sentimental, denn das ist eine Eigenschaft, die in der ersten und dann wieder in der zweiten Kindheit besonders hervortritt, während der Mensch in den dazwischenliegenden Jahren mehr zur Vernunft neigt. Und behandeln Sie bitte meinen Sohn Andreas mit der gleichen Nachsicht, mit der Sie seinen unwürdigen Vater ausgezeichnet haben. –

Die Sonne schien. Rundum leuchteten die Herbstblumen. Ein Kurgast, der auf der Bank gegenüber saß und Claudia beobachtete, hätte gewettet, daß diese junge Dame einen Liebesbrief las – so still beglückt lächelte sie dabei.

9

Auf der Straße von Bozen nach Meran, das Tal der Etsch aufwärts, fuhr der schwarze Wagen mit den elfenbeinhellen Polstern, das Ausstellungsstück, er fuhr jedoch ungemein langsam und ohne jeden Ehrgeiz, zu zeigen, was in ihm steckte, sozusagen mißvergnügt, mindestens recht nachdenklich. Das hatte seine Gründe.

In dem Wagen saß Andreas Ling, sonst niemand, auch dafür gab es Gründe.

Auf die Mitteilung, daß und warum er nach Meran müsse, war Marianne, dieses sanfte Geschöpf, hochgegangen wie eine Rakete, und sie hatte auch so gezischt. Dann trat eine kurze Stille ein, und dann krachte es, die Funken sprühten, recht interessant, aber doch nicht so lieblich wie bei einem richtigen Feuerwerk. Andreas, ziemlich verwundert, warf zwischen jede einzelne der Explosionen, die dicht aufeinander folgten, als Löschversuch ein »Aber –«, kam jedoch über dieses eine Wort niemals hinaus, weil ein Kanonenschlag folgte. Wer hätte das gedacht! Wird man jemals aus den Frauen klug? Immer, wenn man es am wenigsten erwartet, gibt es eine Überraschung.

Im Bewußtsein der vollkommensten Unschuld, aber auch in der Erkenntnis, daß sich gegen dergleichen Naturgewalten nichts ausrichten läßt, verließ er vornehm schweigend die Walstatt und fuhr also zu Tal. Die kurvenreich sich hinabwindende Straße erforderte Aufmerksamkeit, die plötzliche Stille war angenehm und erwünscht, das Gewitter blieb hoch droben am Berg – was Andreas Ling jedoch mitnahm, war eine Art von verblüffter Leere, und da die Natur nichts Leeres duldet, so füllte sich dieser Hohlraum zunächst mit einem grauen Mißvergnügen, durchaus unerfreulich.

In den friedlicheren Gefilden des Tals kam der Gedanke hinzu, daß an dem ganzen Naturereignis eigentlich niemand schuld sei als Philipp Ling. Weshalb, um Himmels willen, erledigte dieser Vater seine Angelegenheiten nicht selber? Weshalb mußte sich jetzt ein beklagenswerter Nachfahr mit diesem gelehrten Mädchen Claudia befassen, das er noch nie gesehen und von dem er bis vor zwei Stunden fast nichts, dann allerdings ziemlich Lautstarkes gehört hatte?

Sie würde ihn zu bestimmter Stunde bei einem Antiquar in Meran erwarten, hatte Philipp geschrieben. Die bestimmte Stunde war bereits vorüber, das Gewitter trug die Schuld daran; Andreas jedoch, sonst so gewissenhaft, stellte das bei einem Blick auf die Kirchturmuhr von Terlan mit ergrimmter Genugtuung fest, und da er mit dem Namen Terlan den Begriff eines erfreulichen Weins verband, hielt er sogar an, setzte sich vor ein Gasthaus an der Straße und trank ein Viertel, denn er mußte sich erholen. Dabei dachte er an seinen treuen Vater Philipp – seit wann hatte der Alte etwas für gelehrte Mädchen übrig, vollends wenn sie – laut Gewitter – zu den boshaftesten Scheusälern gehörten, die Gott in seinem Zorn erschaffen hatte?

Durch den Terlaner versöhnlich gestimmt und in sein trübes Schicksal ergeben, trudelte er schließlich in Meran ein, ließ den Wagen diesseits der Passer stehen und fragte sich nach dem Laden des Antiquars Barelli durch. Unterwegs dachte er, daß dies doch eine hübsche, bunte und fröhliche Stadt sei, in der man sich wahrscheinlich ebenso gut hätte erholen können wie hoch droben zwischen den Felsbergen und deren Gewittern.

Als er dann aber den Laden betrat und sich mit Claudia bekannt machte, wurde ihm sogleich manches klar.

Selten war er so überrascht gewesen – nun, der Tag hatte mit einer unangenehmen Überraschung begonnen, weshalb sollte er nicht auch eine angenehme bringen!

»Zunächst bitte ich Sie, meine große Verspätung zu entschuldigen«, sagte er.

»Hatten Sie eine Panne?«

»Ein Gewitter«, antwortete Andreas.

»In Bozen?« fragte Claudia verwundert und dachte an die geringe Entfernung.

Es gab keinen Grund, in Barellis düsterem Gewölbe zu bleiben, sie verließen es alsbald.

Andreas trug das Netz mit den Einkäufen, es war ziemlich schwer. »Wohin gehen Sie?«

Claudia erklärte ihm, wo sie hauste.

Allein? Dann würde er also niemand stören, wenn er sie begleitete? Er kannte Hafling nicht und hatte gerade heute ein großes Bedürfnis nach Stille.

»Bitte!« sagte sie, leis erstaunt, aber keineswegs geärgert. »Vor allem werden Sie von niemand gestört werden, wenn Sie sich dort oben in die Sonne legen wollen.« Auf der Fahrt nach Obermais bewunderte sie den Wagen, aus ihren Worten ging hervor, daß sie ahnungslos und der Meinung war, Andreas und seine Sekretärin plagten sich in Bozen mit den italienischen Behörden herum. »Ich bin mit Fräulein Schäfer seit langem bekannt. Wie geht es ihr?«

Andreas wich dieser Frage aus, weil er nicht wußte, was er sagen sollte. Viel lieber sprach er davon, wie bedauerlich es war, daß er Claudia erst heute kennenlernte, von der sein Vater so große Stücke hielt, und wenn Philipp Ling das tat, hatte es etwas zu bedeuten. Die Unterhaltung blieb zunächst stockend; als sie dann aber droben die große Kabine der Schwebebahn verlassen hatten und bergauf den Weg durch den Fichtenwald einschlugen, ging es besser.

»Es bedrückt mich«, sagte Claudia, »daß Sie nun einen ganzen Tag opfern, um diese Geschichte zu erledigen, die mich in Verlegenheit bringt.«

»Und ich«, erwiderte er vergnügt, »muß gestehen, daß ich mir kein rechtes Bild davon machen kann, worum sich's überhaupt handelt. Mein Vater gehört zu jener Art von Menschen, die, wenn sie sich einmal mit etwas befassen, voraussetzen, daß ein Dritter sogleich Bescheid weiß, aber das ist zuviel verlangt.«

»Vielleicht wollte er Ihnen Gelegenheit geben«, antwortete sie, »das verschrobene kleine Wesen zu besichtigen, das sich, statt auf vernünftige Weise Geld zu verdienen, mit alten Sagen und Pergamenten befaßt und dabei in Bezirken herumwabert, die ein ordentlicher Geschäftsmann bestenfalls durch eine bunte Ansichtskarte kennt, Gruß aus den Dolomiten.«

»Dolomiten?« fragte Andreas, eine Wolke zog durch das freundliche Aufklaren in seinem Gemüt.

»Denn anders«, fuhr sie fort, »kann ich mir's nicht erklären, daß er Sie damit behelligt, statt die Sache durch die Post zu erledigen.«

»Sie verkennen die Lage«, antwortete Andreas. »Weshalb sollte mein treusorgender Vater mir nicht auch einmal eine der Annehmlichkeiten des Daseins gönnen, da er im allgemeinen doch gewissenhaft darauf achtet, daß ich mich genügend plagen muß?«

Um ihn zu trösten, sagte die ahnungslose Claudia: »Armer! Ein Glück, daß Sie eine so tüchtige Sekretärin haben. Ist sie noch hier?«

Hier? Gott sei Dank, nein, dachte Andreas. Er fragte: »Sie sind also miteinander befreundet?« Eine etwas hinterhältige, unaufrichtige Frage nach diesem Morgengewitter.

»Ich verdanke ihr, daß Herr Ling mich mitgenommen hat«, sagte Claudia zurückhaltend.

Weil er darauf schwieg, legten sie das letzte und steilere Stück des Weges wortlos zurück, Andreas hatte also reichlich Zeit, zu überlegen, daß die tüchtige Sekretärin gar nichts Dümmeres hätte machen können, als ihn gerade an diesem Tag mit einem Krach auf den Weg zu schicken. Man sollte hierbleiben dürfen und sie einfach droben sitzenlassen.

Als sie vor der Hütte standen, fragte er erstaunt: »Da wohnen Sie? Ganz allein? Und fürchten sich nicht? Ich finde das wunderbar.«

Claudia schloß auf, nahm ihm endlich das Netz mit den Einkäufen ab und legte es auf die Bank, denn der Tisch war mit Papieren bedeckt, weil sie vor dem Weggehen schnell noch eine Kleinigkeit nachgetragen hatte, die ihr während der Nacht eingefallen war. »Sie werden mir glauben«, sagte sie, »daß ich bei diesem Leben nicht viel Geld brauche.« Dabei dachte sie dankbar an Philipp Ling und keineswegs daran, die Sprache auf jenen Punkt zu bringen, dessentwegen Andreas sie besuchte.

Er aber verstand es von der anderen Seite her, und es war ihm ganz recht, sofort auf das Geschäftliche zu kommen. »Nein«, sagte er, »mit der Post konnte mein Vater die Sache nicht erledigen, es wäre umständlicher gewesen. Wir haben in Bozen begreiflicherweise nur ein Konto, und er hat mir das Scheckbuch hiergelassen – so ist es am einfachsten. Wieviel brauchen Sie?«

Claudia, der dieser Ton völlig fremd war, sah ihn mit großen Augen an.

Andreas erkannte, daß diese Umgebung merkwürdig unsachlich war. Etwas betreten sagte er: »Verzeihen Sie, ich bin nicht im Bilde, mein Vater hat mir nichts Näheres mitgeteilt, er scheint aber den dringenden Wunsch zu haben, daß Sie während Ihres hiesigen Aufenthalts nichts ... ich meine, daß Sie sich auch fernerhin als sein Gast betrachten, ist es nicht so?« Und weil sie daraufhin beharrlich weiterschwieg, sagte er: »Herrgott, helfen Sie mir doch ein bißchen und seien Sie nicht so zimperlich. Daß das Leben Geld kostet, ist kein Geheimnis. Sie sehen auch gar nicht so aus, als ob Sie es bisher noch nicht gewußt hätten.«

Das gefiel Claudia nun, endlich war er einmal nicht so haltungsvoll, sie lächelte. Andreas, um über die Peinlichkeit vollends hinwegzukommen, betrachtete die Papiere auf dem Tisch und schüttelte den Kopf. »Dies hier«, sagte er, »schüchtert mich nämlich ein. Ich bin sonst nicht so. Ja, wenn es eine technische Zeichnung oder eine Bilanzaufstellung wäre!«

»Es ist der Rosengarten«, antwortete sie.

Andreas dachte an die Dolomiten und machte ein Gesicht, als ob er auf ein Pfefferkorn gebissen hätte. »Es sieht ungeheuer wissenschaftlich aus«, sagte er, »unter dem Rosengarten hätte ich mir nun etwas anderes vorgestellt. Aber man täuscht sich. In der Nähe ist er gar nicht so rosig.« Pause. »Und das alles haben Sie in den paar Wochen fertiggebracht?«

»Es sind nur Vorarbeiten«, erklärte sie, »die Hauptsache kommt erst, wenn ich wieder daheim bin, hier fehlt mir die Literatur.«

»So, Literatur ...«, sagte er. »Schrecklich. Bei uns macht man das mit dem Rechenschieber. Darf ich Sie zum Essen einladen?«

Speckknödel im nahen Gasthaus beruhigten sein aufgewühltes Seelenleben sichtlich, trotzdem war nicht zu verkennen, daß er sich noch immer mit ungewohnten Gedanken plagte. Claudia fand, daß er seinem Vater entschieden ähnlich war, in der Haltung oder vielmehr in der Zurückhaltung jedoch seiner Mutter, die ihm auch die Augen vererbt hatte, die je nach dem Licht zwischen einem lebhafteren Blaugrün und einem kalten Hellgrau wechselten und deren Pupillen sich ungewöhnlich verengen, ja beinahe verschließen, dann aber wiederum groß und freundlich werden konnten. Immer, wenn er sie anblickte und dabei das Lächeln seines Vaters hatte, wurden sie groß.

Es war nicht ganz einfach, sich mit ihm zu unterhalten, weil sich so wenig Berührungspunkte ergaben. Der seidene Faden! dachte sie, aber davon hat er natürlich keine Ahnung.

Also fragte sie, da der keineswegs seidene, sondern eher baumwollene Faden der Unterhaltung wieder einmal abzureißen drohte, das Harmloseste und Unverbindlichste, was ihr einfiel: »Werden Sie noch lange in Bozen bleiben?«

Daraufhin sah Andreas an ihr vorbei und zum Fenster hinaus, offenbar machte ihm die Antwort erhebliche Schwierigkeiten. Endlich antwortete er: »Wir sind schon seit einiger Zeit nicht mehr in Bozen. Wir, das heißt Fräulein Schäfer und ich.« Weil er merkte, daß Claudia daraufhin im Begriff war, in erstaunte Verlegenheit zu geraten, fuhr er fort: »Unser Bozener Geschäft ließ sich wider Erwarten rasch erledigen, und deshalb haben wir eine Art Palastrevolution gemacht. Wir waren nämlich beide noch nicht in Urlaub und brauchten ihn doch so dringend. Flucht in die Dolomiten, wenn Sie den Ausdruck nicht mißverstehen wollen. Was man hat, das hat man.«

Es bestand kaum eine Gefahr, daß Claudia den Ausdruck mißverstand. »Und ich bin schuld daran, daß Sie Ihren Urlaub unterbrechen mußten!« sagte sie.

»Meine Fahrt zu Ihnen wird eine der schönsten Erinnerungen an diesen Spätsommer bleiben«, erwiderte Andreas so herzlich, daß man es nicht nur für eine Redensart nehmen konnte.

Claudia dachte sich etwas, und sie traf damit genau das Richtige. Es ließ sich nicht leugnen, daß sie auf diese unerwartete Wendung hin von einer ganz unakademischen, gewöhnlichen Neugier geplagt wurde, von jener Art Neugier, die sie bei Florine immer so komisch fand. Im Gespräch mit einer Frau wäre es jetzt schwierig gewesen, mehr zu erfahren; zum Glück war Andreas Ling ein Mann.

»Ja, hier oben hat man wirklich Ruhe«, sagte sie und legte das richtige Maß von verborgener Mütterlichkeit in den Ton. »Das ist es wohl, was Sie vor allen Dingen brauchten. Heutzutage ist das Leben eine anstrengende Beschäftigung.« Sie lachte. »Ich finde es immer bewundernswert, mit welcher Virtuosität Ihr Vater zu leben versteht.«

»Virtuos und beneidenswert!« sagte Andreas. »Er ist, scheint mir, unter einem glücklicheren Stern geboren als sein Sohn.« Endlich ging er aus der Zurückhaltung heraus und wurde nun mitteilsamer. »Aber dergleichen Kunststücke gelingen freilich nur, wenn jemand da ist, der für einen glatten Lauf der Maschine sorgt. Unsereins gehört – wie heißt es? – zu den Mühseligen und Beladenen. Glauben Sie aber bitte nicht, daß ich jammern möchte.«

»Das dürfen Sie auch nicht«, erwiderte Claudia. »Was sollte dann ich sagen?«

»Sie! Bei Ihnen ist das etwas anderes. Sie leben in einer Welt –«

»In der man genauso Hunger hat und dafür sorgen muß, daß man anständig gekleidet ist wie in jeder anderen – nur daß es noch ein bißchen schwerer fällt. Wollen wir tauschen?«

»Sofort!« sagte er. »Aber das bleibt ein frommer Wunsch.«

»Seien Sie froh, Herr Ling!«

»Nein! Ich bin nicht froh. Man sollte –«

»Ja, was sollte man nicht alles!« sagte Claudia. »Aber man tut es nicht, also darf man sich auch nicht beklagen.« Das war eine von jenen Lebensweisheiten, mit denen Herr Barelli sich in bengalische Beleuchtung zu setzen pflegte, und die sie wegen ihrer Unverbindlichkeit nicht liebte. Sie ärgerte sich, daß ihr im Augenblick nichts Besseres einfiel, aber auf Ling machte die Bemerkung Eindruck.

»Ich habe viel versäumt in meinem Leben.«

»Das kann jeder von sich behaupten, Sie sind keine Ausnahme.«

»Und wenn ich nachdenke, bin ich eigentlich nie glücklich gewesen.«

»Denken Sie also nicht nach, sondern versuchen Sie, es zu sein.«

»Ist das nicht ein bißchen billig?«

»Glück ist nie billig, aber das merkt man immer erst hinterher«, sagte Claudia. Es machte ihr Vergnügen, ihn zu verwirren, sie wußte auch, warum: im Hintergrund stand jemand mit einem Madonnenscheitel. Es ging sie zwar nichts an, aber mitunter kommen solche Regungen zutage, sogar ohne daß man sich deshalb tadelt. Zudem brachte sie ihn auf diese Weise langsam und immer näher dorthin, wo ihre Neugier ihn haben wollte.

Andreas winkte der Kellnerin und zahlte.

»Sie werden sich jetzt ins Gras legen und Ihren Kummer vergessen«, bestimmte Claudia, als sie wieder vor der Hütte waren.

»Das werde ich nicht tun, selbst auf die Gefahr hin, daß ich Sie vom Arbeiten abhalte. Denn allmählich finde ich meine gute Laune wieder.«

»Ich hoffe, Sie haben sie nicht hier verloren?«

»Wahrhaftig nicht! Verzeihen Sie aber, wenn ich in diesem Augenblick und zum letztenmal an meinen Auftrag denke, damit dies endlich erledigt wird –

ich muß das tun, eben weil ich meine gute Laune nicht wieder durch solche nüchternen Peinlichkeiten in Gefahr bringen möchte. Sie werden meinem Vater keinen Kummer machen wollen.« Er schrieb, trennte das Blatt aus dem Scheckheft und legte es aufs Fensterbrett. »Darf ich jetzt meinen Rock ausziehen? Es wird heiß in der Mittagssonne.«

»Sie helfen mir über die Verlegenheit hinweg«, sagte Claudia. »Ich danke Ihnen.«

»Keine Ursache, leider, ich bin nur der Briefträger; der edle Förderer der Wissenschaft sitzt jetzt daheim und muß arbeiten – ein höchst erfreulicher Gedanke, daß zur Abwechslung auch einmal ein anderer faul sein darf.«

»Sind Sie da nicht ein bißchen ungerecht?« fragte Claudia.

»Ohne Zweifel, aber es tut mir wohl.«

Sie traten wieder ins Freie. Etwas Kleines, leise Schnurrendes schwirrte zwischen ihnen hindurch und fiel ins kurze Berggras. Es war aber keine von den gewöhnlichen grünen Heuschrecken, sondern eine schwarze mit ziegelroten Flügeln. »Wir haben auch grüne mit einem lachsrosa Leib«, sagte Claudia, »und sehen Sie nur diesen winzigen Breitwegerich, dessen Rosette man sich als kleine Brosche anstecken möchte! Daneben wächst ein ebenso winziger Enzian mit violetten Blüten – das ist alles aus Laurins Reich. Wenn ich einmal müde oder ärgerlich bin, betrachte ich's, und dann ist alles wieder gut. Die Zwerge sind ja in Mißkredit gekommen, besonders seit man sie als kleine gipserne Scheusäler in Müllers Garten angesiedelt hat, aber das sind eben nicht die richtigen. Ich verstehe mich gut mit ihnen.«

Andreas Ling seufzte. »Ja, daran liegt es. Verstehen muß man sich mit ihnen, und das will offenbar gelernt sein.«

»Vor allem braucht man Geduld.«

»Ich«, erwiderte Andreas, »brauche meine ganze Geduld, um die Geduld nicht zu verlieren. Halten Sie das für ein rentables Geschäft?«

»Es scheint doch so.«

»Es scheint wirklich nur so. Etwa weil ich keine Geldsorgen habe? Das Geld liegt heutzutage auf der Straße.«

»Das tut es wohl immer«, sagte Claudia.

»Sie meinen, daß es nicht jedermanns Sache ist, es aus dem Dreck herauszukratzen?« fragte er. »Damit haben Sie allerdings recht.«

»Sie sind heute mit dem linken Fuß zuerst aufgestanden, das merke ich schon lange.«

»Mit zwei linken!« sagte er. »Seelisch verkrüppelt, das ist es! Erklären Sie mir, weshalb ich diese wunderbaren bunten Heuschrecken und den kleinen Enzian erst hier sehe – gibt es das am Fuße des Rosengartens vielleicht nicht?«

Claudia antwortete: »Als Herr Dietrich von Bern dorthin ritt, war der Rosengarten mit einem seidenen Faden umgeben. Heute nimmt man dazu Stacheldraht. Da haben Sie den Unterschied.«

»Sehr richtig!« nickte Andreas erinnerungsvoll.

»Aber«, sagte Claudia, »miteinander gerauft haben die Leute schon damals.«

»Fielen sie auch über Unschuldige her?«

»Ganz unschuldig war der König Laurin nicht. Er hatte sich zu sehr für eine Dame interessiert.«

»Es muß hier in der Luft liegen«, murmelte Andreas. »Man unterschob mir heute früh ähnliche Absichten.«

»Wie merkwürdig!«

»Ich weiß nicht, jetzt finde ich es eigentlich gar nicht mehr so merkwürdig.«

Nun wußte Claudia also genau, was sie hatte wissen wollen, und konnte sich danach richten. Es war nicht einfach gewesen, aber nun wußte sie es. Und weil sie wünschte, ungestört nachzudenken, holte sie einen Liegestuhl, erklärte Andreas, daß er sich ausruhen müsse, und packte ihn hinein, obwohl er damit nicht einverstanden, sondern gerade im Begriff war, ihr sein Herz auszuschütten. Aber dagegen hatte sie etwas, es war ihr nicht ganz geheuer.

Mochte es nun von dem Morgengewitter oder von dem nicht ausgeschütteten Herzen oder von der Stille und den leise rauschenden Fichtenwipfeln kommen, jedenfalls schlief Andreas alsbald ein. Claudia ging ins Haus und setzte sich gewohnheitsmäßig an den Tisch, um endlich ihre Arbeit aufzunehmen, aber zunächst mußte sie also nachdenken. Was zwischen Andreas Ling und seiner tüchtigen Madonna war, interessierte sie dabei nur am Rande. Daß aber Philipp Ling, der die Welt so gut kannte, seinen Sohn eigens zu ihr herüberschickte, wo doch ein Brief genügt hätte – das wollte genauso überlegt werden, wie Philipp es wahrscheinlich überlegt hatte.

Auf welche Gedankenreihen, auf welche Möglichkeiten kam man dabei! Aber es endete doch mit einem unwilligen Kopfschütteln.

Gegen vier Uhr schaute sie einmal hinaus. Andreas schlief friedlich. Claudia kochte sich eine Tasse Kaffee und begann nun ernstlich zu arbeiten. Als die Sonne unterging, schaute sie wieder hinaus. Es wurde kühl, Andreas schlief. Claudia tippte ihm auf die Schulter, er wachte auf und mußte sich besinnen, wo er war.

»Sie werden sich demnächst erkälten, Herr Ling. Denken Sie auch daran, daß Sie noch einen ziemlich weiten Weg haben, ich vermute, daß die Dolomitenstraßen mit ihren vielen Kurven in der Dunkelheit nicht angenehm zu fahren sind.«

Er entschuldigte sich. So wunderbar habe er schon lange nicht mehr geschlafen. »Und ich hätte Ihnen noch so viel zu sagen gehabt!«

Vermutlich war es recht gut und viel einfacher, daß er nicht dazu gekommen war. »Werden Sie den Weg finden?« fragte Claudia. »Sonst gehe ich mit Ihnen.«

Er verabschiedete sich, man spürte, daß er es ungern tat.

Sie winkte ihm nach und dachte: Auch einer, der über den seidenen Faden nicht hinwegkommt.

Auf der Bergstation mußte Andreas Ling mit anderen Leuten eine Weile warten, bis die Kabine aus dem Tal kam, sie brachte nur einen einzigen Fahrgast mit. Tief unten, im blauen Abend, der über Meran lag, blinkten schon die Laternen. Hier oben war die Klarheit einer rosenfarbenen Dämmerung, die Berge leuchteten.

Drei Viertelstunden später trat Claudia aus ihrer Hütte in die sternhelle Nacht hinaus, um die Fensterläden zu schließen. Da hörte sie Schritte auf dem Gras, ganz in der Nähe, aber sie stutzte nur einen Augenblick lang, dann wußte sie, wer das war und stieß die Tür weit auf, damit der helle Schein in die Dunkelheit fallen konnte.

»Guten Abend!« sagte eine warme, tiefe Stimme.

»Laurin!« Sie breitete die Arme aus.

Dann waren sie drinnen unter der Lampe, alles Papier war beiseite geräumt, die weiße Ahornplatte schimmerte.

»Wunderbar, daß du gekommen bist!« sagte Claudia. »Aber wieso? Laß dich anschauen. Mager! Hast du Hunger?«

»Nicht wenig.«

»Da läßt sich helfen«, sagte sie und fuhr in der Hütte herum. »Wenn es weiter nichts ist?«

Er fing sie aus ihrer Geschäftigkeit heraus und gab ihr schnell noch einen Kuß. »Hunger«, sagte er, »ist eine gemeine Regung, deshalb braucht man nicht auf einen Berg zu steigen, und besonders nicht in der Nacht.«

»Nein.«

»Also?«

»Woher soll ich das wissen!« sagte sie.

»Natürlich, woher sollst du das wissen«, sagte er und setzte sich an den Tisch. »Deshalb war es eben dringend notwendig, daß ich noch heraufkam, um dir's zu erzählen.«

»Jetzt iß!« sagte Claudia. Das Teewasser sang. »Daß du aber schon wieder im Lande bist?«

»Es machte sich so«, antwortete er mit Behagen, »vielleicht muß ich noch einmal auf die Reise. Inzwischen aber hab' ich ein paar Tage Zeit.«

»Ist alles gut gegangen?«

»Über Erwarten. Und hier?«

»Ein Glück, daß du nicht eher gekommen bist«, lachte sie. »Ich hatte nämlich den ganzen Tag Besuch.«

»So?« fragte er und legte sein Gesicht in dramatische Falten. »Hm. Wenn es ein Mann war, dann hat er allerdings Glück gehabt.«

»Schaf!« sagte Claudia und wollte ihn ein bißchen streicheln, machte aber statt dessen eine plötzliche Bewegung zum Fenster hin und rief: »Ach du lieber Himmel, das hab' ich rein vergessen!« Auf dem Fensterbrett lag noch der Zettel, wie Andreas Ling ihn hingelegt hatte. Sie hielt ihn unter die Lampe. »Um Gottes willen, der ist ja verrückt!«

»Wer?«

Da mußte sie ihm nun alles erzählen.

»Ich schäme mich aber noch zu Tode!« sagte sie endlich und steckte den Scheck in ihre Handtasche. »Das ist keine freundliche kleine Beihilfe mehr, das ist ein – eine – wie nennt man das?«

»Wie man es nennt, ist gleichgültig«, sagte Venediger. »Jedenfalls ist es sehr anständig.«

»Aber so viel Geld anzunehmen, ist beinahe nicht mehr anständig!«

»Warum nicht, da die Leute es durchaus loswerden möchten?« fragte er. »Wenn du es vom Staat bekämst, hieße es ein Stipendium, und du wärest stolz darauf.«

»Nicht einmal richtig bedankt habe ich mich.«

»Das läßt sich nachholen. Schreib einen recht schönen Brief, es ist mir auch lieber.«

»Du –!«

»Den ganzen Tag war er hier oben?«

»Als Briefträger.«

»Ist das ein Benehmen für einen Briefträger? Wo kämen wir hin, wenn alle Briefträger –«

»Du sollst mich nicht ärgern, sondern nett zu mir sein!«

»Ich muß wohl«, brummte er, »denn sonst wirfst du mich aus meinem eigenen Haus, und die letzte Kabine ist längst nach Meran hinunter. Außerdem ist es notwendig, daß du in der allerbesten Laune bist.«

»Weshalb?«

»Nun«, antwortete Venediger und rutschte auf der Bank um die Tischecke herum dicht neben sie, »du wirst hoffentlich nicht glauben, daß ich aus Liebe heraufgekommen bin? Das wäre ein schrecklicher Irrtum. Sondern ich muß noch eine Menge Aufnahmen von dir machen. Du gefällst den Leuten so gut. Unbegreiflich, zugegeben, aber –«

»Was man hat, das hat man?« fragte Claudia. »Ja, dann übernachte du nur im Freien, in geschäftlichen Angelegenheiten ist die gnädige Frau erst morgen früh zu sprechen. Und ich werde in meinem schönen warmen Bett liegen und von holländischen Tulpenfeldern und Windmühlen träumen, und dann wache ich einmal auf und denke: Komisch, die Windmühlen klappern ja immer noch, ach nein, das ist bloß Laurin draußen auf der Wiese, er klappert so mit den Zähnen.«

»Die wahre Liebe ist das nicht«, sagte er. »Immerhin, du hast die Absicht, von mir zu träumen, das versöhnt mich, denn ich bin ein anspruchsloser

Mensch. Jetzt aber im Ernst, meine allerliebste Claudia: du bist ein großer Erfolg. Ja, ja, das gibt es. Nur –«

»Was?«

»Ich habe den ganzen Tag nachgedacht, woran es liegt.«

»Daß ich den Leuten gefalle?«

»Nein. Wir müssen uns nämlich darüber klar sein, daß du auf allen Bildern, von denen man so entzückt war, schläfst! Ich kann aber doch nicht immer nur ein schlafendes Mädchen daherbringen, für manche Zwecke ist das geradezu ungeeignet, so leid es mir tut.«

»Dann schlafe ich eben nicht.«

»Ja, aber wenn du nicht schläfst, siehst du zu intelligent aus.«

»Schon wieder unverschämt. Angenommen aber, es wäre wirklich so – läßt sich denn mit Intelligenz nichts erreichen?«

»Heutzutage?« fragte er, stand auf, öffnete die Tür und schaute hinaus. »Ich möchte mir für morgen ein paar schöne weiße, dekorative Wolken wünschen. Oh, die Sterne!«

Claudia trat neben ihn. Es war eine mondlose, kalte Nacht, die Berge standen schwarz in der Runde; hier und da, wo ihre Hänge hinabsanken, blinkte wohl noch das Lichtlein eines Bergbauernhofs, die Täler aber blieben tief und unsichtbar. Der Wind war eingeschlafen, nur der Brunnen murmelte seine alten Geschichten. Eine Weile hörten sie ihm zu, dann fragte Venediger: »Wie geht's dem Zwergenkönig?«

»Gut, er wächst jeden Tag ein bißchen.« Sie dachte daran, daß sie Herrn Barelli Stillschweigen gelobt hatte, aber auch ohne dieses Versprechen hätte sie geschwiegen, aus mancherlei Gründen. »Wenn ich einmal hundert Jahre alt bin –« begann sie. »Was lachst du?«

»Nur weiter!«

»Wenn ich einmal hundert Jahre alt bin, werde ich immer noch denken, daß dies hier die glücklichste Zeit meines Lebens war. Ja, damals! werd' ich vor mich hin murmeln, damals lebte ich wirklich in König Laurins Reich, jenseits des seidenen Fadens, und ich hörte die bunten Edelsteinvögel in Laurins goldener Krone singen. Was sangen sie?«

»Ich hab' es lange vergessen, wirst du sagen.«

»Vergessen?« fragte Claudia. »Daß ich einmal glücklich war?«

Über Nacht hatte sich der Himmel nach Venedigers Wünschen eingerichtet und ein paar schöne weiße Wolken herbeigetragen, ein leichter Wind spielte im Gras. In den Morgenstunden machte Venediger Farbaufnahmen, freilich keine gestellten, sondern scheinbar nebenher, wie sich's gerade gab. Nachmittags aber, als Claudia ein wenig ruhte, ging er davon und kam mit einem herrlichen Haflinger Pferd wieder, das er sich geliehen hatte und dessen heller Schweif, in schönen Wellen gepflegt, die Grashalme streifte. Es war überaus gutmütig, schloß mit Claudia sofort Freundschaft und schien zu begreifen, weshalb es diesen Besuch machen durfte, denn es hielt still und schaute mit wunderbar klugen Augen in die Kamera. Lehnte Claudia ihren Kopf an den seinen, so freute es sich besonders. Venediger war sehr zufrieden.

Dann, als er das Pferd zurückgebracht hatte und die mancherlei fotografischen Dinge, die im Haus und auf der Bank vor der Tür verstreut lagen, zusammensuchte, um sie einzupacken, gab es einen kleinen Zwischenfall, der zwar keineswegs ihn, wohl aber Claudia ein wenig beunruhigte. Es geriet ihm nämlich das Bildchen in die Hände, das sie bei dem Antiquar mitgenommen hatte. Sie sah das und schwieg. Er betrachtete es mit Wohlgefallen und Aufmerksamkeit. »Sehr hübsch!« sagte er. »Es ist geschmackvoll gemacht und sieht aus, als ob es eine ganze Geschichte erzählen könnte. Von Barelli?«

Sie nickte.

»Was hat er dafür verlangt?«

Nur weil sie kein sehr gutes Gewissen hatte, wurde sie über dem Wort ›verlangt‹ stutzig, antwortete jedoch, daß sie es noch nicht gekauft habe. »Ich möchte aber gern wissen, wo die Ruine steht?«

»Ich kenne sie nicht«, sagte er. »Es gibt hier, zumal in den Vorbergen, hundert ähnliche Motive, möglicherweise hat dies hier inzwischen auch ein ganz anderes Aussehen bekommen und ist ein Grandhotel geworden. Man ging früher mit dergleichen Dingen nicht immer schonend um. Nimm es aber, wenn der Preis nicht zu hoch ist. Vielleicht hat auf dem großen runden Stein am Straßenrand, wo sich jetzt die Bäuerin ausruht, einmal Walther von der Vogelweide gesessen?«

»Dann läge der Stein schon siebenhundert Jahre da!« sagte sie.

»Warum nicht?« fragte er.

Claudia dachte an Walthers Gedicht ›Ich saz ûf eime steine‹, vergaß sofort alles um sich herum und verfiel in ein so abgrundtiefes Grübeln, daß sie erst wieder in die Gegenwart zurückkam, als ein greller Elektronenblitz und ein gleichzeitiges Klicken sie aufschreckte.

Venediger schüttelte den Kopf. »Privataufnahme, nicht für die Öffentlichkeit. Oder doch: wenn du einmal sehr berühmt und Professorin bist. Nein, was es alles gibt! Wissen möcht' ich, was sich der liebe Gott dabei denkt.«

»Ich auch«, sagte Claudia mit einem komischen Seufzer. »Aber das ist ja gerade das Spannende: daß man's nicht weiß.«

Er schnürte seinen Rucksack zu.

»Gehst du schon?«

»Ich werde die ganze Nacht mit den Filmen zu tun haben. Probebilder will ich mitnehmen.«

»Sehen wir uns noch einmal, ehe du wegfährst?«

»Ich weiß nicht«, antwortete er ausweichend. »Kaum. Aber ich bleibe nicht lange fort. Wirst du auch brav sein, solange niemand auf dich achtgibt?«

»Versprechen kann ich's nicht«, sagte Claudia.

Als er drunten am Waldsaum noch einmal heraufwinkte, wäre sie ihm am liebsten nachgelaufen.

Sie tat's nicht.

Dann war es leer, in dem klaren Spätnachmittag fehlte etwas, das Freundliche und Beschützende, auf das man sich verlassen durfte. Die Welt sah schön, aber plötzlich recht ernsthaft aus, ihre Farben leuchteten, aber sie hatten alles Weiche verloren. Vollends, da die Sonne jetzt hinter die Berge sank, würde die große Stille und Einsamkeit kommen, wie mit dunklem Efeu bekränzt und sehr fremd. Wenn man allein ist, dachte Claudia, hat man nicht immer Angst; aber wenn man Angst hat, ist man immer allein. Übrigens war es keine Angst, sondern jene Beklommenheit, die bisweilen nach einem Abschied zurückbleibt wie eine Lähmung.

Und während Claudia so dasaß, die Hände im Schoß, vor sich hinsah und sich zu nichts aufraffen konnte, schlich die graue Erkenntnis heran, daß etwas zu Ende ging und bald vorbei sein würde. Nicht nur dieser Spätsommer, der zwar hier noch das Obst und die blauen Trauben übers Land streute, der aber daheim sicher schon von einem kalten und laubraschelnden Wind weggeblasen war. Nicht nur dieses schimmernde Stück Leben, das eine glückliche Fügung ihr für ein paar Wochen zugeworfen hatte – auch ihre Arbeit ging zu Ende; was sich hier, ohne Bücher, tun ließ, hatte sie getan. Immer vorausgesetzt, daß nichts Neues hinzukam –

Wie würde nun das mit Barelli werden?

Die Dunkelheit fiel herab, ohne daß Claudia es merkte.

10

Morgen also! hatte Barelli gesagt und Claudia empfohlen, sich darauf einzurichten, daß sie übernachten müßten. Auch die Toscani und den Kaffee sollte sie nicht vergessen, derbe Schuhe anziehen und überhaupt daran denken, daß man ein wenig herumklettern würde.

Als sie ihn abholte, erschien er in einem Touristenanzug, der vor fünfzig Jahren neu gewesen sein mochte, und sah so aus, wie die Oberlehrer schon lange nicht mehr aussehen. Er schloß seinen Laden ab und brummelte vor sich hin.

Während der Fahrt im Autobus blieb er gegen seine Gewohnheit ziemlich schweigsam. Anfangs achtete Claudia auf den Weg, weil sie die Gegend aber nicht kannte, wußte sie bald nicht mehr, wo man war; es fiel ihr auf, daß die zusteigenden Leute nur Italienisch redeten. Mit dem Tal stieg die Straße, blieb aber noch zwischen schönen Buchenhängen, auf denen bereits ein leiser altgoldener Schimmer des Herbstes lag.

Wo die Laubbäume seltener zu werden begannen, verließen sie den Bus und setzten die Fahrt in einem alten Jeep fort, den Barelli wahrscheinlich bestellt hatte, denn er kannte den Fahrer, der wie ein Holzarbeiter aussah und einen alten blauen Overall trug. Sogleich schlug sich der Jeep in ein Nebentälchen, immer einem Wildbach entgegen und immer durch hohen Fichtenwald; fast erwartete man, irgendwo ein Schwarzwaldhaus zu sehen. Die Straße stieg nur wenig an, aber sie war schlecht und nicht viel breiter als der Jeep. Zwei- oder dreimal mußten sie in Staubwolken hinter einem schweren Langholzfuhrwerk herholpern, ehe eine Gelegenheit kam, es zu überholen. Claudia wunderte sich, daß diese Stämme bergauf gefahren wurden, aber das Rätsel löste sich nach einer halben Stunde, als man zu einer Sägemühle kam.

Hier war der Jeep daheim, die Straße freilich zu Ende. Sie stiegen aus. Die Säge lag in einem kleinen Waldkessel, der voll war von Sonne und dem Duft des frischgeschnittenen Holzes; der Bach rauschte glitzernd über das Mühlrad, und das Gatter war eifrig an der Arbeit.

Claudia, froh, dem rumpelnden Wagen entronnen zu sein, ging hinter Barelli einen steilen Wiesenpfad empor. »Wir müssen noch über diesen Rükken«, sagte der Antiquar und deutete mit dem Stock hinauf. »Er ist nicht hoch, in einer Stunde sind wir am Ziel. Sie werden die kleine Mühe nicht bereuen, man findet selten eine so wunderbare Luft wie hier über den weiten Nadelwäldern und auf den Grashängen.«

Als die Höhe erreicht war, auf deren Almgras nur vereinzelte Bäume standen, wurde der Blick frei in eine weite Hügellandschaft, die sich jenseits in grünen Wellen allmählich senkte, vielfach von Laubwäldern durchzogen. Erst am Horizont unter dem hohen Himmel waren wieder Berge sichtbar. Im Glanz des Mittags ließen sich in der Ferne zwei oder drei Dörfer an ihren Kirchtürmen erkennen, ziemlich nahe jedoch und nur wenige hundert Meter unterhalb war ein altes Gebäude, auf das Barelli hinwies. »Lassen Sie uns aber hier erst ein wenig ausruhen«, sagte er und setzte sich auf ein Grasbuckelchen, »wir haben Zeit, und dies ist ein Ausblick, den man sobald nicht wieder hat. Wandert man von hier immer geradeaus nach Süden, so kommt man in das eigentliche Italien.«

Claudia setzte sich neben ihn und nahm ihre dunkle Brille, die Sonne blendete aus dem Süden.

»Wir hätten die Gegend auch mit der Bahn erreichen können«, sagte er, »aber das wäre ein großer Umweg gewesen, die Schienen finden sich aus unseren Tälern erst in vielen Bogen heraus. Zudem war unser Weg der schönere. Ich hoffe, Sie bereuen die kleine Mühe nicht. Schade, daß man so wenig Zeit und Gelegenheit hat, dergleichen Ausflüge öfter zu machen. Das Land ist, wie Sie sehen, sehr einsam, aber das war nicht immer so, nur hat die Weltgeschichte sich andere Wege gesucht, und seitdem sind die Straßen hier verödet. Ursprünglich aber und begreiflicherweise lag eine Burg immer in der Nähe von Verkehrsadern, das war ihr Sinn.« Er ließ seinen Ziegenbart wieder einmal durch den Ring von Daumen und Zeigefinger gleiten; Claudia kannte ihn jetzt gut genug, um zu wissen, daß dies ein Zeichen des Nachdenkens war. »Wie machen wir's nun«, fragte er, »daß die Leute sich, unseres Besuches wegen, nicht einbilden, in ihrem alten Gemäuer seien heute noch Schätze verborgen? Das ist niemals gut.«

»Ich erinnere mich«, erwiderte Claudia freundlich spottend, »daß es auch andere zu geben scheint, die sich das einbilden.«

»Ich rede jetzt nur von dem, was *Sie* suchen«, sagte Barelli mit einem ärgerlichen Meckern, »nämlich den Rest von einundzwanzig Eselinnen, der sich vielleicht hier verkrochen hat.« Er brachte ein altmodisches Opernglas zutage und gab es ihr. Sie blickte hinunter. Soviel sich erkennen ließ, war dort alles noch genauso wie zur Entstehungszeit der Zeichnung. Allerdings sah man von hier aus auf die Rückseite der Ruine, und dabei zeigte sich, was Barelli letzthin gesagt hatte, nämlich, daß der Bau doch nicht ganz so verfallen war, wie man nach dem Bild glauben mochte. »Sie werden das alles in der Nähe sehen«, fuhr der Antiquar fort, »außer einem Flur gibt es da noch ein großes Zimmer, das ziemlich wohlerhalten ist, weil der Regen auch heute noch keinen Weg durch die übermäßig dicke Decke gefunden hat, worüber ich mich jedesmal wundere. In dem Zimmer befindet sich nichts, nichts aus alter Zeit, wohl aber eine Kiste mit mancherlei Kram, der gar nicht der Beachtung wert ist, aber darin waren eben jene Papiere, aus denen ich Ihre Eselinnen gefischt habe. Machen Sie sich keine Hoffnungen, Fräulein. Ich will nicht sagen, daß es ganz unmöglich ist, vielleicht noch ein Blatt zu finden. Wahrscheinlicher jedoch ist, daß unser altes Ehepaar die wenigen Überbleibsel, die damals noch vorhanden waren, inzwischen vollends verheizt hat.«

»Verheizt?« fragte Claudia erschrocken.

»Verheizt«, antwortete Barelli. »Denn so kam ich ja zu dem Blatt: Es lag bereits neben dem Küchenherd, fiel mir aber durch die krause Schrift auf, so daß ich es an mich nahm und nachforschte, woher sie es hatten.«

»Haben Sie denn den Leuten nicht gesagt —«

»Sie werden das Ehepaar kennenlernen«, antwortete er, »beide gehören in ein Museum. Er heißt Sebastian, sie heißt Maria, freilich nur im Kirchenbuch, denn im Leben heißen sie Wascht und Moidl, und wann sie geboren sind, wissen sie, glaub' ich, beide nicht mehr. Übrigens«, setzte er hinzu, »ist das nicht schlimm, denn schließlich: Was kommt darauf an? Jedenfalls werden sie auf ihre Weise mit dem Leben fertig.«

»Jawohl«, sagte Claudia erbittert, »indem sie mit alten Pergamenten Feuer anzünden.«

Barelli hob die Schultern. »Sind wir anders?«

»Ich denke doch!«

»Ich nicht. Ist der letzte Krieg schon so lange vorbei?«

Claudia sah wieder einen Schwall jener Weisheiten kommen, die sie nicht mochte, und suchte ihn abzulenken. »Ein Glück also«, sagte sie, »daß wir nicht nur wegen der Eselinnen hier sind.«

Barellis zögerndes Schweigen verriet ihr, daß sie die richtige Spur gefunden hatte. »Hm. Ja. Ich – nun, wie soll ich das ausdrücken, ohne daß es zu wichtig klingt – Sie erinnern sich an unser langes Gespräch über diese Ruinen? Ich hatte schon lange den Wunsch, mich noch einmal genauer umzusehen.« Wieder zögerte er. »Sie sind eine so liebenswürdige junge Dame und kommen aus einer ganz anderen Welt – ich bin überzeugt, daß Ihre Gesellschaft für die beiden Alten höchst interessant ist ... sein könnte, wenn Sie nur so freundlich sein wollen, sich nötigenfalls der beiden ein wenig anzunehmen ... der Kaffee und die Toscani werden ein übriges tun ... ich ... inzwischen würde ich die Lage ein wenig nachprüfen, nicht wahr. Ich hoffe aber, daß die beiden auf dem Feld zu tun haben.«

»So!«

»Selbstverständlich sehen wir zuerst nach Ihren Eselinnen, das braucht kein Geheimnis zu sein!« versicherte er.

»Aber das andere?«

»Welches andere?« fragte er mit einem meisterhaft dümmlichen Gesicht.

Claudia begriff. Bei seinen merkwürdigen Nachforschungen, die ihr nach wie vor recht albern erschienen, wollte er gänzlich ungestört sein und weder von ihr noch von den beiden Alten beobachtet werden. Um das zu ermöglichen, hatte er sie mitgenommen – dumm-schlaues Plänchen eines kleinen Mannes, auf das sie aber hereingefallen war. In diesem Augenblick des Ärgers vermutete sie sogar, daß es niemals ein zweites Blatt der Handschrift gegeben habe.

Barelli spürte recht gut, was in ihr vorging. Wären sie in der Stadt gewesen, so hätte sie ihn einfach stehen lassen. Wohl aus einer gewissen Eitelkeit heraus oder in dem Gefühl, sich und seine Phantastereien rechtfertigen zu müssen, sagte er mit einem etwas gezwungenen Lächeln: »Ich bin nicht der erste, der dieser Spur folgt. Gefunden hat sie ein anderer, ich wüßte sonst nichts davon.«

»Dieser andere hat es Ihnen erzählt?«

»Es ist schon lange her. Da geschah es.«

»Was?«

»Ich meine, da erfuhr ich, daß es sich vielleicht lohnen würde, hier zu suchen. Seitdem plagt mich der Gedanke, insgeheim. Außer Ihnen weiß niemand davon, und Sie können schweigen.«

»Und der andere?«

»Ich sage ja, es ist schon lange her«, antwortete Barelli, »ich war damals noch blutjung. Es klingt beinahe wie eine Sage.«

»Hat man je etwas gefunden?«

»Gefunden? Ach so. Nein. Nichts. Gar nichts. Aber ich komme immer wieder, in großen Abständen natürlich, damit es nicht auffällt.«

»Haben die beiden Alten nie selber gesucht?«

»Das glaube ich nicht. Nein, das halte ich für ausgeschlossen. Gehen wir?« Er stand auf. Claudia hatte das Gefühl, daß er auch jetzt noch etwas für sich behielt.

Über sonnverbrannte Hügel gingen sie bergab. Hier wuchs nur Wildgras, es war glatt vor Hitze, manchmal hatte ein ausgetrocknetes Rinnsal eine tiefe Furche in den Hang gegraben, da kam der graue Fels zutage. Vereinzelt standen schöne Buchen und Eichen, alt und mit herrlich rund gewachsenen Kronen, da keine Nachbarschaft sie beengte. Immer wieder schwirrten Heuschrecken durch das flimmernde Licht.

Von oben und rückwärts kommend, betraten sie die ehemalige Burganlage, deren Grundriß an den überwachsenen Mauerresten erkenntlich und überraschend umfangreich war; hier stand noch eine Ecke, dort ein eingestürzter Bogen, eine verschüttete Kellerwölbung, der Ziehbrunnen im Hof hatte noch die alte Einfassung und wurde offenbar auch noch benutzt. Vom rechten Flügel des Hauptgebäudes war jene pfeilergestützte Grundmauer und das erste Stockwerk recht gut erhalten. Links stand auf dieser Grundmauer das Häuschen, das Claudia vom Bild her kannte, eine gewundene Steintreppe führte hinauf zu der Tür, deren Steinbogen noch aus der alten Zeit stammte. Hier stand eine große Kastanie, in deren weitem Schatten hübsche bunte Zwerghühner herumliefen. Eine schwarze Katze, die auf der Türschwelle saß, beobachtete sie aus schläfrig halbgeschlossenen grünen Augen und machte ungnädig Platz, als die Besucher die Stufen hinaufstiegen.

Die Tür war nicht verschlossen. Man trat in einen kleinen Flur und sah in den Wohnraum, wo das hellste Nachmittagslicht auf eine Einrichtung schien, wie sie sich kärglicher nicht vorstellen ließ, allerdings auch nicht schmutziger. Herd, Tisch, Bank, Stuhl, auf einem Wandbrett wenige Töpfe und Pfannen, das war so ziemlich alles, abgesehen natürlich von den Fliegen, die das etwa fehlende Mobiliar wenigstens mengenmäßig vollauf ersetzten. Besonders für den Tisch war das helle Licht unvorteilhaft, denn es zeigte auf seiner Platte alle schätzungsweise seit Ostern eingetrockneten Weinkringel, außerdem lag ein Rest Brot und ein Messer da, an dem die Krumen klebten.

In freundlicherem Sinne sehenswert war der Herd, ein gemauerter Küchenaltar, über dem der Rauchfang rußig gähnte und der wahrscheinlich schon die Blütezeit der Burg miterlebt hatte. Claudia betrachtete ihn lange und mit einer historisch rückgewandten Ehrfurcht.

»Sie werden im Weinberg arbeiten«, sagte Barelli. »Ganz gut – so kann ich Ihnen alles in Ruhe zeigen. Die Rucksäcke lassen wir hier. Haben Sie etwas Eßbares darin?«

»Warum?«

»Die Ratten«, sagte er.

Während Claudia auf dem Steinfußboden nach einem verhältnismäßig sauberen Platz für ihren Rucksack suchte, fragte sie mit gründlichem Unbehagen: »Und wo werden wir schlafen?«

»Im Heu«, antwortete Barelli, »eine andere Gelegenheit gibt es nicht, aber glauben Sie mir, es ist nicht übel.«

Er hob den groben, blanken Holzriegel einer Nebentür – Klinken gab es hier nicht – und ließ sie einen Blick in das Schlafgemach tun, der Claudia davon überzeugte, daß Heu etwas sehr Wünschbares und Vorteilhaftes war.

»Aber im Brunnen ist Wasser?« fragte sie.

»Ohne Zweifel, die zwei oder drei Kühe wollen doch getränkt werden. Übrigens gibt es weiter oben, aber noch innerhalb der Burganlage, einen zweiten Brunnen, wir sind vorhin daran vorbeigekommen, freilich ohne Wasser, und ich glaube auch nicht, daß es je ein Brunnen war; das Ding gehört zu den vielen, von denen behauptet wird, daß sie eigentlich Eingänge zu einer unterirdischen Fluchtanlage gewesen seien. Aber man weiß es nicht genau, der Schacht ist schon lange eingestürzt und vollkommen unzugänglich.«

Leichten Herzens verließ Claudia diese Wohnung. Von dem kleinen Flur aus führte eine Seitentür, die widerwillig knarrte, über drei oder vier Stufen zu der eigentlichen Überraschung:

Man betrat einen langen, durch vier Fenster sehr hellen Raum, der sich, obgleich schmal, nicht anders denn als Saal bezeichnen ließ. Er war völlig leer. Die weißgekalkten Wände hatten ein paar Risse. Die niedrige Decke mit beinahe ungeheuren eichenen Tragbalken war alt und mußte von oben her noch geschützt sein, denn sie zeigte keine Regenwasserspuren. Merkwürdigerweise waren die Fenster verglast und ganz. Das Glas wies viele kleine Blasen auf, mußte also ebenfalls recht alt sein. Die flach gewölbten Fensterlaibungen waren metertief.

Claudia trat an ein Fenster. Der Saal hatte die Mitte der ehemaligen Front gebildet. Man genoß von hier aus einen zauberhaft schönen Blick über die besonnten grünen Hügelwellen hinab und auf die fernen Berge.

»Mir scheint«, sagte Barelli mit einer in dem leeren Raum hallenden Stimme, »daß man einmal daran gedacht hat, die Burg wenigstens teilweise zu restaurieren, sonst wäre dieser Saal verfallen. Aber wann mag das gewesen sein? Vielleicht zu der Zeit, in der das Bildchen entstanden ist. Hier steht übrigens die Kiste.«

»Wo?« fragte Claudia und trat hastig vom Fenster zurück.

Er wies in die entfernteste Ecke.

Die Kiste war nicht besonders groß, aus dunkel gewordenem Holz und mit einem Klappdeckel verschlossen, ohne jede Verzierung.

Claudia stand davor, ihr Herz klopfte.

»Darin waren die Eselinnen?«

Er nickte.

Claudia machte eine Bewegung, um den Deckel hochzuheben, ließ aber die Hände sinken.

»Nur keine Hemmungen!« sagte er und zog eine Taschenlampe hervor. Dann klappte er den Deckel mit leichter Mühe hoch, es klang und sah aus, als ob diese Kiste gähnte, und dazu hatte sie wohl auch ein gewisses Recht, denn sie war vollständig leer.

Bitter enttäuscht starrte Claudia hinein und mußte sich sehr beherrschen, um nicht in Tränen auszubrechen.

Nur einmal im Leben, dachte sie, erlaubt Laurin, daß man unter dem seidenen Faden hindurchschlüpft!

Und dann sagte sie wütend: »Na! – Da kann man nichts machen. Diese Stelle hier ist aber auch die einzige, wo sie aufgeräumt haben!«

»Verheizt...«, sagte Barelli, und zwar so wehmütig und aufrichtig, daß sie ihm den früheren Verdacht im stillen abbat.

Claudia war so erbittert, daß sie irgend etwas tun mußte, und dazu gab es keine andere Möglichkeit, als in dem leeren Saal vor der leeren Kiste auf und ab zu laufen, was sie mit großen Schritten tat, und sie legte sogar die Hände auf den Rücken.

Mitfühlenden Blicks verfolgte Barelli diese Wanderung, und als sie gerade wieder einmal in die Nähe kam, sagte er weise: »Im Leben gleicht sich alles aus: Sie sind um eine Hoffnung ärmer, aber um eine Enttäuschung reicher.« Und da hatte er Glück, daß sie ihm nicht ins Gesicht sprang.

Um nicht zu zeigen, wie erbärmlich ihr zumute war, und um sich zu beruhigen, tat sie so, als ob sie die kahlen Kalkwände und die schwere Eichendecke betrachtete und sich für den alten Steinfußboden und etwa vorhandene geheime Türen interessierte – natürlich gab es keine. An der jenseitigen Wand schien ein Ausgang vermauert zu sein, Barelli bestätigte diese Meinung, erklärte aber, daß er die Lage schon früher nachgeprüft habe, der jetzt vermauerte Ausgang hätte ins Freie geführt, da der anschließende Teil des Gebäudes zusammengestürzt war.

Ohne die Kiste der Enttäuschung noch eines Blickes zu würdigen, verließ Claudia den Saal, holte ihren Rucksack aus der Küche und suchte sich ein schattiges Plätzchen am Hang oberhalb der Burg; sie gehörte zu den Menschen, bei denen der Ärger den Appetit nicht verdirbt, sondern anregt, und überdies hatte sie seit dem Frühstück nichts gegessen.

Da Barelli sich ihr nicht anschloß, konnte sie ihre Wut in der schönsten Einsamkeit austoben, was freilich recht lautlos geschah, weil ihr Opfer verschwunden war. Dabei verzehrte sie die mitgebrachten Brote bis auf einen geringen Rest.

Das Lied vom König Laurin blieb also ein Bruchstück, daran gab es keinen

Zweifel mehr. Schätzungsweise ein Drittel war gerettet, die anderen beiden – verheizt. Man mußte sich damit abfinden, man würde sich damit abfinden, oh, man tat es bereits und faßte die Sache mit grimmigem Humor auf. Was da vorhin so wütend geknurrt hatte, war nur der leere Magen gewesen.

Auf dem Rucksack, der neben ihr im Gras lag, rührte sich etwas, aber Gott sei Dank war es keine Ratte, sondern eine Eidechse, mit hellem Rücken und grünem Bäuchlein, und sie blickte neugierig zu ihr auf. In Hafling hatte Claudia gelernt, daß es für Eidechsen ein fesselndes Vergnügen ist, wenn man leise pfeift. Also pfiff sie leise, nicht zufällig fiel ihr das Lied vom Lieben Augustin ein und daß alles hin ist, die Eidechse hörte wohlgefällig zu und drehte sogar das Köpfchen ein wenig hin und her.

Claudia, durch diese kleine Begegnung friedlicher gestimmt – wenigstens für den Augenblick –, lehnte sich zurück und betrachtete, auf den Ellbogen gestützt, die Stätte ihres Mißvergnügens, wobei sie sich freilich gestehen mußte, daß sie selten etwas so durchaus Romantisches und Versonnen-Liebliches gesehen hatte. Die Schatten waren bereits länger geworden und modellierten die vielfachen, von Gras, Brombeeren und Wildblumen überwucherten Mauerreste deutlicher heraus, Heuschrecken und Grillen musizierten, in der warmen Luft hing ein Duft wie von getrockneten Blüten. Claudias Vorstellungskraft war groß genug, beim Anblick der Grundrisse konnte sie sich ein leidliches Bild machen, wie die Burg einmal ausgesehen haben mußte, und während sie, halb spielerisch, um dieses Bild bemüht war, kam ihr ein Gedanke: Es würde nichts schaden, sondern ihre Gewissenhaftigkeit bezeugen, wenn sie eine Skizze des Grundrisses hätte, einen allgemeinen Lageplan, vielleicht auch eine Zeichnung vom Äußeren des Saales, in dem das Meraner Fragment gewesen war, gewesen!

Die Eidechse, die auf dem Rucksack eingeschlafen war, wurde nicht ohne Entschuldigung gebeten, sich anderswo niederzulassen, ein großer Notizblock hervorgesucht. Claudia erhob sich und ging ans Werk, das freilich sehr ungenau bleiben mußte, da sie weder messen konnte noch wollte. Aber es war vergnüglich und half gegen den Rest des Kummers.

Nach etwa zwei Stunden und als die Sonne schon ziemlich tief stand, meinte sie, daß es für heute genug sei, suchte einen Punkt am oberen Rand der Anlagen, von dem sie das Ganze noch einmal überblicken wollte, und geriet dabei an einen kreisrunden, senkrecht in die Erde gehenden Schacht von großem Durchmesser, der noch Teile einer gemauerten Einfassung zeigte, im übrigen aber mit großen Steinblöcken völlig ausgefüllt war. Dies war offenbar die Stelle, von der Barelli vorhin gesprochen und die ihm gelegentlich Kopfzerbrechen gemacht hatte. Claudia besah das Gemäuer, überzeugt, daß es sich kaum um einen ehemaligen Brunnen handeln konnte. Denn erstens legte man die kostbaren Wasserstellen immer möglichst geschützt in der Mitte des Ganzen und nicht am äußersten Rand an, zweitens war der

Durchmesser des Steinrings viel zu groß für einen Brunnen, und drittens: woher wäre die Unmenge großer Steinblöcke gekommen, die den Schacht jetzt ausfüllten! Viel eher stammten sie von einem Turm, der darüber eingestürzt war – aber weshalb baute man einen Turm über einem solchen Schacht? Das Rätsel – wenn es eines war – beunruhigte Claudia jedoch nicht im mindesten, schon weil niemand auf den Einfall kommen würde, den Schacht auszuräumen.

Wieder hangabwärts blickend sah sie jetzt Barelli neben einem alten Mann am Fuße der Steintreppe unter der Kastanie. Sie holte ihren Rucksack, ging ohne Hast hinunter, und währenddessen kam die alte Frau aus dem seitwärts angebauten Stall, sie trug einen Milchkübel und verschwand über die Treppe im Haus.

Wahrscheinlich hatte Barelli dem Wascht und der Moidl schon alles gesagt, was zu sagen war. Der Wascht gab Claudia eine runzlige, krumme Hand, verzog sein faltenreiches Gesicht zu einer Art von Lächeln und äußerte dabei etwas Freundlichklingendes, das sie allerdings nicht verstand, schon weil der Wascht keine Zähne mehr hatte. Ganz ebenso verlief gleich darauf in der Küche die Begrüßung durch die Moidl, nur daß diese noch krummer und faltenreicher war als ihr Mann.

Auf dem Herd, den Claudia mit wachsender Ehrfurcht als den Ur-Herd empfand und würdigte, brannte ein Holzfeuer unter einem eisernen Dreifuß, auf dem in einem Kesselchen etwas kochte, was mehlähnlich roch, und obwohl durch Claudias Seele ein entsetzlicher Riß ging bei dem Gedanken, daß die Moidl in diesem Kesselchen mit ebensolchem Gleichmut herumgerührt hatte, als darunter zwei Drittel des berühmten Meraner Fragments in Flammen aufgingen, so konnte sie ihr bei diesem wahrhaft hexenküchenmäßigen Anblick doch nicht böse sein, das Bild war zu absonderlich, zumal jetzt die Sonne unterging, die Schatten und das Spiel des Feuers immer unglaubhafter wurden.

Der Wascht stellte eine Kerze auf den Tisch, die er am Herdfeuer angezündet hatte. Seit sie in der Küche saßen, war noch kein Wort gesprochen worden, und dabei blieb es. Nur als Claudia den Kaffee und die Toscani auspackte und überreichte, gab es ein anerkennendes und dankbares Gemurmel, von dem sie wiederum nichts verstand.

Dann stürzte die Moidl das Kesselchen auf eine rechteckige Holzplatte, die infolge der mangelhaften Beleuchtung keinen übermäßigen Schmutz aufwies. Es dampfte. Am Griff der Holzplatte war ein Faden aus kräftigem Schusterzwirn festgebunden, damit teilte die Moidl nun die Polenta in Scheiben und stellte das Ganze mitten auf den Tisch. Der Wascht murmelte das Gebet.

Und das alles war so holzschnittmäßig, es war so über alle Begriffe wesentlich und einfältig geblieben, daß Claudia zum erstenmal in ihrem Leben das Essen als eine heilige Handlung empfand und mit einer urtümlichen Ehrfurcht zugriff, wobei man die Linke als Teller und die Rechte als Gabel benützte. Es lief ihr sogar ein bißchen kalt über den Rücken, aber keineswegs etwa in Anbetracht der Weinkringel und sonstiger historischer Spuren auf der Tischplatte.

Was wurde gesprochen? Nichts. Kein Wort.

Als sie mit dem Essen fertig waren, hatschte der Wascht hinaus, von einem Blick der Moidl begleitet. Nach einer Viertelstunde kam er zurück, stellte zwei Tonkrüglein auf den Tisch und nickte den Gästen zu. Dann verschwand er mit seiner Frau in den Nebenraum.

Als die Tür sich hinter ihnen geschlossen hatte, machte Barelli eine Handbewegung: Ende!

Claudia schüttelte den Kopf und fragte leise: »Wie alt mögen sie sein?«

»Das weiß niemand«, antwortete Barelli. »Als ich vor fünfzig Jahren zum erstenmal hier war, kamen sie mir ebenso alt vor wie heute, aber damals hatten sie sich das Reden noch nicht ganz abgewöhnt.« Er kostete den Wein. »Daß sie uns diesen hier vorsetzen, ist die höchste Auszeichnung, die sie zu vergeben haben.«

Auch Claudia kostete, es war ein unwahrscheinlich schwerer Weißwein, nicht übermäßig süß, aber so rund und voll, daß man die Empfindung hatte, er rolle wie eine Bernsteinkugel durch die Kehle. »Was ist das aber für ein Gewürz?« fragte sie.

»Kein Gewürz«, antwortete er, »es muß an der Rebe liegen, die sonst auf der ganzen Welt nicht oder nicht mehr bekannt ist. Vielleicht haben sich noch ein paar Quadratmeter des Bestandes von den Legionären des Kaisers Augustus bis in die Gegenwart gerettet.«

Im Kerzenschein betrachtete Claudia ihr Tonkrüglein, das ihr ebenfalls recht altrömisch vorkam und kaum mehr als einen Viertelliter faßte. Dann lehnte sie sich zurück und genoß die ganze Unwirklichkeit des Bildes: den Kerzenschimmer, der das Faungesicht des Antiquars lebendiger und bedeutender machte, als es war, das Fenster, in dem der Sternhimmel stand, den Herd, auf dem es noch ein wenig glühte, und die von allen Seiten des Raumes herdrängende Stille einer braunen Dunkelheit. Wenn ich ein paar Tage hierbliebe, dachte sie, würde auch ich das Reden verlernen. Aber mit dem Wein kann er unmöglich recht haben, es muß ein Gewürz darin sein ... das ist ja wunderbar ... und bei ihren höchst mangelhaften botanischen Kenntnissen fiel ihr kein anderer Name ein als Bilsenkraut und eine unklare Gedankenverbindung mit Hexen. Weil sie aber inzwischen bereits die Hälfte getrunken hatte, war ihr sogar dieser Gedanke keineswegs unbehaglich, sondern nur ungemein fesselnd.

Nach einer Weile stand Barelli auf und nickte ihr zu.

Sie nahmen ihre Rucksäcke, stiegen draußen die Steintreppe hinunter, er leuchtete mit der Taschenlampe voraus und führte sie wie durch einen schwarzen, aber von herrlicher frischer Nachtluft erfüllten Tunnel. Dann war da ein großer Raum voll Heu. Barelli drückte ihr die Taschenlampe in die Hand und wurde unsichtbar, sie hörte ihn davonknistern. Ihre ganze Nachttoilette bestand darin, daß sie die Schuhe auszog.

Sie war noch nicht eingeschlafen, als sie fühlte, daß etwas Leichtes, Geschmeidiges, Vorsichtiges über das Heu heranschlich. Es legte sich dicht neben ihren Kopf und begann mit aller Behaglichkeit zu spinnen, und dabei kitzelten die Schnurrhaare ihr Ohr. Wie freundlich und wunderbar, dachte Claudia, jetzt kommt gewiß keine Ratte. Und nun schlief sie abgrundtief ein.

Als Claudia erwachte, lag sie noch genauso da wie am Abend. Aber die Katze war fortgegangen. Auf der Einfassung des Ziehbrunnens entdeckte sie den gefüllten Wassereimer, nahm ihn mit in die Scheune, wusch sich, so gut es möglich war, zupfte das Heu von den Kleidern und hielt dann Umschau nach einem lebenden Wesen. Es war aber keins da, sogar die Kühe schienen fortgegangen zu sein, durch die offene Tür sah man in den leeren Stall. Auch Barelli war nirgends zu finden.

Über die Steintreppe stieg sie zur Küche hinauf. Die beiden Tonkrüglein waren vom Tisch, auf dem sie mehrere neue Ringe hinterlassen hatten, verschwunden, im übrigen aber gab es nichts als Fliegen. Sie ging auch noch einmal in den Saal, betrachtete genau, was nicht vorhanden war, hob zuletzt den Deckel der Kiste und leuchtete hinein – leer, daran ließ sich nichts ändern.

Dann suchte sie sich im Freien ein angenehmes Plätzchen, zog die Thermosflasche und eine Kekspackung aus dem Rucksack und stellte fest, daß dies der Rest alles Eßbaren sei und man spätestens heute abend in die Menschenwelt zurückkehren musse.

Trotz der großen Enttäuschung bereute sie den Ausflug nicht, sondern bedauerte nur, daß Philipp Ling nicht dabei war, denn sie wollte in dem ausgedehnten Vorwort zum Meraner Fragment, in dem er so dringend zu erscheinen wünschte, auch ein recht farbiges Stimmungsbild dieser Burg und ihre Skizze des Lageplans geben. Da Barelli verschwunden blieb, nahm sie sich vor, diese Skizze noch einmal zu überprüfen und zu berichtigen, eine hübsche und ruhige Arbeit, mit der sie nun sogleich begann.

Als sie damit einigermaßen fertig war, fiel ihr ein, daß sie auch den Saal von außen zeichnen wollte. Deshalb ging sie hierhin und dorthin, um einen möglichst vorteilhaften Standpunkt zu suchen, war aber nie recht zufrieden.

Die Zeit verstrich, es war mittlerweile fast zwölf Uhr geworden, die Sonne stand hoch am Himmel, das Konzert der Zikaden verstärkte sich in der Hitze des Mittags, ein warmer Duft stieg aus dem Gras, und auf den alten Mauern lagen die Eidechsen.

Als Claudia mit ihrem Papierblock hangaufwärts ging, weil sie dort im

Schatten einer Fichte den günstigsten Platz zum Zeichnen zu finden hoffte, sah sie auf den Steinen jenes eingestürzten Schachts, der Barelli so viel Kopfzerbrechen machte, einen Mann sitzen, ohne Zweifel einen Geistlichen, denn er trug den eng anliegenden schwarzen Rock und einen weichen schwarzen Hut, dessen Schatten das Gesicht nicht erkennen ließ. Der schlanken Gestalt nach mußte er ziemlich jung sein.

Claudia freute sich über die unerwartete Gesellschaft, und während sie vollends hinaufstieg, kam ihr der Gedanke, daß sie von diesem Mann vielleicht noch einiges über die Burganlage und ihre Geschichte erfahren könnte. Jedenfalls nahm sie sich vor, recht nett zu ihm zu sein und rief schon von weitem guten Tag.

Der junge Geistliche erhob sich zwar nicht von seinem steinernen Sitz, lüftete aber den Hut und blickte ihr entgegen.

Im Nähertreten sah sie, daß er ein sehr blasses, schmales Gesicht und große dunkle Augen hatte.

»Ich hoffe, Sie nicht zu stören«, sagte Claudia.

»Keineswegs«, antwortete er, »in dieser Einsamkeit lernt man Gesellschaft schätzen.«

»Das ist freilich wahr, es geht mir ebenso«, sagte sie und setzte sich in den Schatten der Fichte auf einen Stein. Wie sie gedacht hatte, war die Mauer des Saales von hier aus recht vorteilhaft zu zeichnen.

Er sah ihren Vorbereitungen zu und fragte: »Nun bin wohl ich es, der hoffen muß, nicht zu stören. Sie sind Malerin?«

Claudia lachte. »Glauben Sie das ja nicht, Sie würden von meiner Kunst bitter enttäuscht sein!« In dem Wunsch, die Unterhaltung nicht einschlafen zu lassen, während sie zu zeichnen begann und dabei freilich viel radierte, erzählte sie einiges von ihrem Urlaub und Beruf, aber den König Laurin erwähnte sie einstweilen noch nicht. »Ich bin übrigens nicht allein hier«, sagte sie.

Der Priester nickte. »Ich kenne Ihren Begleiter, ist es nicht der Antiquar Barelli?«

»Haben Sie ihn gesehen?«

Er lächelte ernsthaft. »Er kriecht hier irgendwo herum – tun Sie das aber nicht.«

Claudia überlegte, was sie antworten sollte, wenn er fragte, was Barelli sich eigentlich zu schaffen machte. Aber diese Frage kam nicht, das war ihr lieb. »Ich kann seine Vorliebe für diesen Ort verstehen«, sagte sie, »ich würde sogar recht gern ein paar Tage hier bleiben, wäre nur das Drum und Dran nicht gar so primitiv.« Da er nichts erwiderte, blickte sie zu ihm hin und sah wieder das merkwürdig ernsthafte und schwermütige Lächeln, dabei wich er mit seinen Augen ihrem Blick aus. »Aber Sie, Hochwürden, kennen den Platz genauer?«

»O ja.«

Claudia dachte, daß auch er zur Gilde derer gehöre, die schweigen können, und überlegte, wie sie ihn zum Reden bringen vermöchte, ohne durch vieles Fragen das Gegenteil zu bewirken.

Zunächst mußte wohl sie den größeren Teil des Gesprächs auf sich nehmen und glaubte, das recht geschickt zu machen, indem sie, zeichnend und ganz nebenhin, von der wahrhaft romantischen Schönheit des Ortes sprach, auf das alte Ehepaar kam und auf den seltsamen Abend, den sie gestern erlebt hatte. »Als in dem kaum entstandenen Rom noch die Könige regierten«, sagte sie, »oder bei den Etruskern oder im Griechenland Homers kann das Leben nicht einfacher gewesen sein.«

»Philemon und Baucis«, erwiderte er.

»Endlich bringen Sie mich auf diese beiden!« sagte Claudia lebhaft. »Ich suchte in meinem Kopf schon lange nach ihnen, aber die Namen fielen mir nicht ein. Natürlich! Nur hab' ich vergessen, was eigentlich mit ihnen war.«

»Es ist eine Sage«, antwortete er, »die mit der Sintflut zusammenhängen mag. Trotz seiner Armut hatte das alte Ehepaar den Zeus und den Hermes gastlich aufgenommen und wurde zum Dank dafür von der großen Flut verschont. Weil sie dann später, im höchsten Alter, keinen anderen Wunsch hatten, als gleichzeitig zu sterben – auferat hora duos eadem –, verwandelte sie Zeus in eine Eiche und eine Linde.«

»Goethe läßt sie im zweiten Teil des Faust auftreten«, bemerkte Claudia, »aber dort findet man diese Sage nicht, soweit ich mich erinnere.«

»Nein, sondern bei Ovid.«

»Eine Eiche und eine Linde ...«, sann sie und blickte umher, »würden Sie sich sehr wundern, wenn dergleichen hier geschähe?«

»Gewiß nicht.«

»Sie hätten nur gestern abend den Dreifuß über der Holzglut sehen und die vollkommene Wortlosigkeit – ich möchte fast sagen: hören sollen. Aus dem Urgefühl vor oder hinter allen Worten kommt eben der Mythos.«

»Es ist ein großes Vergnügen, hier einer so gelehrten jungen Dame zu begegnen.«

Claudia spürte in dieser Bemerkung ein wenig Spott und sagte: »Sie glauben, daß meine Einbildungskraft durch zuviel Studium gelitten hat? Das mag sein. Trotzdem fällt es mir leicht, alles, was uns hier umgibt, als belebt zu empfinden, vollends in dieser Stunde des Pan mit ihrer süßen Mittagsmüdigkeit und Stille.« Sie blickte den Hang empor zum Waldrand und hätte sich nicht sehr gewundert, wäre von dorther das plötzliche Erschrecken vor der geheimnistiefen Einsamkeit wie ein Gelächter herabgekommen.

Weil er nach diesen Worten schwieg, sah sie wieder zu ihm hin und begegnete einem dunklen Blick, aber die Spur des stillen, wohlwollenden Lächelns war nicht aus seinem Gesicht verschwunden.

Da hörte sie den Schrei, einen Schrei – er kam jedoch nicht vom Wald herunter, sondern von der Burg herauf.

Das war Barelli gewesen, irgendwo.

Claudia sprang auf und rannte hinab.

Nur ein paar Schritte vom Hauptbau entfernt, sah sie ihn gleichsam aus der Erde auftauchen, es gab da wohl eine Art Kellertreppe, die sie noch nicht bemerkt hatte. Er brach zusammen, und in diesem Augenblick erreichte sie ihn.

Barelli sah erschreckend aus, das Blut lief ihm übers Gesicht und tropfte aus dem verschmierten Bart – Claudia erkannte, daß er quer über die Stirn, am Haaransatz, eine lange Rißwunde hatte. Aber keine Ader spritzte, also war es wohl nicht so schlimm, wie es aussah.

»Nicht so schlimm...«, sagte nun auch er. »Aber hier...« Mit der Rechten hielt er seine Linke, die ebenfalls stark blutete, und saß überaus kläglich da.

»Gleich!« rief Claudia und rannte nach dem Wassereimer und ihrem Rucksack, der am Fuß der Treppe lag. Sie schleppte beides herbei.

Viel war ja nicht in dem Rucksack, aber doch ein langes Nachthemd. Ritsch, ratsch. Wasser. Aufgelegt.

Barelli stöhnte dankbar und überwand tapfer eine Schwäche.

Claudia mußte sich neben ihn setzen, Blut hatte sie noch nie recht sehen können. Es wurde ihr blau vor den Augen, aber das ging vorüber. »Tot sind Sie also nicht?« fragte sie, nur um sich selbst wieder zur Besinnung zu bringen.

»Nur beinahe...«, antwortete er mit zusammengepreßten Zähnen. »Das Gewölbe hielt nicht mehr. Aber der Stein, der da herunterkam, hat mir die Hand – au!«

Claudia sah sich nach Hilfe um, konnte den jungen Geistlichen aber nicht erblicken.

Unerwartet stand Barelli auf. »Nicht so schlimm!« sagte er. »Es geht.«

»Was geht?«

»Wir gehen. Vor Sonnenuntergang kommen die Leute nicht zurück. Unsinn, zu warten. Weshalb denn!«

Damit war Claudia nun freilich einverstanden, sie zweifelte aber, ob er's aushalten würde. Und wohin?

Bergab, bis zum nächsten Dorf. Dort würde man einen Wagen bekommen oder doch beschaffen können. Eine Stunde etwa. »Wenn Sie mich nur noch ein bißchen menschlich herrichten wollten!« sagte er und versuchte, mit der schmutzigen Hand das Blut aus dem Gesicht zu wischen, freilich ohne Erfolg.

Claudia wusch ihn ab, so gut es ging. Dann knüpfte sie den Rest des Hemdes zu einer Tragschlinge, in die er die linke Hand legen konnte, sie sah übel aus, es waren wohl einige Knochen gequetscht.

Bevor sie gingen, wusch sie ihn noch einmal und war jetzt schon wieder soweit, daß sie sagen konnte: »Hübsch sehen Sie aus. Wie in einem Ritterdrama auf dem Theater. Das kommt davon.«

Barelli blinzelte niedergeschlagen.

Zum Glück war der Weg nicht steil, er führte über sanfte Wiesenhänge in die weite Talebene hinab, und daß der Kirchturm, den sie stets vor Augen hatten, immer näher kam, wirkte beruhigend. Trotzdem hatte Barelli große Mühe, auszuhalten, bisweilen mußte er stehenbleiben, blickte auf seine Hand, die sehr anschwoll, und ächzte jämmerlich, aber dann riß er sich wieder zusammen und marschierte wortlos weiter. Claudia war heilfroh, als sie das Ziel erreichten.

In der einzigen Trattoria des Dörfchens, die übrigens nicht viel komfortabler war als die Behausung von Philemon und Baucis und in der es auch nicht weniger Fliegen gab, sorgte die Wirtin für einen besseren Verband, brachte Kaffee und schickte ein Mädchen mit dem Fahrrad weg, um ein Auto zu holen.

Barelli, sehr blaß, mit eingefallenem Gesicht, blickte besorgt auf seine Hand. »Entschuldigen Sie meine Schweigsamkeit«, sagte er, »aber ich werde erst wieder beruhigt sein, wenn ich im Wagen auf dem Weg nach Meran bin. Mir scheint nämlich, es wird höchste Zeit, daß ich zum Arzt komme.«

Auch Claudia blickte auf die dick eingewickelte Linke. »Aber am rechten Fuß ist Ihnen nichts passiert?« fragte sie.

»Nein, Gott sei Dank, warum fragen Sie?«

»Nur so. Linke Hand und rechter Fuß, das ist die Regel. Tut es sehr weh?«

»Ja. Es sind aber auch die Nerven. Ich denke darüber nach, was wir machen, wenn wir keinen Wagen auftreiben.«

»Das gibt es doch nicht«, sagte Claudia tröstend. Er hob die Schultern und sah schwarz.

Vor dem Fenster stand die Dorfkirche, ein bescheidener, aber stilreiner romanischer Bau aus Natursteinen, freilich äußerst verwahrlost. Man hatte den Eindruck, daß sie nicht mehr benützt wurde. Barelli folgte wortlos Claudias Blick.

Das Auto kam wider Erwarten schnell, ein anständiger, bequemer Personenwagen, und sogleich besserte sich die Stimmung des Antiquars. Kaum waren sie unterwegs, so wurde er mitteilsamer.

»Das ist noch einmal gut gegangen«, sagte er, »wenn man auch nicht übertrieben zuversichtlich sein sollte. Ich werde Ihnen Ihre Fürsorge nicht vergessen und vor allem nicht, daß Sie mich bis zu dieser Minute mit Fragen verschont haben, mit jener Sorte von Fragen, die den Leidtragenden nur noch rasender zu machen pflegen. Aber natürlich möchten Sie jetzt wissen, was da eigentlich geschehen ist.«

»Ich kann's nicht leugnen«, antwortete Claudia, betrachtete ihn aus den

Augenwinkeln und dachte, ungefähr so müßte Don Quijote ausgesehen haben, nach dem Kampf mit den Windmühlen.

»Meinen Kopf«, sagte er, »hätte ich nicht so schnell wegziehen können wie die Hand, und wer weiß, ob ich dann je wieder zum Vorschein gekommen wäre. Das Gewölbe stürzte plötzlich ein, das konnte man nicht ahnen.«

»Welches Gewölbe?«

»Da Sie schweigen können und auch ganz bestimmt keine Abenteuer auf eigene Faust unternehmen werden –«

»Verlassen Sie sich darauf!«

»Ich habe schon vor Zeiten den Anfang eines unterirdischen Ganges entdeckt«, sagte Barelli und nahm sich bereits wieder wichtig. Der Eingang dazu, erzählte er, freilich mit manchen Unterbrechungen, war mit einer verhältnismäßig leichten Steinplatte verschlossen und so angebracht, daß er nur durch Zufall zu finden war, vollends da sich reichliches Gebüsch darüber angesiedelt hatte. Noch gestern nachmittag hatte er festgestellt, daß alles in der früheren Ordnung oder Unordnung war, und sich deshalb heute früh, als die beiden Alten bei Tagesanbruch weggegangen waren und Claudia noch schlief, daran gemacht, die Sache mit Ruhe und Vorsicht zu ergründen. Nach einer gewissen Zeit war er zurückgekommen, hatte Claudia nicht mehr gesehen, wohl aber die Taschenlampe, die sie auf die Treppe gestellt.

Die Steinplatte ließ sich so weit beiseite schieben, daß er einige verfallene Stufen hinabrutschen konnte. Diese Treppe endete, wie sich im Lampenlicht zeigte, bei einem gewölbten, niedrigen Torbogen, der freilich zum Teil eingestürzt war, aber es blieb doch Platz genug, sich hindurchzuzwängen.

»Ich hätte das nicht getan!« sagte Claudia und schüttelte sich.

»Das wäre auch sehr klug gewesen«, sagte Barelli, »denn eben dieser Bogen war es, der mir später den Rückweg versperren wollte, indem er vollends zusammenfiel. Er hat sich nur eine Sekunde zu lange besonnen, sonst wäre es ihm geglückt. Denken Sie sich nichts dabei, wenn ich vielleicht etwas wirr rede, mir scheint, ich habe Fieber.« Er besann sich ein paar Augenblicke und berichtete dann weiter. Nachdem er den Torbogen hinter sich hatte, führte der Gang, zwar schmal und niedrig, aber wohlerhalten geradeaus weiter, und zwar deutlich bergauf, wenn auch ohne Stufen. »Ich hatte das erwartet, es deckte sich mit meinen Überlegungen. Erinnern Sie sich an den auffallend großen eingestürzten Brunnen ziemlich weit oben am Hang und fast an der Grenze der ganzen Burganlage? Ich glaube, wir haben darüber gesprochen.«

Claudia nickte und hätte gern etwas gesagt, aber Barelli ließ sich nicht unterbrechen. Seiner Ansicht nach mußte der Gang bis zur Sohle dieses Brunnens führen, dieses sogenannten Brunnens, denn in Wirklichkeit war er sicher etwas anderes gewesen, vermutlich ein Turm.

Claudia nickte wieder.

Das große Rätsel, von dessen Lösung alles abhing, war: ob es dort, wo der waagrechte Gang in den senkrechten Schacht mündete – wenn das je der Fall gewesen war! – noch eine Möglichkeit gab, in den von oben verschütteten Schacht einzudringen. »Denn damit«, sagte Barelli, »wäre ich an den eigentlichen Brennpunkt gekommen. Dort, das möchte ich beschwören, liegt etwas!«

»Nämlich?«

»Man kann nicht hinein«, antwortete er, »sondern stößt auf eine wüste Anhäufung von übereinandergestürzten großen Mauersteien. Aussichtslos.«

»Und?«

»Nichts weiter! Es war so schon bitter genug. Malen Sie sich nur das Bild aus: vor mir der Schacht voll Steintrümmer, Hunderte von Zentnern, hinter mir der Gang, dessen Länge mir erst jetzt zum Bewußtsein kam, da ich enttäuscht am Ende meiner Hoffnungen stand. Dies alles im kümmerlichen Schein der Taschenlampe, der noch dazu merklich nachließ, und in einer Stickluft, von der ich wohl mit Grund vermutete, daß sie mehr Kohlensäure enthielt, als dem Menschen zuträglich ist. Aber das war nicht das Schlimmste.«

»Sondern?« fragte Claudia mitleidig, aber nicht sehr gespannt, weil sie solche verspätete Ritterabenteuer noch nie geliebt hatte und auch jetzt fand, daß ihm doch irgendwie recht geschehen war.

»Jetzt, da es vorbei ist«, sagte er, »muß ich Ihnen etwas erklären, was ich gestern schon angedeutet, dann aber doch für mich behalten habe, weil ich Sie nicht ängstlich oder auch nur mißgestimmt machen wollte. Man weiß ja nie, wie dergleichen vom anderen aufgenommen wird. Als ich ein junger Mensch war, vor einem halben Jahrhundert, ist hier etwas passiert.«

»Der heutige Vorfall hängt damit zusammen?«

Er nickte. »Allerdings. Die Sage oder, wenn Sie das lieber hören, die Meinung, daß hier etwas verborgen liege, war schon damals vorhanden. Es muß damals auch noch mehr Nachrichten, mündliche oder sogar schriftliche, gegeben haben, auf die man sich stützen konnte. Ich erwähne das, um Ihnen zu beweisen, daß es sich bei mir nicht um bloße Hirngespinste handelt, wie Sie wahrscheinlich annehmen möchten. Diese Unterlagen für eine ernsthafte Nachforschung sind – nun, wie soll ich das ausdrücken –, sie sind verschollen mit einem Mann, als dessen Erbe, in gewisser Weise, ich mich bezeichnen darf.«

»Hat er den Gang entdeckt?«

»Das brauchte er nicht«, antwortete Barelli, »denn damals war der senkrechte Schacht noch nicht eingestürzt und verschüttet. Eines Tages ließ er sich an einem Seil hinab – wie man annehmen muß, denn völlig genau ist der Hergang nicht bekannt.«

»Wann war das?«

»An das Jahr kann ich mich nicht mehr genau erinnern, aber das Datum weiß ich noch: es war das heutige. Ich habe unseren Ausflug danach eingerichtet, aus einem gewissen Aberglauben heraus, wenn Sie es so nennen wollen, aber vielleicht wäre es besser gewesen, einen andern Tag zu wählen. Auch die Situation war dieselbe: das Ehepaar auf dem Felde, ein herrlich leuchtender Frühherbsttag, keine Störung zu befürchten, eine große, fast heidnische Einsamkeit.«

»Weshalb sagen Sie ›heidnisch‹?« fragte Claudia und dachte an die Stunde des Pan.

»Weil es kein treffenderes Wort dafür gibt, meinem Gefühl nach. Es fiel mir auch des Kontrastes wegen ein. Es handelte sich nämlich um keinen gewöhnlichen Mann.«

»Sondern?«

»Man hat gesehen, daß er aus dem Dorf wegging und ein langes, zusammengerolltes Seil trug, das er von einem Bauern entliehen hatte. Auf dem Weg zur Burg begegneten ihm zwei Kinder, mit denen er noch sprach.«

»Und dann?«

»Als das Ehepaar abends heimkam, war der Schacht eingestürzt, und er — er war und blieb verschwunden. Dafür gibt es doch nur eine Erklärung, zumal bei seiner Stellung.«

»Was war er denn?«

»Sie haben vorhin die alte Dorfkirche gesehen. Dort war er Pfarrer.«

»Pfarrer?«

»Warum nicht?« fragte Barelli achselzuckend. »Sie dürfen sich freilich keinen rundlichen, bejahrten Herrn vorstellen. Nein, er war ein junger, schlanker Mann, wohl kaum über fünfundzwanzig.«

»Und Sie haben ihn gekannt?«

»Ich habe ihn zwei- oder dreimal gesehen, aber nicht mit ihm gesprochen. Trotzdem ist er mir unvergeßlich. Er hatte ein schmales, blasses Gesicht mit wunderbaren dunklen Augen, in denen stets ein schwermütiges Lächeln zu liegen schien. Er paßte so gut hierher. Was ist Ihnen?«

Claudia schwieg.

Nachdem Claudia den Antiquar ins Krankenhaus gebracht und gehört hatte, daß er mindestens bis zum nächsten Morgen dort bleiben müsse, und ihr also nichts mehr zu tun blieb, fuhr sie noch am Abend nach Hafling hinauf. Sie betrat ihre Hütte mit dem Gefühl, daß sie nicht anderthalb Tage, sondern ebenso viele Wochen fortgewesen sei, und zwar in einer sehr fernen Welt.

Die Nacht war sternhell, aber ohne Mond, und recht warm. Also konnte Claudia tun, was sie seit gestern vor allem wünschte: sie zog sich aus, ging zum Brunnen und wusch sich mit Kübeln von kaltem Wasser von oben bis unten, kam ins Haus zurück, in den Bademantel gewickelt, atmend und frisch, und hörte, wie das Teewasser zu singen begann. Der Gedanke, daß genug zu essen da war, wirkte beruhigend, jetzt hatte sie Hunger wie ein Wolf. Noch während sie den Tisch deckte, und zwar mit großem Vergnügen und weit sorgfältiger als sonst, schnitt sie ein Stück Brot ab. Als sie mit ihren Vorbereitungen zu Ende war, betrachtete sie alles mit unendlichem Wohlgefallen und genoß die Sauberkeit. Nicht einmal Fliegen gab es hier.

Allerdings gab es auch einiges andere nicht. Wenn bei Philemon und Baucis ein mythischer Duft von Holzfeuer und Hirtenleben eines längst versunkenen goldenen Zeitalters unter der Balkendecke geschwebt hatte, so roch es hier nach Seife und Kölnischwasser. Aber man kann nicht alles auf einmal haben.

Es wird die Zeit kommen, dachte sie, in der ich mich an dieses Erlebnis als an das Wunderlichste erinnere, was mir je begegnet ist. Schon im nächsten Winter werde ich's in meine Träume einspinnen, zur blauen Stunde, wenn draußen hinter einem Schneehimmel der Tag zu Ende geht.

Zu Ende geht ...

Gar so leer hätte die Kiste nun auch nicht zu sein brauchen. Es bleibt also bei dem Meraner Fragment. Schade. Und meine Tage hier sind gezählt, das steht nun fest. Ich könnte morgen heimfahren, wenn ich wollte. Ich will freilich nicht – aber! Nein, morgen nicht, denn man muß sich um Barelli kümmern ...

Bei dem Gedanken an Barelli geriet sie auf jenen Punkt, den sie bisher sorgfältig und ängstlich umgangen hatte, weil sie sich ganz einfach fürchtete, und es ist nicht gut, mutterseelenallein in einer Berghütte zu sitzen, nachts, und sich zu fürchten. Aber jetzt gab es kein Ausweichen mehr, nein.

Man spricht doch nicht – Frage und Antwort – mit jemandem, der gar nicht da ist. Man hört seine Stimme nicht, sieht nicht in seine Augen, in diese schönen dunklen, schwermütigen Augen. Man ärgert sich nicht über seinen leisen Spott und wundert sich nicht, daß er eine Stelle aus Ovid zitiert, die man bis zu dieser Sekunde nicht kannte!

Dies alles, grübelte Claudia, ließe sich, wenn auch nur mit Müh und Not, dadurch erklären – nein, natürlich nicht erklären, ein widerliches Wort, aber wenigstens einigermaßen in die Nähe des Begreiflichen rücken, wenn man die schwüle Stimmung dieses heidnischen Mittags, die Umgebung, die Bilder des vorangegangenen Abends, die Erinnerung an die Stunde des Pan ins Spiel bringt, in der vielleicht längst Vergessenes wieder auftaucht. Das soll es geben.

Was aber ganz und gar unbegreiflich bleibt, ist das Bild selbst. Ja, hätte Barelli seine Geschichte schon vorher erzählt, die Beschreibung des Mannes schon früher gegeben. Er hat es aber erst lange nachher getan. Und trotzdem habe ich ihn genauso gesehen, wie Barelli ihn später beschrieb. Und es war der Tag, an dem es damals geschah, sein Todestag, vielleicht sogar die Stunde.

Vielleicht? Wahrscheinlich! Wie hieß es? Auferat hora duos eadem, daß die gleiche Stunde beide hinwegraffe. Hat er deshalb den Halbvers aus Ovid zitiert? War es Barelli so bestimmt? Wollte er, der andere, mich warnen und vor dem drohenden Schicksal bewahren, indem er mich während des verhängnisvollen Augenblicks in ein Gespräch verwickelte?

Bis hierher hatte Claudia ihren Gedanken nachgegeben, die sich von selbst aneinanderreihten, ohne daß sie etwas dazu tat. Aber jetzt war es genug. Sie richtete sich steil auf und sagte laut: »So kann es nicht weitergehen! Was ist denn los mit mir in diesem Sommer? Was tu ich denn!«

Dabei aber fiel ihr ein, daß sie, abgesehen von ihrer nüchternen wissenschaftlichen Arbeit, überhaupt nichts tat oder getan hatte, nicht sie war den Dingen entgegengegangen, sondern die Dinge und Ereignisse waren auf sie zugekommen. Es gibt solche Zeiten im Leben des Menschen, sie sind wie verzaubert, wir leben nicht, wir werden gelebt. So geht's, wenn man unversehens, beinahe ahnungslos unter dem seidenen Faden durchschlüpft, der das Wirkliche vom Unwirklichen trennt – wenn man in Laurins Reich gerät.

Sie räumte den Tisch ab und brachte alles in Ordnung. Weil es noch nicht spät war und weil sie wußte, daß sie doch nicht würde schlafen können, holte sie ihre Manuskripte vom Wandbrett, nicht um zu arbeiten, sondern nur um einmal genau festzustellen, was und wie lange es noch daran zu arbeiten gab.

Ach, sie konnte damit noch heute aufhören, aber auch noch ein paar Tage hintrödeln, es war keine ernstliche Arbeit mehr. Und dann? Wieder so ein Punkt, um den sie im Kreis herumging, aber diesmal gelang es ihr – sie dachte nach, machte sich zu schaffen und setzte sich hin, um einen Brief zu schreiben. An Philipp Ling. Sie wollte sich bedanken, er mußte wissen, wie es ihr ging, und daß es hier zu Ende ging.

II

Viele Grüße vom Misurinasee, hier ist es herrlich! las Philipp Ling beim Morgenkaffee von einer bunten Ansichtskarte vor und knüpfte daran die Bemerkung: aus dem Text einer Ansichtskarte erwarte er ja keine hochgeistigen Offenbarungen, nein, so anspruchsvoll sei er nicht, aber allmählich würde es Zeit, daß Andreas mit dieser öden Postkartenschreiberei aufhörte. Er, Philipp Ling, sähe darin nachgerade nichts anderes als das Zeichen eines schlechten Gewissens.

»Andreas braucht doch kein schlechtes Gewissen zu haben!« erwiderte Frau Ling, sie saß aufrecht da, die Morgensonne ließ ihr schönfrisiertes weißes Haar leuchten.

»Er treibt sich herum!« stellte Philipp fest.

»Ja, von wem er das nur hat!« sagte sie und blickte ihren Mann dabei aus sehr hellen, kühlen Augen an.

Philipp verzichtete auf jede Antwort, womit er vermutlich kundtun wollte, daß er es auch nicht wisse, und sah weiter die Post durch, die er in zwei Hälften teilte, die eine würde er später im Geschäft lesen, deshalb verschwand sie jetzt in seiner Rocktasche.

»Es ist sein Urlaub«, sagte Frau Ling mütterlich.

»Ohne mich zu fragen, ja«, und weil er das Gefühl hatte, im Unrecht zu sein, setzte er hinzu: »Man muß das doch wissen. Es kann doch nicht einfach alles auf unbestimmte Zeit liegenbleiben.«

»Bleibt etwas liegen?« fragte sie und sah leise erstaunt aus, das konnte sie hervorragend.

»Selbstverständlich nicht, dafür bin ich ja da. Im übrigen weißt du sehr genau, daß es sich hier nicht eigentlich um den Urlaub handelt, nicht nur um den Urlaub. Er wird wohl keine Dummheiten machen?« Pause. »Ja, da schweigst du.«

»Ich«, sagte sie unerschüttert freundlich, »ich bin für Dummheiten nicht zuständig.«

»Und ich«, sagte er und schob seinen Stuhl zurück, »liebe es gar nicht, wenn der Tag so beginnt. Auf Wiedersehen.«

»Kommst du zum Essen?«

»Keine Macht der Welt wird mich davon abhalten können«, antwortete er und küßte ihr die Hand. »Es ist doch nett, zwei so altmodische Leute! Hab' ich dir je eine derartige Ansichtskarte geschickt, bloß so, mit hinschablonierten Grüßen? Lieber gar nichts!«

»Das ist wahr«, sagte sie, »gar nichts war schon immer deine Stärke.«

»Woran du siehst, daß ich nie ein schlechtes Gewissen habe.« Er ging, trali trala. Hier gab es kein Morgengewitter.

Nicht nur ebenso frisch, sondern geradezu beschwingt kam er mittags zurück, und zwar mit einem Strauß Georginen. »Die mag ich besonders gern«, sagte er und betrachtete die Blumen, »weil sie so ordentlich sind! Schau dir nur diese winzigen Tütchen an und die wunderbaren Kurven, in denen sie nebeneinander stecken. Ich hoffe, du denkst jedesmal liebevoll an mich, wenn du sie siehst.«

»Mußt du verreisen?«

»Nur bis übermorgen. Soll ich dir eine Ansichtskarte schreiben?«

Obwohl er schon übermorgen zurückkommen würde, nahm er den Fahrer mit, denn lange Strecken am Lenkrad machten ihm kein Vergnügen mehr.

Im Wagen zog er alsbald einen ungewöhnlich dicken Brief hervor, Poststempel Meran, begann ihn zum zweitenmal zu lesen, diesmal mit aller Ruhe und Aufmerksamkeit, und hatte doppelte Freude daran: erstens, daß Claudia ihm so ausführlich schrieb, und dann, *wie* sie schrieb: Die Fensterläden waren geschlossen, die Lampe brannte über dem Tisch, draußen standen die Berge schwarz vor dem Sternhimmel, und das einzige, was man vernahm, war das Plätschern des Brunnens. Aber welche Bilder stiegen auf, und wie spürte man den Grasduft warmer Berghalden! –

Die kleine Stadt schlief schon, als der späte Gast im Goldenen Löwen ankam. Mit dem bestellten Zimmer war er zufrieden, erfrischte sich und verließ das Haus mit dem Bemerken, daß er nach der langen Fahrt noch ein wenig frische Luft schöpfen und bald zurückkommen wolle.

Der Kahn des zunehmenden Monds fuhr schon tief im Westen durch welliges Gewölk. Die Gassen mit ihren Giebelhäusern stiegen bergan, ein paar Fenster waren noch dämmerig hell, und wenn der große Kepler – was man vermuten durfte – nachts über dieses selbe Kopfsteinpflaster geschritten war, hatte er die Planeten wahrscheinlich um ihre glatten Bahnen beneidet.

Am Morgen, kurz nach acht Uhr, war Florine eben dabei, das bunte Deckchen auf den Tisch zu legen.

Es klingelte, vielleicht brachte der Briefträger endlich wieder einmal eine Nachricht von Claudia.

Aber draußen stand ein silberhaariger, ungemein eleganter Herr. Er hielt einen in durchsichtiges Papier eingeschlagenen Blumenstrauß in der Hand, lächelte gewinnend und brachte Florine Grüße von ihrer Tochter!

Wie gut, daß Florine schon seit ihren jungen Jahren niemals in irgendeiner zweifelhaften Morgenkleidung herumzulaufen pflegte, sondern stets nett und adrett war, oh, gelernt ist gelernt, sie konnte nicht in Verlegenheit kommen.

Und die Blumen waren für sie.

Florine machte einen Knicks und strahlte. Von Claudia!

»Die Grüße«, sagte er. »Die Blumen, bitte, sind von mir. Man weiß doch, was man der Mutter einer so ausgezeichneten Tochter schuldig ist.« Hatte Florine ein wenig Zeit? Nein, nein, gar nichts Besonderes, vor allem nichts Aufregendes – aber es war so hübsch hier!

Florine hatte Zeit, und sie hatte ein Altmeißner Porzellanservice mit zwei Täßchen, dem Deckel der Kanne fehlte allerdings der Knopf, aber das war schon immer so.

»Sie werden es doch nicht meinetwegen –«

»Ich benütze es jeden Morgen«, sagte sie und verdoppelte das Wasser im Topf.

»Ich will Ihnen gestehen«, sagte Philipp Ling, »daß ich dies weiß.« Claudia hatte ihm davon erzählt, deshalb war er zu dieser ungewöhnlichen Stunde gekommen und hoffte sehr, mit Florine frühstücken zu dürfen. Soviel er verstand, war dieses allerliebste Service nicht etwa später dem alten Modell nachgeformt, sondern es war echt und aus der Zeit, das sah man an den kleinen Fehlern im Porzellan, damals hatten sie die Masse noch nicht so einwandfrei herstellen können.

Florine nickte und betrachtete es voll Stolz. Es stammte ja auch aus einem sehr vornehmen Haus, dort war sie bis zu ihrer Verheiratung beschäftigt gewesen. Und nun – wie ging es Claudia, wo war sie, was trieb sie, weshalb schrieb sie so selten und so geheimnisvoll kurz, wann hatte er sie zuletzt gesehen und wann kam sie zurück?

Philipp Ling erzählte, was er für nötig hielt, und frühstückte dabei mit großem Vergnügen. Florine mochte es nun glauben oder nicht: es war ihm geradezu ein Bedürfnis gewesen, die Mutter einer so liebenswürdigen und gescheiten Tochter kennenzulernen. Bei der Begegnung mit einem solchen Menschenkind fängt man an, nachdenklich zu werden, nicht wahr? Auch Neugier mischt sich hinein, das ist nur natürlich. Für einen Sohn, das mußte Philipp gestehen, hätte er sich gewiß weniger interessiert –

Er hatte keine Tochter?

Leider nicht. Nur einen Sohn, unverheiratet.

»Ich habe auch zwei von der Sorte«, sagte Florine.

Zwei? Das sah man ihr nun wirklich nicht an. Und es war eigentlich schade, denn hätte sie keinen Sohn gehabt, dann würde ihr Philipp sofort einen Tausch vorgeschlagen haben. »Denn ich bin einfach verliebt in das Mädel!« sagte er. »Hoffentlich fassen Sie das Wort nicht falsch auf.«

O nein, Florine verstand ihn recht gut. Hin und wieder, das durfte sie ihm wohl anvertrauen, machte es ihr als Mutter freilich keinen geringen Kummer, daß auch andere Herren ... ach Gott, ja. Florine kicherte.

Und Claudia?

Florine seufzte.

»Hm!« sagte Philipp und betrachtete sie mit einem so schmeichelhaften Lächeln, daß sie ungemein rot wurde und auf dem Tisch etwas zu ordnen hatte. Ein Engel flog durchs Zimmer, Philipp ließ ihn ruhig einige Runden machen. »Wissen Sie«, sagte er dann mit vertraulich gedämpfter Stimme, »ich finde es – unter uns – eigentlich besonders entzückend, daß Claudia, obwohl sie doch so gelehrt ist, nicht zu diesen schrecklichen Frauenzimmern gehört ... ich brauche das nicht weiter auszuführen? Es würde ihr auch schwerfallen, von den Männern unbeachtet zu bleiben, denn sie ist – ich will nicht sagen eine Schönheit, nein, dazu ist sie nicht langweilig genug, aber ungewöhnlich charmant. Mit einem Wort, sie hat jenes gewisse Etwas.«

Florine seufzte noch tiefer.

»Glauben Sie das nicht?« fragte Philipp.

»Oh, ich weiß es«, sagte sie. »Als Claudia das letztemal hier war, hatte sie wohl gerade wieder so eine – so eine Geschichte hinter sich. Dann ist sie immer furchtbar unglücklich, ach, sie sollte lieber vernünftig sein.«

»Das sagt man so. Waren Sie immer vernünftig?«

»Ich?« fragte Florine und tat, als ob sie nachdenken müßte. Sie dachte aber nicht nach, sondern rührte mit dem Löffelchen in ihrer Tasse, und ohne daß sie es wußte, lag auf ihrem Gesicht ein Lächeln.

Ling zog einen Briefumschlag aus der Tasche. »Ich habe hier etwas mitgebracht. Aber nur zum Ansehen, bitte!«

Es waren die Fotos, die Claudia ihm geschenkt hatte.

»Mein Gott!« rief Florine. »Da sieht sie aber gut aus! Ist es denn möglich! Sie muß sich wunderbar erholt haben, nein, sagen Sie, ist das wirklich meine Tochter?«

Es gab ein Frage-und-Antwort-Spiel, dazwischen betrachtete sie die Bilder immer wieder – er merkte, daß sie nicht übel Lust hatte, die Aufnahmen wie ein Kartenspiel zusammenzustreichen und in Sicherheit zu bringen, kam ihr also zuvor und tat es selber, ließ sie aber auf dem Tisch liegen. »Ich kann sie Ihnen wirklich nicht geben, Sie haben ja das lebendige Modell!«

»Aber doch wenigstens ein paar, wenigstens eins!«

»Ihre mütterlichen Gefühle in Ehren, aber es geht nicht, ich brauche sie noch. Später, vielleicht, können wir uns darin teilen.«

»Weshalb später!«

»Da ich nun einmal hier bin«, antwortete Ling, »möchte ich die Gelegenheit benützen und noch einen Besuch machen.«

Florine, sogleich grenzenlos neugierig wegen dieser überraschenden Mitteilung, fragte: »Sie haben hier Bekannte?«

»Ja und nein, ich darf es freilich kaum so nennen, ich kenne die Dame noch nicht persönlich.«

»Eine Dame?«

Er blickte auf die Uhr. »Nicht zu glauben! Wissen Sie, daß ich schon zwei volle Stunden hier sitze? So gut haben wir uns unterhalten! Aber Ihre Hausordnung gerät dabei aus den Fugen, verzeihen Sie meine Gedankenlosigkeit.«

»Deshalb gerät noch lange nichts aus den Fugen«, versicherte Florine. »Eine Dame, sagten Sie?«

»Wissen Sie zufällig, wann im Stift Besuchszeit ist?«

»Eigentlich erst nachmittags. Die Dame wohnt im Stift? Da könnte ich Ihnen vielleicht mit einer Auskunft dienen.«

»Sie wissen ja, wie es bisweilen geht«, sagte Philipp Ling. »Seit Jahren, seit vielen Jahren hat man die Absicht, jemanden zu besuchen, aber es kommt nie dazu, man weiß selber nicht recht, weshalb, eine gewisse innere Trägheit spielt keine geringe Rolle. Die Zeit legt sich immer dichter dazwischen, und eines Tages ist es dann zu spät, aber das soll mir in diesem Fall nicht passieren. Wenn ich nicht sehr irre, kennen Sie die Gräfin Pre?«

»Die Gräfin Pre! Sehr gut sogar, denn ich war ja –«

»Ich kenne sie nicht«, sagte er langsam und betont, »aber ich kannte ihren Sohn, den General von Pre.«

Florine schlug die Augen nieder, saß ganz still da und blickte auf den Tisch.

Philipp Ling nahm die Bilder, die vor ihm lagen, und ehe er sie wieder in den Umschlag steckte, ließ er sie noch einmal nachdenklich durch seine Finger laufen. Es war, als ob er auf etwas wartete.

Aber das, worauf er zu warten schien, kam nicht. Florine, diese geschwätzige, heitere, neugierige kleine Person, schwieg plötzlich. Man sah, es ging und wirbelte ihr unendlich viel durch den Kopf. Aber sie schwieg.

Er stand auf und verabschiedete sich, so geschickt es gehen wollte.

»O ja . . .«, sagte Florine und begleitete ihn bis zur Wohnungstür, gab ihm die Hand und machte, ohne es zu wissen, einen kleinen Knicks, sie war sichtlich außer Fassung.

Philipp ging durch die Gassen den Berg hinauf. Die Vormittagssonne schien schräg zwischen den Giebeln hindurch, und weil schon ein feiner herbstlicher Dunst wie Goldstaub in den Strahlen hing, war das Bild von einer besonderen und weichen Lieblichkeit. Er sah es, aber es kam ihm nur halb ins Bewußtsein, auch er war ziemlich abwesend. Merkwürdig! dachte er, das ist doch wirklich merkwürdig, wenn die Frauen nichts sagen *wollen*, sagen sie nichts, da mag sich die Welt auf den Kopf stellen.

Nachmittags. Hier war nun also das Stift, die ausgehöhlte Steinschwelle, der Flur mit seinen weißen Wänden und dem buckligen Ziegelpflaster, es roch ein bißchen nach Grab und nach Küche.

»Ich bitte um Verzeihung!« sagte Philipp Ling zu der Schwester mit der großen weißen Flügelhaube, die ihm entgegenkam. »Darf ich Ihre Zeit für ein paar Sekunden in Anspruch nehmen? Ich bin der Frau Gräfin Pre nicht persönlich bekannt, würden Sie so freundlich sein, mich anzumelden?« Er gab ihr seine Karte.

»Kommen Sie nur«, sagte die Schwester, an so viel Förmlichkeit nicht gewöhnt, führte ihn zum ersten Stock hinauf, verschwand dort hinter der Tür Nr. 12, erschien nach einer Weile wieder, hielt die Tür offen und nickte ihm zu.

Zwar schien die Nachmittagssonne nicht in die Stube, wohl aber auf die gegenüber stehenden Giebel, so kam ein zwar gedämpftes, aber doch sehr helles Licht durch die beiden Fenster, und die Giebel sahen anheimelnd aus mit ihren bunten Geranienkanten, ein ganz hellblauer Himmel war zwischen ihnen.

»Ich darf mir erlauben, Ihnen Grüße von einer gemeinsamen jungen Freundin zu überbringen, die wir wohl beide sehr lieben«, sagte Philipp Ling.

»Also von Claudia!« sagte die Gräfin Pre. »Ist sie hier? Nein, natürlich nicht, sonst wäre sie ja mit Ihnen gekommen.«

»Ich war vor kurzem in Südtirol öfter mit ihr zusammen. Dort ist sie noch jetzt.«

»Und diese herrlichen Rosen! Das ist sehr lieb von Ihnen, vielen Dank. Und nun nehmen Sie bitte noch eine Vase aus dem Glasschrank. In dem Kännchen dort ist Wasser. Das können Sie ja ausgezeichnet. Und jetzt stellen Sie die Blumen bitte neben das Bild dort.«

Dann, als Philipp ihr gegenübersaß, sagte er: »Die Absicht, sie zu besuchen, hatte ich schon lange, ehe ich Claudia in diesem Sommer kennenlernte.«

»Ich kann mich aber an Ihren Namen nicht erinnern, obwohl ich ein gutes Gedächtnis habe«, sagte sie, »oder warten Sie, vielleicht hab' ich ihn einmal irgendwo gelesen? Vielleicht in einem Brief ...?«

»Das wäre durchaus möglich. Ich hatte eine Zeitlang die Stabskompanie in der Division des Herrn Generals von Pre.«

Sie blickte ihn aus ihren großen blauen Augen an. »Daher —!« Und nach einer Weile: »Dann werden Sie die Rosen wohl um so lieber neben sein Bild gestellt haben.«

»Ja, wahrhaftig.«

»Jetzt fällt es mir ein!« sagte sie. »Es war am Abend des vierten Juli. Sie saßen mit ihm unter freiem Himmel, mitten in der Steppe. Er hat mir das noch geschrieben, als Sie fortgegangen waren. Ja, an dem Abend schrieb er noch einen Brief.«

Sie sprachen lange davon. Das Gesicht der alten Dame war unbewegt, hin und wieder blickte sie nach dem Bild und nickte leise. »Es ist ihm viel erspart geblieben«, sagte sie schließlich. »Geben Sie mir doch Ihre Hand, Herr Ling — haben Sie diese weite Reise nur meinetwegen gemacht?« Er war ihr dankbar für diese einfache und leichte Überleitung, für diesen entschlossenen und kurzen Ausweg aus dem Gestrüpp der Erinnerungen, in denen man meist so hoffnungslos hängenbleibt.

»Ich kann Ihre Frage weder mit Ja noch mit Nein beantworten«, sagte er, benützte den Ausweg sofort und fand sein Lächeln wieder. »Eins ist gewiß: ohne meine Bekanntschaft mit Claudia wäre ich heute nicht hier.«

Auch die alte Dame lächelte, wohl zum erstenmal. »Da wird es freilich viel zu berichten geben. Halte ich Sie auf?«

»Durchaus nicht. Übrigens bin ich bereits seit gestern abend hier und habe den Vormittag dazu benutzt —«

»Ah«, sagte sie, »Florine?«

»Von Claudia wußte ich, wann sie am ehesten Zeit hat, und daß ich's nur gestehe: ich war einfach neugierig, die Mutter eines so merkwürdigen Menschenkinds kennenzulernen.«

»Und?«

»Nimmt man Claudia als Ganzes, so wird die Hälfte davon begreiflich, wenn man Florine kennt. Allerdings eben nur die Hälfte.«

»Das klingt wie eine Rechenaufgabe«, sagte die Gräfin. »Natürlich ist Florine stolz auf ihre Tochter.«

»Sehr, und ich möchte behaupten: in jeder Beziehung, obwohl sie das, wenn sie es hörte, lebhaft bestreiten würde.«

»Das haben Sie ja nun wirklich recht gut formuliert, Herr Ling. Ach du lieber Gott, ja. Als Claudia zuletzt bei mir war — wie ist die Sache denn ausgegangen?«

»Welche Sache?«

»Ach ... sie wollte sich nur wieder einmal gründlich ausheulen, und das tat sie auch. Bei mir heulen sie sich nämlich alle aus, ich sage immer, ich werde mir noch ein Tränenkrüglein anschaffen müssen. Zerknittert kommen sie an, und frisch gestärkt gehen sie weg. Wenn ich an Seelenwanderung glaubte, würde ich denken, daß ich irgendwann einmal ein Beichtstuhl gewesen bin, freilich einer, an dem die geschnitzten kleinen Rokokoengel nur so herumpurzeln.«

»Entzückend!« sagte Philipp.

»Na, wie man's nimmt. Als Lebensaufgabe jedenfalls etwas ungewöhnlich.«

»Ich weiß von Claudia, daß Sie ihr nicht nur in dieser Hinsicht geholfen haben.«

»So, das wissen Sie? Haben, jawohl, haben. Es war einmal. Soso ... dann erfreuen Sie sich aber eines ganz besonderen Vertrauens.«

»Hauptsächlich wohl deshalb«, sagte er, »weil ich ... weil ich eine günstige und dringliche Gelegenheit benützt habe, um Ihrem Beispiel zu folgen.«

Sie sah ihn an. Es war nicht leicht, das auszuhalten. Beinahe hätte er zu stottern angefangen – er, Philipp Ling, der dafür bekannt war, daß er die schwierigsten Generalversammlungen mit dem kleinen Finger dirigierte. Es gibt Augenblicke, in denen sich der Mensch zwar unschuldig und trotzdem im Innersten erwischt fühlt. In solchen Fällen hilft am besten die Bekundung eines leichten, aber deutlichen Weltschmerzes, ähnlich wie ein Tintenfisch sich in ein dunkles Wölklein einnebelt. »Die Wissenschaft ist ein sonderbares Reich«, sagte er also mit einem angemessenen Seufzerchen, »unsereins hat ihr gegenüber manchmal eine Art von Schuldbewußtsein, auch ein wenig Neid mag dazukommen.« Endlich fiel ihm das Richtige ein. »Ich konnte doch nicht einfach zusehen, wie Claudia ihren Pelzmantel aufißt!« Nun, das war eine hübsche Geschichte. Philipp schlangelte sich durch, die alte Dame vernahm sie mit Wohlgefallen. Er sprach auch noch von Claudias Arbeit, von den einundzwanzig Eselinnen, hinter denen sich König Laurin versteckte – überhaupt von dieser ganz anderen Welt, in die man zwar einen Blick werfen, die man aber nicht betreten konnte.

Weshalb nicht?

Da erzählte Philipp noch die Geschichte von dem seidenen Faden und was er vielleicht bedeutete. Wie sehr aber Claudia an einem gewissen Mittag jenseits dieses Fadens gewesen war, davon konnte er nichts sagen, denn das hatte Claudia in ihrem Brief verschwiegen; er wußte nur, daß sie nach dem verlorenen Rest ihrer Eselinnenherde gesucht und statt dessen eine leere Kiste gefunden hatte.

»Das muß freilich eine Enttäuschung gewesen sein«, sagte die alte Dame. »Jetzt hat sie eigentlich dort unten nichts mehr zu tun?«

Die Frage kam ihm gelegen. »Vermutlich!« sagte er. »In ihrem Brief steht es zwar nicht ausdrücklich, aber aus dem ganzen Ton möchte ich's schließen.

Ihre Arbeit jedenfalls ist oder geht zu Ende.« Er hob die Schultern. »Vielleicht gibt es noch andere Dinge, die sie dort festhalten.«

»Glauben Sie?«

»Ich weiß es nicht!« beeilte sich Philipp zu versichern. »Auch Florine scheint es nicht zu wissen.«

»Meine gute Florine hat von jeher die Eigenschaft, alles immer erst dann zu merken, wenn es zu spät ist.«

»Sie machte mir aber einen recht intelligenten Eindruck?«

»Es kommt darauf an, was man unter intelligent versteht.«

»Kennen Sie den Rat?«

»Florines Mann? Er war einmal hier«, sagte sie betont gleichgültig, »Warum?«

»Irgendwoher muß Claudias Begabung doch kommen, und nicht nur die Begabung, sondern ihr Wesen überhaupt.«

Die Gräfin Pre streifte ihn mit einem Blick, der dann weiterging in eine große Ferne. »Finden Sie, daß Claudia ihrer Mutter ähnlich sieht?«

Er überlegte. »Ähnlich? Doch. Ja. Mindestens so, daß man Florine diese Tochter glaubt. Zum Beispiel das eigenartig stumpfe Blond, nicht wahr, das wohl ziemlich selten ist und das bei einer bestimmten Beleuchtung einen rötlichen Schimmer annehmen kann, während die Schatten mehr grünlich sind, es hat mich an Perlmutter erinnert, wenn ihm auch der Glanz fehlt.«

»Das haben Sie sich aber gut angesehen«, sagte die alte Dame. »Ich erinnere mich, daß Florine damals, als sie zu uns kam, dasselbe Haar hatte und ich mir manchmal Gedanken darüber machte. Seitdem hat sich so unendlich viel geändert.« Dann: »Glauben Sie, daß Claudia mit ihrem Studium nun vollends durchkommt?« Er hörte, daß in dieser Frage eine Bitte lag, die Gräfin blickte nachdenklich auf ihre Hände, zum erstenmal vermied sie, ihn anzusehen.

»Das kann ich Ihnen bestimmt versichern«, antwortete er. »Es war ein Glück, daß ich sie durch ihren Professor – man wird alt, der Name fällt mir augenblicklich nicht ein –, durch den Professor also kennenlernte. Sie hat sich über Gebühr geplagt, aber es war ihr gar nicht recht, daß ich es erfuhr.«

»Sie konnten ihr also ein wenig helfen?«

»Zunächst wirklich nur ein wenig!« sagte Philipp. »Man muß da bei ihr sehr vorsichtig sein. Wie diese Art von Menschen ist: je mehr sie das Geld schätzen müssen, desto mehr verachten sie es, im Grunde genommen. Das ist auch einer von den unzeitgemäßen Zügen an ihr, für die ich keine Erklärung finde.« Allmählich kam er sich vor wie ein Kunstradfahrer, der immer noch einmal die Kurve erwischt und trotzdem nicht an die Stelle kommt, zu der er kommen möchte.

»Ich bin Ihnen sehr dankbar«, sagte sie. »Es wäre doch schade. Solange es ging, habe ich getan, was ich konnte. Aber Sie sehen ja –« Eine kleine, resignierte Handbewegung wies auf das Zimmer. »Und nun soll sie also berühmt werden?«

»Das wohl nicht!« sagte Ling. »Wenigstens nicht in dem Sinn, den das Wort in diesem oberflächlichsten aller Jahrhunderte hat. Nur in ihrem sehr engen, winzigen Kreis wird man sie kennen, für die sogenannte Öffentlichkeit hingegen –«

»Ja?«

Er griff sich an die Stirn und lachte. »Doch nicht! Soviel ich weiß, wird ihr Bild in vielen Zeitungen erscheinen – allerdings ohne Namen.« Letzter Versuch, letzte Kurve: er zog die Fotos aus der Tasche, ließ sie wieder wie Spielkarten durch die Finger laufen und überreichte sie ihr mit ein paar kurzen Erklärungen, langsam und eine nach der anderen.

»Würden Sie so freundlich sein und mir meine Brille herübergeben. Danke.« Die Gräfin betrachtete die Bilder. Noch nie hatte Philipp Ling ein so wunderbar leises Lächeln in einem Menschenantlitz gesehen. Vielleicht kam es daher, daß jetzt die Sonne sich zum Untergang neigte und die Hausgiebel jenseits des Platzes in einem hellen Rosa schimmerten, zudem begann ein halboffenes Fenster seinen Glanz herüberzuleuchten, und das war wohl der Grund, weshalb die Gräfin Pre ihre Stirn in die Hand stützte, mit der sie zugleich die Augen ein wenig abschirmte.

Jedes der Bilder, die er ihr einzeln reichte, betrachtete sie lange. »Da sind wir ja nun dem Geheimnis ihres charmant zwiespältigen Daseins auf der Spur, der Fotograf scheint es richtig herausgefühlt zu haben!« sagte sie. »Selbstverständlich ist er in sie verliebt?«

»Ich weiß es nicht«, antwortete Ling, »wirklich nicht, er ist mir unbekannt. Es würde mich nicht wundern. Aber was meinen Sie mit dem Geheimnis?«

»Wenn ich diese Bilder sehe, fällt mir ein, daß es sehr wenige Menschen gibt, die so glücklich aussehen können wie Claudia.«

»Das ist wahr!« sagte er lebhaft. »Ich selbst habe es an ihr erlebt, freilich bin ich mir damals nicht darüber klargeworden, was es ist, das an ihrem Ausdruck so ungewöhnlich sein kann. Jetzt, da Sie es sagen, weiß ich, daß Sie durchaus recht haben: Claudia kann so hinreißend glücklich aussehen.«

»Also kann sie es wohl auch sein, denn hier auf dem Bild schläft sie, da kann niemand schauspielern.«

»Ohne Zweifel kann sie es sein. Ein beneidenswerter Vorteil vor uns anderen.«

»Ja und nein. Vom Tal zum Gipfel ist es genauso weit wie vom Gipfel ins Tal. Also wird ein solcher Mensch auch besonders unglücklich sein können – und auch das habe ich bei ihr schon erlebt.«

»Erlebt!« sagte Philipp. »In diesem Augenblick verstehe ich das Wort in einer neuen Bedeutung. Claudia hat die Gabe, anders zu leben als unsereiner.

Ich will nicht behaupten leidenschaftlicher, vielleicht wäre ›farbiger‹ der richtige Ausdruck. Die Welt hat so viele Farben für sie, dunkle und helle, stumpfe und glänzende.«

»Ein Zaubergarten.«

Er sah sie überrascht an.

»Und wann kommt Claudia zurück?«

»Aus dem Zaubergarten?«

»Kuriose Frage! Nein, es war ganz nüchtern gemeint.«

»Das weiß ich nicht, vermutlich bald«, antwortete er und hatte einen guten Gedanken, den er aber freilich nicht aussprach. »Soviel sie mir schrieb, ist sie mit ihren Arbeiten dort zu Ende, ich meine: in Südtirol. Ich nehme an, daß sie gelegentlich meinem Sohn begegnet, er hat in Bozen geschäftlich zu tun.«

»Ihrem Sohn?«

Die Unterhaltung stockte deutlich.

»Sie haben da noch ein letztes Bild?«

»Ja.«

Philipp hatte eine andere Frage erwartet. Nun, auch gut. »Ja«, sagte er und betrachtete die Aufnahme, die er in der Hand hielt. »Es ist zufällig die einzige Profilaufnahme, und sie gefällt mir besonders gut, ich weiß allerdings nicht, ob gerade hier die Ähnlichkeit so groß ist wie bei den übrigen. Mir scheint, daß da wiederum eine andere Seite zutage kommt.«

Er gab sie ihr.

Sie betrachtete dieses Bild besonders lange. Der Sonnenschein auf den alten Hausgiebeln erlosch und wich einem zarten Graublau, aber der Himmel über ihnen leuchtete noch warm – keine messingne Mondsichel hing in der klaren Einsamkeit, trotzdem war eine so große, weite Stille und Ferne darin wie über der Steppe. Philipp Ling hörte eine nachdenkliche Stimme: Ich muß Sie etwas fragen – glauben Sie, daß Sie wieder heimkommen? – Und der Major Ling antwortete ebenso nachdenklich: Ich möchte es doch hoffen ... Vor dem klaren Abendhimmel zeichnete sich jenes Profil ab, unvergeßlich.

Die Gräfin Pre ließ die Hand sinken. »Diese Bilder«, fragte sie, »haben Sie gewiß auch Florine gezeigt?«

»Ja.«

»Auch das letzte?«

»Ja.«

»Was hat sie dazu gesagt?«

»Nichts von Bedeutung.«

Auch die Gräfin Pre sagte nichts von Bedeutung, sondern nahm die Bilder, die auf ihrem Schoß lagen, behutsam auf, schichtete sie ordentlich zusammen und gab sie ihm zurück – bis auf das letzte. Dieses letzte legte sie mit einer sehr langsamen Bewegung auf das Tischchen, das neben ihrem Sessel stand. »Ich danke Ihnen«, sagte sie, »für alles!«

12

Eines Mittags trat weit unten ein Mann aus dem Wald. Claudia sah ihn, sie stand am Brunnen und wusch und hatte dabei viel zu denken. Die Sonne lag auf den Matten, ziemlich blaß, der Frühdunst war noch nicht ganz verschwunden, und deshalb erkannte Claudia den Mann nicht. Als er aber eine halbe Stunde später am Fuß des Grashügelchens, das zur Hütte hinanstieg, ihren Namen rief, ließ sie alles stehen und liegen und rannte das Hügelchen hinab geradewegs in seine Arme, das hatte sie noch nie getan.

»Laurin«, sagte sie, »Laurin! Weil du nur endlich da bist!«

»Man kann die Kinder wahrhaftig nicht alleinlassen!« sagte Venediger. »Gestern am späten Nachmittag bin ich heimgekommen. Der erste, den ich heute früh sah, in seinem Laden, war Barelli. Mit einem geschienten und vergipsten Unterarm stand er da und sah kläglich genug aus. Er hat mir alles gebeichtet.«

Claudia steckte den Kopf weg.

»Weshalb hast du mir letzthin nichts von diesem abenteuerlichen Plan gesagt! Ich hätte es ganz einfach nicht erlaubt, oder ihr hättet warten müssen, bis ich mitgehen konnte. Jetzt steht er also da und weiß nicht, ob die Hand je wieder in Ordnung kommt.«

»Es war aber wunderschön!« sagte Claudia.

»Ja, das sieht man!« erwiderte er und ließ den Rucksack auf die Bank vor der Hütte gleiten. »Eine wunderschöne Bescherung. Soweit sie Barelli betrifft, ist es seine Sache und geht mich nichts an, er ist alt genug, um zu wissen, was er tut. Aber jene Claudia, das Lausdirndl – ihr könntet beide verschwunden sein!«

»Ach –«

»Ach!« sagte Venediger. »Das wäre freilich ein sehr kurzer Nachruf.«

»Wie du siehst, bin ich noch da. Ob du jetzt aber bald aufhörst mit dem Schimpfen?«

Er knurrte noch ein paarmal, dahinter kam schon das Lachen. Auch die Sonne kam, am Himmel verwandelte sich das blendende Silber in ein sanftes Blau. Sie saßen nebeneinander auf der Bank, er hatte große blaue Trauben mitgebracht. Claudia wollte ihm zu Ehren ein Essen kochen, er verbot's ihr aber, denn er war nicht heraufgekommen, um dazusitzen und die Berge zu betrachten, während sie in der Hütte herumwirtschaftete. »Ganz abgesehen davon, daß doch nichts Gescheites da ist«, sagte er.

Erst wollte sie ein wenig empört sein, aber dann mußte sie zugeben, daß er eigentlich recht hatte, und Laurin nickte zufrieden: er kannte ihren Zwergenhaushalt, schon bei dem Gedanken daran knurrte ihm der Magen – wer hat aus meinem Schüsselchen gegessen?

So schlimm sei es nun auch nicht, meinte Claudia, und wenn er ein höflicher und netter Mann wäre, hätte er bei ihrer Esserei nicht an einen Zwerg, sondern etwa an eine Blume oder einen Schmetterling gedacht, aber von ihm konnte man ein so zartes Gemüt nicht verlangen

»Ja, wie geht es deinen Zwergen?« fragte er – und da kam der erste Seufzer: Was es für Claudia im Rosengarten zu tun gegeben hatte, war getan und mit zwergischer Emsigkeit zusammengetragen.

»Wer?«

»Den großen Rest behält er leider für sich!« sagte sie.

»Der wirkliche Laurin.«

Unerwartet nachdenklich sagte Venediger: »Bis dorthin, wo du diesen Rest gesucht hast, dehnt sich offenbar sein Königreich nicht aus, er hätte dir sonst geholfen.«

Daraufhin wurde auch sie nachdenklich und dachte an die Sache mit der linken Hand. Was hatte Barelli ihm denn erzählt?

Nun, alles, was geschehen war.

Claudia schüttelte den Kopf. »Er weiß nicht alles, was geschehen ist. Aber ich weiß es, und nun will ich's dir sagen, weil ich allein nicht damit fertig werde, und es plagt mich sehr. Du bist der einzige, der es erfahren soll.«

Venediger hörte wortlos zu, und auch als ihr Bericht zu Ende war, schwieg er noch lange und blickte vor sich hin.

Claudia hatte sich in ihrer eigenen Erzählung so gefangen, als säße sie wieder auf dem alten Steinrand. »Es war um dieselbe Stunde wie jetzt«, sagte sie grübelnd. »Die Grillen geigten, die Eidechsen sonnten sich. Aber der Wald, der hier dicht hinter uns ist, war dort viel weiter droben, alles ist einsamer, heißer, heidnischer, in den Bäumen wohnen Dryaden.«

»Sie meinen es gut mit dir ...«, sagte Venediger.

»Wer?«

»Sie alle.«

»Aber nicht immer und nicht von jeher!«

»Nein«, sagte er und blickte ernsthaft in ihre Augen. »Das darf der Mensch nicht erwarten. Wem geschieht es denn überhaupt, daß sie sich um ihn kümmern, jene Unsichtbaren? Wer kann noch so glücklich sein, daß er ihre Stimme im Schilf und aus dem Lorbeerbaum vernimmt? Wer hört das Lachen des uralten Pan oder darf unter dem seidenen Faden des Rosengartens hindurchschlüpfen, um wenigstens einen Septembertag lang jenseits zu verweilen und dem Lied der bunten Edelsteinvögel in Laurins Krone zu lauschen? Wem das geschieht, der hat dieses Glück nur einmal in seinem Leben.«

Es war ebenso wie mit den seltsamen Venedigermännlein, die alle Schätze in den Bergen wissen und bisweilen einen Hirtenbuben in die funkelnden Höhlen unter der Erde führen – aber nur einmal, er findet den Eingang nie wieder. Und wer es erzwingen will, dem geht es wie dem Alten drunten in der Laubengasse.

»Und nun ist es zu Ende?« fragte Claudia.

Er schwieg.

»Glaubst du, daß es zu Ende ist?« frage sie wieder, obwohl sie es wußte, und als er nicht antwortete, nickte sie still.

Dann sagte er: »Gestern nachmittag, auf dem Weg vom Bahnhof nach Hause, hab' ich nach Post gefragt; auch für dich war etwas da, der Beamte kennt mich und gab es mir mit.«

»Ja?«

»Ein Telegramm. Ich hab' es aufgemacht, weil ich dachte, wenn es sehr wichtig ist, bring' ich dir's noch am Abend herauf.«

»Also war es nicht sehr wichtig?«

»Nicht sehr dringend ...« Er gab es ihr.

Philipp Ling telegrafierte, daß er mit dem Wagen kommen werde. Nach ihrem Brief zu schließen, sei ihre Arbeit fertig, und wenn sie mit ihm heimfahren wollte, möchte sie am Freitag in Bozen sein.

»Laurin ...!« sagte Claudia.

Aber dann stand sie schnell auf und verschwand in der Hütte.

Er blieb auf der Bank vor der Tür, las noch einmal das Telegramm, das sie neben ihm hatte liegen lassen, und sah vor sich hin. Es war sehr still, aber doch nicht so weltfern still, daß man erwarten konnte, durch ein Gelächter erschreckt zu werden; wo eine Drahtseilbahn in der Nähe ist, kommt der alte Heidengott nicht mehr hin.

Nach einer halben Stunde trat Claudia in die Tür, sie war wie immer, beinahe wie immer, nur daß sie verweinte Augen hatte.

»Zwei Uhr!« sagte sie. »Jetzt haben wir doch glücklich das Mittagessen versäumt ... na ... glücklich ... aber komm herein, der Kaffee steht auf dem Tisch, und iß wenigstens ein Butterbrot.«

»Hast du Kaffee gekocht?« fragte er, nur um nicht zu schweigen.

Trotz allen haltungsvollen Vorsätzen schwiegen sie aber doch, solange sie nun am Tisch saßen. Nur einmal sagte Claudia: »Heute ist Mittwoch.«

»Ja, Mittwoch.«

Am Freitag stieg Claudia in Bozen aus dem Zug und gab ihren Handkoffer zur Aufbewahrung, aber die schwer gewordene Aktentasche behielt sie, gepeinigt von der Vorstellung, das kostbare Pergamentblatt und ihre Arbeit könnten noch zuletzt verlorengehen.

Großzügig wie Philipp Ling war, hatte er nicht daran gedacht, in dem Telegramm anzugeben, wo sie einander treffen wollten. Das Richtigste schien ihr, im Hotel nachzufragen. Der Portier empfing sie mit einem freundlichen Lächeln und der Mitteilung, daß ihr früheres Zimmer für sie bestellt sei. Sie bat, den Koffer holen zu lassen und fuhr mit dem Lift hinauf. Es war ihr sehr recht, daß die Reise nicht gleich weiterging und daß Ling augenblicklich nicht im

Haus war. Wenn eine Menschenseele aus so entrückten Gefilden kam wie die ihre, mußte sie wohl erst eine Art Quarantäne durchmachen, ehe sie mit dem Tiefland wieder in Berührung trat.

Da stand der altmodisch große Lehnsessel, mit dem sie sich schon damals angefreundet hatte, sie ließ sich in ihn hineinsinken, streichelte die runden Armlehnen ein bißchen und dachte: Schade, daß man gerade dich am wenigsten stehlen kann, es wäre sonst zu erwägen. Denn jetzt fangen die Sorgen wieder an, da brauchte man dich!

Im Laub der Bäume vor dem Fenster leuchteten bunte Tupfen. Claudia sah auf die Uhr. Das Mittagessen hatte sie also wieder einmal überschlagen. Aber daher kam es gewiß nicht, daß ihr leer zumute war, so, wie wenn sie ein schönes Buch zu Ende gelesen hätte, bei dem man viel träumen und viele Bilder sehen kann, und nun, da man es zugeklappt hat, ist plötzlich alles anders. Unten auf der Straße rauschen die Autos, man sitzt in einem fremden Zimmer, und wenn man jetzt aufstünde und die Tür öffnete, würde sie nicht ins Freie führen, keine Bergmatte sänke hinab in ein unsichtbares Tal voll milchblauen Duftes, jenseits dessen ein goldenes Licht an den Gipfeln hängt – sondern auf dem Flur liegt ein roter Veloursläufer, und die Wand ist mit gelblicher Ölfarbe gestrichen, ein Stubenmädchen hantiert mit dem Staubsauger.

Stehen wir also lieber nicht auf. Aber der Staubsauger kommt näher, daran läßt sich auch durch geschlossene Augen nichts ändern. Das Stubenmädchen kommt näher...

Claudias Lippen wurden schmal, eine Falte stand zwischen ihren Brauen.

Wer wird nun droben, in der Hütte, Staub wischen?

Es war so schön, sogar das Staubwischen.

»Herein!«

Die Tür – o ja, hier war man in einem Hotelzimmer, öffnete sich, Philipp Ling erschien.

»Endlich!« sagte er. »Ich war schon vor einer Stunde hier, und weil niemand antwortete, dachte ich, Sie seien vielleicht ausgegangen, und kam herein, um dieses Päckchen auf Ihren Tisch zu legen. Aber da saßen Sie – ich brachte es nicht übers Herz, den heiligen Schlaf zu morden, in Klammern: Wallenstein, denn man weiß doch, mit wem man es zu tun hat.« Durchaus Philipp Ling, rundlich, rosig, elegant, strahlend in Liebenswürdigkeit.

»Ich hoffe, Sie werden mich auch jetzt nicht umbringen«, sagte Claudia und schüttelte ihm die Hand.

»Bestimmt nicht«, antwortete er und bewölkte sich ganz vorübergehend mit derselben Gewandtheit, mit der er noch eben gestrahlt hatte, »für so radikale Maßnahmen hätte ich andere Opfer. Und vollends heute, da ich Sie, wenn auch nur bildlich, wieder in meine Arme schließen darf! Wie geht's? Erzählen Sie, nein, erzählen Sie nicht, hier nicht, ich habe einen Vorschlag: Fahren wir noch einmal auf die Mendel, es wird gewiß ein herrlicher Sonnenuntergang und Laurins Rosengarten glüht in den wunderbarsten Farben!«

»Sind Sie allein?« fragte Claudia.

»Allein und meiner Schwermut überlassen wie stets, wir müssen etwas dagegen tun. In diesen Mauern, diesen Hallen – oh, das ist nun Goethe, Sie sehen, wie literarisch Sie wirken.«

»Ja, höchst bedauerlich«, sagte Claudia lachend, »und ich weiß nicht, ob dies das richtige Mittel gegen Schwermut ist, das heißt: gegen die Ihre.«

»Wieso, leiden auch Sie?«

»Nicht wenig, muß ich Ihnen das umständlich erklären?«

Er stellte sie vor sich hin, betrachtete sie von oben bis unten und sagte: »Sie spotten jeder Beschreibung.«

Auf der Straße stand der Fahrer neben dem Wagen, grüßte mit gemessener Vertraulichkeit und schien dasselbe zu denken, Claudia sah es ihm an und hatte nichts dagegen.

»Noch immer der alte«, sagte Ling beim Einsteigen und meinte den Wagen. »Inzwischen haben Sie den neuen ja wohl gesehen?«

Claudia hatte ihn gesehen, an jenem Gewittermorgen.

»Gefällt er Ihnen?«

»Ein Traum«, antwortete sie, »aber schlaflose Nächte hat er mir nicht gemacht.«

»Nein, jetzt meinte ich eigentlich Andreas«, sagte Ling.

»Oh, verzeihen Sie, daß ich Ihrem Gedankenflug nicht so schnell folgen konnte«, erwiderte Claudia, »ich muß mich erst wieder an den Gesichtskreis des Tieflands gewöhnen. Ja, Ihr Sohn war so freundlich, selber nach Meran zu kommen, Sie wissen, weshalb. Darf ich hier gleich bemerken, daß der größte Teil des Geldes noch da ist und daß ich –«

»Sie dürfen nicht, wenn Sie mich nicht kränken wollen. Also Andreas. Das interessiert mich nämlich viel mehr, ich habe ihn lange nicht gesehen. War er allein?«

»Er war allein, wir haben uns ausgezeichnet miteinander vertragen.«

»Ja, wie finden Sie ihn?«

»Ich?« fragte Claudia mit aller Gelassenheit.

Hm, das war auch eine Antwort, sie machte Philipp so entschiedenen Kummer, daß ihm der Faden des Gesprächs für eine ganze Weile aus den Fingern glitt, aber die Straße kam ihm zu Hilfe, sie hatte mittlerweile den Fuß der Mendel erreicht und begann sich an der steilen Fichtenflanke hochzuschrauben, jede Kurve gab einen neuen Blick frei in das immer mehr zurücksinkende Etschtal, auf dessen Grün sich bereits die Bergschatten legten.

Der bewuße Faden des Gesprächs mußte wohl, freilich im stillen, diese vielen Kurven mitmachen, denn als es Philipp endlich gelang, ihn wieder zu erwischen, war er schon sehr viel weiter abgerollt und sehr vieles war ungesagt geblieben.

»Werden Sie es als sehr unhöflich empfinden, daß ich nicht nur Ihretwegen hierhergekommen bin?«

»Meinetwegen? Daran hab' ich nun wahrhaftig nie gedacht!«

»Mir«, sagte Ling mit einer leichten väterlichen Erbitterung, »hat Andreas nie mitgeteilt, daß er in den Dolomiten ist, aber im Hotel kennt man seine neue Adresse, wegen der Post, die er sich nachsenden läßt. Er scheint sich neuerdings mehr für Rosengärten als für Maschinen zu interessieren?«

Das war eine Frage. »Er ist in Urlaub«, sagte Claudia. »Das muß man ihm gewiß gönnen, und er hat mir einen ganzen Tag geopfert.«

»Na –«, sagte Philipp, »wenn Sie der Meinung sind, daß Sie ihm diesen Tag zurückopfern müssen, wäre morgen die beste Gelegenheit dazu. Ich will ihn nämlich heimsuchen und ihm – unter anderem – nahelegen, sich zur Abwechslung wieder einmal um das Geschäft zu kümmern.«

Er betonte ›unter anderem‹ ziemlich gefahrdrohend, Claudia witterte nichts Gutes, es konnte eine ungemütliche Fahrt werden. Deshalb antwortete sie: »Mit Vergnügen!« und vermutete nun, daß Philipp, wie er schon früher einmal getan hatte, sich nach Marianne erkundigen werde, in dem Wunsch, einiges Nachteilige zu hören. Er besann sich aber eines Besseren und tat dies alles mit seiner gewohnten Handbewegung ab – wenigstens für heute.

Droben auf dem langhingestreckten, waldigen Bergrücken machten sie einen Spaziergang; Claudia beneidete Ling im stillen um die Fähigkeit, eine bedrückte Laune samt den dazugehörenden Sorgen einfach zu den Akten zu legen, zur Wiedervorlage. Bei ihr blieben alle Bemühungen um ein solches Seelengleichgewicht immer vergeblich, sie mußte zufrieden sein, wenn die Leute nicht merkten, wie es innerlich bei ihr ausschaute.

Von einem Felsvorsprung am Rücken des Penegal reichte der Blick schräg über das breite Tal in die Bergferne – bis nach Hafling hinüber –

Sie kam erst zurück, als sie neben sich ein kleines, wohlabgewogenes Räuspern vernahm, und sah Philipp Ling ein wenig erschrocken an.

»Ja – dann freilich«, sagte er.

Claudia wurde rot. »Sie meinen?«

»Nichts. Nur – Sie stehen jetzt seit genau zwanzig Minuten hier, wie versteinert. Es ist ja wahr, bei Innsbruck steht die Frau Hitt noch viel länger da, aber es bleibt doch erstaunlich. Seit zwanzig Minuten beobachte ich, wie ein Mensch seinen Körper verläßt, ihn ganz einfach stehenläßt wie einen Wagen, aus dem er ausgestiegen ist. Ich glaube, man hätte Sie wegtragen können und Sie hätten es nicht gemerkt, und ich dachte darüber nach, was in diesem Fall wohl geschehen würde: die eigentliche Claudia kommt zurück, nehmen wir beispielsweise an aus Hafling – was dann?«

»In diesem Fall«, sagte sie und suchte sich vollends zurechtzufinden, »hätte ich wohl an meine mythologischen Kenntnisse denken und mich in eine Nymphe verwandeln müssen, es gibt hier wohnliche Bäume genug. Die Sonne geht unter!«

»Ja, kommen Sie.« Philipp gab ihr den Arm und streichelte sehr sanft und tröstend ihre Linke. »Es muß aber wunderbar gewesen sein.«

»Was?«

Er blieb die Antwort schuldig und lächelte.

Nach einer Weile, im Gehen, sagte Claudia leise: »Einen Menschen wie Sie müßte man immer haben.«

Es war schon ziemlich dunkel, als sie aus dem Wald und zu den Häusern auf der Mendel zurückkamen.

Vom Tal flog ein warmer Wind herauf, aus einem schwarzblauen Abend, in dem tausend Lichter blinkten. Darüber, unirdisch fern und hoch, stand vor dem erloschenen Himmel noch der Rosengarten.

Aber die Dämmerflut stieg und stieg an dem leuchtenden Korallenriff empor, es wurde bleich und ertrank, Laurins Königreich schwand vor Claudias Augen dahin wie ein Traum.

Es war wohl kein gutes Vorzeichen, daß Philipp am andern Morgen den Fahrer in Bozen ließ. Claudia hätte nichts dagegen gehabt, ebenfalls in der Stadt zu bleiben, aber das konnte sie ihm freilich nicht antun, er schien auf ihre Unterstützung im Kampf gegen die Palastrevolution zu rechnen; sie war jedoch entschlossen, höchstens als Blitzableiter zu dienen, für sie gab es nicht den geringsten Grund, sich in diese Familienangelegenheiten zu mischen.

Unterwegs aber war er in der liebenswürdigsten Stimmung. Als sie den Karersee und einen letzten Blick auf den Rosengarten hinter sich hatten, fragte er: »Hab' ich Ihnen schon erzählt, daß Ihr Professor bei mir angerufen hat?«

»Nein! Momberg?«

Ling nickte. »Er wollte sich erkundigen, ob Sie noch hier sind und wie es Ihnen geht, er selbst ist vor zwei Wochen aus Schweden zurückgekommen.«

»Was haben Sie geantwortet?«

»Nicht sehr viel«, sagte Philipp und rieb sich das Kinn, »eigentlich verdammt wenig, wenn ich mir's jetzt überlege. Er hätte wohl etwas mehr verlangen können, aber ich wußte nicht, ob es Ihnen recht sein würde. Ich sagte also lediglich, daß Sie noch hier und mit dem Fortgang Ihrer Arbeit zufrieden seien, soviel ich wisse, und dann stellte ich mich dumm.«

»Ausgezeichnet!«

»Aber hören Sie, aus dieser Anfrage muß man doch eigentlich schließen, daß Sie ihm niemals auch nur eine Zeile geschrieben haben?«

»Sehr richtig.«

»Wenn Sie es richtig finden – mich braucht's ja nicht zu kümmern. Sie wissen, daß und warum ich ihn nicht besonders liebe.«

»Oh, das kommt alles in Ordnung«, sagte Claudia. »Übrigens war er im Ausland, und ich hatte seine Adresse nicht.«

Zwei Stunden brauchten sie.

»Nicht übel!« sagte Philipp und betrachtete das winzige Dorf auf der Bergmatte, hinter dem die hellgrauen Dolomitfelsen aus einem schmalen Fichtensaum senkrecht in den blauen Himmel stiegen. »Jetzt wollen wir sehen, ob die Herrschaften zu sprechen sind. Bunte Sonnenschirme vor dem Haus, rote Geranien und Nelken an den Fensterkanten, ein umlaufender Söller – zur Not läßt sich's hier aushalten, und bisweilen findet man sogar Zeit, eine Ansichtskarte zu schreiben. Sieh da, sieh da, wer ist die schwarze Dame auf dem Balkon?«

»Ihre Sekretärin.«

Fräulein Schäfer winkte hochentzückt und verschwand mit einer bei ihr ungewöhnlichen Eile im Zimmer.

»Die völlige Überrumpelung ist also bereits mißglückt«, sagte Philipp, übrigens nicht besonders blutdürstig. »Mir scheint, der Rest ist lediglich Sache der Verhandlungstechnik.«

Als der Wagen das Haus erreichte, trat Andreas in die Haustür.

»Guten Mittag, mein Sohn! Ich will nicht stören, sondern nur einmal nachschauen, ob es dich noch gibt.« Philipp strahlte Herzlichkeit und steuerte mit ausgestreckten Händen auf Andreas zu, die Szene erinnerte an eines jener Schlachtengemälde, auf denen die feindlichen Führer, ebenfalls Herzlichkeit strahlend, einander treffen, und beide denken dasselbe: Hoffentlich schießt niemand, wenigstens nicht auf mich, schade, es wäre eine so schöne Gelegenheit. Wie auf dem Schlachtenbild wurde auch hier nicht geschossen, und zwar schon deshalb, weil hinter Andreas Fräulein Marianne Schäfer auftauchte, sie trug eine schwarze Seidenhose und eine herrlich bunt gestickte schwarze Seidenjacke, dazu knallrote Slipper, und die Hose war ziemlich eng (dachte Claudia). Aber den unentwegten Madonnenscheitel hatte sie noch, er glänzte in der Sonne. Daß sie so braun gebrannt war, stand ihr gar nicht, es paßte nicht zu ihrem Typ.

Nach den Begrüßungskotaus fragte Philipp: »Wo hat man hier die schönste Aussicht?«

»Dort oben«, sagte Andreas und wies auf einen Grasbuckel dicht unter den Felsen. »Man geht eine halbe Stunde.«

»Also!« sagte Philipp in aller Heiterkeit und machte sich mit seinem Sohn auf den Weg. Eine erstaunliche Zwischenlösung, das mußte man anerkennen.

Claudia blickte den beiden nach, und als sie außer Hörweite waren, sagte sie harmlos: »Gestern war er eine Zeitlang recht grätig, aber inzwischen habe ich mein möglichstes getan, um seine Laune zu verbessern, und es kommt mir so vor, als ob es gelungen wäre.«

»Ja, das kannst du«, sagte Marianne. »Setzen wir uns ein bißchen unter den Sonnenschirm da drüben?« Sie ging voraus, die Hose war entschieden zu eng.

Selbstverständlich spürte sie, daß jemand hinter ihr schlechte Gedanken hatte.

Ganz plötzlich drehte sie sich um und sagte: »Mit dem Alten kannst du's aber gut!« und, weil Claudia darauf verblüfft schwieg: »Mit dem Jungen natürlich auch.«

Claudia blieb stehen und überlegte, ob sie kehrtmachen sollte. Indessen mochte sie niemandem den Tag verderben, auch sich selber nicht.

»Aber bilde dir nur ja nichts ein!« sagte Marianne, vielleicht wollte sie dabei überlegen lächeln, weil sie jedoch so braungelb und böse war, wurde ein Zähnefletschen daraus, jedenfalls eine verfehlte Angelegenheit.

»Ich glaube, ich hab' mir in meinem ganzen Leben noch nichts eingebildet«, erwiderte Claudia, »das brauch' ich auch nicht.«

»Und vor allen Dingen bilde dir nicht ein, daß du dich noch im letzten Augenblick dazwischendrängen kannst.«

»Wovon redest du eigentlich?« fragte Claudia.

»Den Alten hast du also schon recht hübsch eingewickelt, er frißt dir aus der Hand. Und nun bildest du dir dasselbe Kunststück mit dem Jungen ein. Aber!«

»Du spinnst ja«, sagte Claudia.

»Du hast ihn verführen wollen, neulich!«

»Hihi«, erwiderte Claudia, aber die Stimme stieg ihr in die Kehle, »bin ich eine Rettungsstation? Jeder soll nach seiner Fasson selig werden, aber nicht bei mir.«

»Überhaupt bist du eine Hexe, hat er gesagt.«

»Wer?«

»Andreas, und dabei hat er die Augen verdreht, da wußte ich schon, was es geschlagen hat.«

»Du weißt es noch nicht!« sagte Claudia. »Aber es ist durchaus möglich, daß es gleich noch mehr schlagen wird. Wie kann ein Mensch nur so widerlich sein!«

Marianne blickte sie bitterböse an, die Tränen liefen ihr über die Backen.

»Und wie kann er so dumm sein!« sagte Claudia. »In welchen Haufen von Unsinn hast du dich da hineingewühlt! Aber ich weiß, das konntest du schon, als wir noch in der Schule waren, und immer im falschesten Augenblick. Welche schlechte Figur du damit machst, das ahnst du wohl nicht? Gerade jetzt, wo es drauf ankommt? Geh hinauf und zieh dich an, wie sich ein vernünftiges Frauenzimmer anzieht, und wasch dich und sieh nach, ob in deinem Koffer noch ein Rest von Vernunft zu finden ist, den kannst du dann mit herunterbringen, und ich will so tun, als ob ich eben erst angekommen wäre. Was, bist du immer noch da?«

Hu! machte Marianne und lief davon.

Sie brauchte unglaublich lange, um ihren äußeren und inneren Menschen von den Spuren dieser freundlichen Plauderei zu befreien, Claudia packte sich unterdessen in einen Liegestuhl und brachte es fertig, sich nicht sehr zu ärgern Selbstverständlich hatte Marianne unrecht, sie war eine Gans. Andererseits jedoch hätte sie schon recht haben können – ein etwas verwickelter Gedankengang –, denn wenn sie, Claudia, dem jungen Ling gegenüber nicht so rücksichtsvoll und musterhaft korrekt gewesen wäre, damals in Hafling, nach dem Morgengewitter, so wäre dieses Dolomitenidyll hier ohne große Mühe in die Luft zu sprengen gewesen, Philipp Ling hätte bestimmt nichts dagegen einzuwenden gehabt. Sie lächelte, schloß die Augen und kam sich edel vor, obwohl sie wußte, daß dies ein etwas billiges Vergnügen war. Immerhin, es tat ihr wohl, so schlecht ist der Mensch.

Endlich tauchte Marianne wieder auf, in Rock und Bluse.

»Na also«, sagte Claudia.

»Ach«, sagte Marianne.

»Du bist doch sonst ganz vernünftig!«

»Meine Nerven!«

»Das ist recht, deshalb geht man zweitausend Meter hoch.«

»Ja, schrecklich, ich vertrage die Höhenluft nicht. Ich kann keine Nacht schlafen, meinem Seelenleben steht das Ultraviolette nicht, hat neulich ein Arzt gesagt, der hier war. Und immer, wenn ich nervös bin, werd' ich dick. Du wirst es mir doch nicht übelnehmen?«

»Daß du dick wirst?«

»Nein, vorhin. Es kam so plötzlich. Wie du mit dem Chef hier auftauchtest – du weißt ja nicht, was davon abhängt!«

Nach Claudias Überzeugung gehörte kein besonderer Scharfsinn dazu, es zu wissen. Aber sich erst beschimpfen und gleich darauf um Hilfestellung bitten zu lassen, das war nun doch ziemlich viel verlangt. Trotzdem sagte sie: »Wir haben uns lange nicht gesehen. Es war ein sehr ereignisreicher Spätsommer, von dem ich mir noch vor einem Vierteljahr nichts hätte träumen lassen.«

»Jawohl!« sagte Marianne. Der bessere Mensch in ihr kam wieder nach oben, sie schämte sich und griff mit reuevollem Eifer nach dem Halt, der ihr da angeboten wurde.

Also fügte Claudia bereitwillig hinzu: »Wenn ich mir's recht überlege, bist doch eigentlich du es, der ich das alles verdanke, denn ohne dich wäre meine Bekanntschaft mit Philipp Ling sicher nicht zustande gekommen.«

»Oh ...«, sagte Marianne.

»Ja, und so schlecht kannst du dich gar nicht benehmen, daß ich dir das vergesse.«

Marianne blickte sie dunkelsanft an, diese letzte Wendung kam ihr sichtlich unerwartet, und man wußte nicht, was sich nun ereignen würde.

»Die Firma!« sagte Claudia schnell und erhob sich aus dem Liegestuhl.

Marianne folgte ihrem Blick hangaufwärts, wo Ling Vater und Sohn herabkamen. »Entweder«, sagte sie, »verschlingt er mich in den nächsten fünf Minuten –«

»– oder er tut es nicht«, sagte Claudia. »Größer ist die Wahrscheinlichkeit, daß er es nicht tut.«

Aus unklaren Gründen hielt es Marianne für angebracht, ihr an die Brust zu sinken.

Philipp und Andreas kamen also das letzte Stück des Wiesenhangs herunter, ebenso ruhig und ernsthaft, wie sie daheim über den Fabrikhof zu gehen pflegten, und hatten Zeit, das trauliche Bild der wiedervereinigten Freundinnen auf sich wirken zu lassen.

»Ein schöner Tag«, sagte Philipp, übrigens ohne merkbare Rührung. »Freilich der letzte, weil alle Gutgesinnten sich einig sind, daß man langsam wieder ans Arbeiten denken muß. Was halten Sie davon, Fräulein Schäfer?«

Fräulein Schäfer nickte, weil sie zu den Gutgesinnten gehörte.

»Ausgezeichnet«, sagte er, »denn auf die Dauer geht es natürlich nicht, daß ich immer alles allein mache.«

Das Schicksal wollte es, daß in diesem Augenblick ein kleiner Raubvogel, schmal und braun, mit schnellen Schwingenschlägen dicht über ihnen dahinsichelte – Andreas, Claudia und Marianne sahen ihm angestrengt nach, solange man ihn erkennen konnte.

»Mir scheint«, begann Philipp wiederum, »daß meine lichtvollen Darlegungen hier nicht der nötigen Aufmerksamkeit begegnen. Dem läßt sich abhelfen!« Mit einem Ruck warf er sich in die Brust. »Ich erkläre den Urlaub hiermit für beendet. – Fräulein Schäfer!«

»Herr Direktor?«

»Weshalb sehen Sie so grün aus, Fräulein Schäfer?«

»Ich weiß nicht.«

»Sie wissen es nicht?« fragte Philipp scharf.

Marianne schüttelte den Kopf.

»Na, Gott sei Dank!« sagte er und entwölkte sich blendend wie ein Morgenhimmel angesichts der aufsteigenden Sonne. »Endlich lügt sie einmal! Auf den Augenblick hab' ich seit Jahren gewartet. Also ist sie doch ein richtiges Frauenzimmer, Andreas, ich kann dich beruhigen. Jetzt schreiben Sie bitte –«

»Worauf?«

»Dann merken Sie sich's. Vorbehaltlich der Genehmigung der übergeordneten Stelle – alles Weitere versteht sich von selbst, das können Sie allein.«

Marianne sagte noch viel grüner: »Ich kann es nicht allein, Herr Ling.«

»Doch, doch, bisher haben Sie's ja auch allein gekonnt. Aber –« und er blies sich wunderbar auf, »daß mir so etwas nicht noch einmal vorkommt! – Wie hab' ich das gemacht, Andreas?«

»Kurz!« sagte Andreas.

»Großartig!« sagte Claudia.

»Wo nichts zu machen ist, kann man nichts machen«, meinte Philipp tiefsinnig. Es klang ein bißchen kleinlaut, vielleicht hatte er das Gefühl, daß er die Schwierigkeiten der Lage allzu linear überwunden hatte und etwas mehr Gemüt am Platz gewesen wäre. »Marianne!« sagte er. »Ja, Sie meine ich, Fräulein Schäfer! Marianne, mein Kind, du darfst mir jetzt einen Kuß geben.«

Abends in Bozen wurde es dann aber doch noch ganz reizend. Philipp, dem Labyrinth der Gefühle und Zwiespälte entronnen, zeigte sich von seiner liebenswürdigsten Seite und wurde nach den ersten paar Gläsern Sekt so außerordentlich, daß Marianne, völlig entschüchtert, die Behauptung wagte, sie hätte sich vielleicht doch lieber für den Vater als für den Sohn interessieren sollen. »Mir kannst du das ja sagen«, antwortete er, »denn mir tut es wohl, aber bei der bewußten übergeordneten Stelle würde ich doch Vorsicht empfehlen. Nein, im Ernst, Kinder, ihr müßt euch vorstellen, was das alles für mich bedeutet. Natürlich könnt ihr das heute noch nicht, dazu müßt ihr erst ein bißchen älter werden, und was das Schlimmste ist, wo krieg' ich jetzt eine so tüchtige Sekretärin her? Letzte Telegramme: Verlobung ruiniert eine bekannte Firma.«

Um diese dunklen Befürchtungen zu entkräften, versprachen die beiden, morgen mit dem frühesten und ohne jeden Umweg heimzufahren, um auf diese Weise den Ruin womöglich noch zu verhüten.

Und wahrhaftig, sie taten es.

In seinen Schlummer hinein hörte Philipp unter dem Fenster den Kavalierstart eines Wagens, den es derzeit in Bozen vermutlich nur einmal gab; er schloß daraus, daß sein Sohn Andreas in bester Verfassung war, lächelte wie ein Barockputto und schlief beglückt wieder ein.

Erst zwei Stunden später sah er Claudia beim Frühstück und sagte in bester Laune: »Im Grunde genommen ist es tief traurig.«

»Was?« fragte sie.

»Der Gedanke, demnächst Schwiegervater und in absehbarer Zeit Großvater zu sein und zum alten Eisen zu gehören – ach, erwidern Sie nur nichts Tröstliches, ich weiß am besten, daß heutzutage auch das alte Eisen seinen Preis hat und so weiter. Aber an den Tatsachen ändert das nichts, verschrottet wird es doch.«

»Das ist der Lauf der Welt«, sagte Claudia, ungeheuer weise, »erfreuen Sie sich lieber an dem Gedanken, daß das verrostete alte Eisen in Form eines blitzblanken neuen kleinen Eisens wieder in diesen großen Kreislauf hineinkommt. Sonst hätte es ja keinen Sinn.«

»So ähnlich muß ich das schon einmal gehört haben«, sagte Philipp,

»aber es überzeugt mich immer nur zum Teil. Und was das neue kleine Eisen betrifft, so will ich abschließend, aber unmißverständlich feststellen, daß mir die Aussicht, es könnte als Musterschutz einen schwarzen Madonnenscheitel mitbringen, noch nicht vertraut ist; ein gewisses Perlmutterblond wäre mir lieber gewesen. Aber ich versteh's ja. Der seidene Faden.«

Claudia fand keine richtige Antwort.

»Immerhin ist es ein schöner Zug von ihm, daß er sich den neuen Wagen angeschafft hat. Sonst hätten wir jetzt gemeinsam fahren müssen, an das junge Glück muß ich mich aber erst aus einiger Entfernung gewöhnen. Und ich mag auch nicht über den Brenner. Wir fahren den Vintschgau hinauf.«

»Über Meran also?« fragte Claudia.

»Ach so. – Wir brauchen dort nicht zu halten.«

»Nein.«

»Gut. Dann sind wir eben ein bißchen länger unterwegs, das macht nichts aus. Ich gehe sowieso nicht gern zu Begräbnissen, wissen Sie, nicht einmal zu meinem eigenen.«

»Sie belieben zu übertreiben«, sagte Claudia. »Alle feinfühligen Leute haben solche Tage.«

»Es tut mir wohl, dies zu hören«, seufzte Philipp. »Hin und wieder findet man eben doch eine verständnisvolle Seele. Und nun wollen wir uns auf den Weg machen, sonst dauert es noch länger.«

Erst eine Stunde später, als sie Meran eben hinter sich hatten und das Auto den Berg hinaufklomm, wurde wieder ein Wort gesprochen. Philipp Ling sagte: »Jetzt bin ich doch einigermaßen sicher, daß Sie mir nicht mehr aus dem Wagen springen.«

»Keine Angst«, antwortete sie. »Man muß auch Schluß machen können.«

»Seien Sie doch nicht immer so anzüglich!« sagte er. Weil er aber spürte, wie ihr das Herz weh tat, hielt er den Augenblick für gekommen, sie endgültig auf andere Gedanken zu bringen und die große Überraschung wie einen Blumenstrauß aus dem Papier zu wickeln. »Ich soll Ihnen einen schönen Gruß ausrichten, Claudia.«

»Ja, von Momberg, ich weiß«, sagte sie, sehr nebenhin.

»Nichts wissen Sie. Von Florine und der Gräfin Pre.«

Mit großen Augen wandte sie sich ihm zu, mit so großen, daß er ganz erschrocken gestand: »Ich war nämlich dort.«

Die nächsten Sekunden, während deren die großen Augen ihn unverwandt anblickten und dabei immer dunkler wurden, verbrachte Philipp Ling in einem Zustand der gründlichsten Mißbilligung seiner selbst. Er dachte an die erste Begegnung mit dieser Claudia, in seinem Haus, und an die freundlich wohlwollende, turmhohe Überlegenheit, mit der er sie damals behandelt hatte. Daß sie ihn einmal so ansehen und daß er dabei so zusammenschrumpfen würde, hätte er sich nicht träumen lassen.

»Sie waren bei Florine und der Gräfin Pre?« fragte diese Claudia.

Er nickte.

»Warum?«

»Um – ja, so einfach läßt sich das nicht beantworten. Ich habe Ihnen einmal erzählt, daß ich den General kannte. Durch Sie erfuhr ich, wo seine Mutter jetzt wohnt.« Gut, damit bekam er wieder festen Boden unter die Füße. Im Goldenen Löwen hatte er übernachtet und sich, weil man eine alte Dame unangemeldet nicht am frühen Morgen besuchen kann, an Claudias netten Bericht von Florine und dem Meißner Porzellan erinnert und war zuerst zu Florine gegangen. »Finden Sie es so verwunderlich, daß ich Ihre Mutter kennenlernen und ihr von ihrer Tochter erzählen wollte? Sie sollten nicht gar so bescheiden sein, meine liebe Claudia.«

Er hatte also viel zu berichten und tat es ausführlich – aber einiges erwähnte er doch nicht, sonderbarerweise gerade das, worauf es ihm damals angekommen war.

Claudia hörte still zu. Sie blieb zwischen Ernst und Lächeln. Jedesmal, wenn er an dem Punkt vorüberstreifte, über den er nichts erfahren hatte, schien eine besondere Art von erwartungsvoller Aufmerksamkeit in ihren Augen aufzuwachen – dann aber schloß sich der Vorhang wieder, er wagte nicht, mit einer Frage an dem zu rühren, was undurchsichtig war.

Und so blieb, wunderbar schön und zart, auch hier eine ganze Rosengartenwelt als Geheimnis bewahrt, drei Frauen hielten den seidenen Faden in ihren Händen, lächelten und schwiegen.

»Das ist nun allerdings eine ganz erstaunliche Geschichte!« sagte Professor Momberg und lehnte sich zurück.

Auf dem Tisch lag alles, was Claudia mitgebracht hatte, viel beschriebenes Papier, das Pergament, die Aufnahmen des Blattes in mehreren Zuständen von den einundzwanzig verschnörkelten Eselinnen bis zum klaren Text des Liedes vom König Laurin.

Er legte die Fingerspitzen gegeneinander, dachte nach, wiegte den Kopf hin und her. »Ich kann Sie heute schon beglückwünschen. Der Fund und Ihre Arbeit wird in unseren Kreisen kein geringes Aufsehen erregen – daß Sie mir aber nicht eine Zeile geschrieben haben?«

Claudia hob die Schultern. Es war Nachmittag, sie hatte lange genug geredet, es war anstrengend gewesen, und jetzt, da sie zum erstenmal wieder mit einem Fachmann sprach, kam ihr erst richtig zum Bewußtsein, was sie in diesen Wochen alles zustande gebracht hatte. Trotzdem konnte sie sich nicht recht freuen.

Momberg stand auf, sie blieb sitzen.

Hier, hoch über der Stadt, lag noch das Sonnenlicht in der Stube aber tief unten in den Straßen wurden schon die ersten Lichter hell.

Nach seiner Gewohnheit ging er hin und her wie stets, wenn er zunächst mit irgend etwas nicht ganz fertig wurde.

»Ich denke an eine Stelle in der Bibel«, sagte er, »wo erzählt wird, wie Saul auszog, um seines Vaters Eselinnen zu suchen, und zwar nicht die Eselinnen, dafür aber ein Königreich fand. Dies steht im ersten Buch Samuelis.«

»Ich hätte nicht geglaubt, daß Sie im Alten Testament so gut Bescheid wissen«, erwiderte Claudia trocken. Aber sie nahm sich vor, die Geschichte einmal nachzulesen, die so merkwürdig auf sie zutraf, auch wenn sie dieses gefundene Königreich nie wieder betreten würde. Jetzt, eben um diese Stunde, glühte sein überirdisches Abbild hoch über das dämmerblaue Etschtal hinweg zur Mendel hinüber...

Momberg blieb stehen, blickte nachdenklich auf die Stadt hinab, wandte sich wieder um und fragte, mit dem Rücken ans Fenster gelehnt: »Wissen Sie auch, Claudia, daß Sie sich sehr verändert haben?«

»Das kann schon sein«, antwortete sie. »Selber merkt man es nicht so.«

»Ein Vierteljahr, ziemlich genau ein Vierteljahr haben wir uns nicht gesehen, und immer, wenn ich an Sie dachte, hatte ich Ihr Bild so vor mir, wie es damals war.«

»Also gewiß nicht sonderlich beunruhigend«, sagte Claudia.

Er sah sie kopfschüttelnd an. »Meine Arbeit in Schweden hat mich nicht lange aufgehalten, und weil ich nun einmal dort war, habe ich die Gelegenheit benutzt, das Land kennenzulernen, soweit das einem Fremden möglich ist. Dabei bin ich immer weiter nach dem Norden gekommen in die große Einsamkeit der Wälder, in der unaufhörlich der Wind singt – ein Zustand übrigens, an den man sich mit Mühe gewöhnt. Die Einsamkeit ist nicht immer schön und bisweilen kaum zu ertragen. Es gibt Augenblicke, in denen man sich ganz verloren vorkommt. Dann sucht man nach etwas, woran man sich erinnern kann, und da mußte ich stets an Sie denken, es war so freundlich, und in Gedanken schrieb ich an Sie.«

»Aber doch nur in Gedanken.«

»Nicht nur. Einmal hab' ich es wirklich getan.«

Er wandte sich wieder um und blickte aus dem Fenster. Die Sonne war jetzt untergegangen, der bunte Himmel wurde still.

»Ich habe nichts bekommen«, sagte Claudia.

»Nicht? Ja, es war eine tragikomische Sache, recht professorenmäßig. Erst hatte ich ein paar Tage lang Bedenken, den Brief abzusenden – Sie werden das ja kennen, man schreibt die halbe Nacht lang, bekommt einen heißen Kopf, die Perspektive verschiebt sich, ohne daß man es merkt, schließlich weiß man selber nicht mehr recht, was man da nun eigentlich dem Papier anvertraut hat. Bedenken also. Dann, nach einigen Ringkämpfen mit mir selber, entschloß ich mich doch – aber da gab es auf ein paar Tagereisen im

Umkreis keinen Briefkasten. Natürlich gab es bestimmt einen, nur ich konnte ihn nicht finden.«

Claudia sagte: »In solchen Fällen neigt der Mensch dazu, das Fehlen des Briefkastens als einen Wink des Schicksals aufzufassen, vielleicht sogar als Warnung.«

»So, das wissen Sie?«

»Recht genau«, antwortete Claudia durch die Dämmerung.

»Aber dann gab es doch endlich einen Briefkasten, und ich warf meine schöne schriftliche Arbeit ein, von Zweifeln geplagt, ob sie genügen würde.«

Vielleicht weil es nun doch schon ziemlich dunkel war, setzte er sich zu ihr an den Tisch und fragte, voll von Hemmungen: »Sie haben also wirklich nichts bekommen?«

Claudia ließ sich Zeit mit der Antwort, es ging ihr viel durch den Kopf.

Plötzlich stand sie auf, ging zur Tür und drehte die Deckenbeleuchtung an, wie ein greller Schreck stand das Licht in dem Raum.

»Nein!« sagte sie, wieder am Tisch, und begann ruhig, ihre Papiere zusammenzupacken und in die Aktentasche zu stecken. »Bekommen? Nicht daß ich wüßte. Der letzte Brief von Ihnen, den ich gesehen habe, war nicht an mich, sondern an unsern Freund Venediger, Sie hatten ihn mir damals mitgegeben. Wollen Sie ihn wiederhaben, damit er nicht in unrechte Hände kommt? Hier, bitte.«

Durch die abendliche Großstadt mit ihren bunten Lichtern fuhr Claudia nach Hause.

Dieses Lichterspiel war sonst immer ein Vergnügen für sie gewesen – heute sah sie es kaum, heute war das Dunkel mächtiger als die spielende Buntheit und sehr fremd. Vollends als die Innenstadt zurückblieb und der Farbentanz verwelkte wie ein geträumtes Blumenbeet, wurde die Nacht eine dumpfe Glocke, eng und niedrig auf den Straßenschluchten, über denen es keinen Himmel gab.

In ihrer kleinen Stube blieb Claudia zwischen Tür und Fenster stehen.

Wahrscheinlich, dachte sie, hab' ich eine schreckliche Dummheit gemacht. Ich hätte klüger sein sollen. Es hätte nicht so zu kommen brauchen. Die Entscheidung lag bei mir. Woher nimmt man eigentlich das Recht, über andere und ihre Fehler zu urteilen?

Hätte, hätte ...

Die Luft war zum Ersticken. Claudia riß das Fenster auf.

Weshalb gab es hier keine Sterne?

Droben, dachte sie, öffnet man einfach die Tür – und der ganze Himmel funkelt darin. Auf den fernen Bergen ruht das Mondlicht. Ach, mein stilles Königreich! Eine Eule fliegt durch die sternsanfte Finsternis zum Wald hinter der Hütte, dann ruft sie und lauscht, ob jemand antwortet.

Als das Tischlämpchen brannte, schrieb Claudia. Lieber Laurin! schrieb sie.

Lieber Laurin, ich bin so dumm, daß ich bis zu dieser Minute nicht gemerkt habe, wie gescheit ich bin. Natürlich verstehe nur ich, wie das gemeint ist, und ich mag es dir nicht erklären, denn jetzt, da ich mit dir reden darf und also fast wieder bei dir bin, ist es eine so große Entspannung, daß ich den Kopf an deine Schulter lehne und für eine Weile die Augen schließen muß.

Du hast gesagt, das Schicksal ließe seine Lieblingskinder nur ein einziges Mal unter dem seidenen Faden hindurchschlüpfen in dein unsichtbares Königreich. Ich weiß nicht, ob das wahr ist, aber ich weiß jetzt, daß du mir etwas verschwiegen hast: Wer einmal so glücklich war, der findet nie wieder den richtigen Weg in die Menschenwelt zurück, weil sein Bestes bei dir bleibt.

Also gibt es hier in der Stadt nur eine recht ernsthafte und langweilige Claudia, die im Winter sehr fleißig sein wird.

Aber im März, wenn bei dir die weiße Krokusblüte auf den Matten liegt, als wäre über Nacht die Milchstraße herabgesunken, will ich wieder zu dir kommen – und zu mir.

John Fowles

Die Geliebte des französischen Leutnants

Ullstein Buch 3042

ein Ullstein Buch

Wir schreiben das Jahr 1867 in Lyme, einem Städtchen an der Südküste Englands. Eine junge Frau, deren schlechter Ruf ständiger Gesprächsstoff ist, steht am Ende einer verlassenen Hafenmole und starrt auf das Meer hinaus. Die Bürger glauben, daß sie auf die Rückkehr eines französischen Leutnants wartet. Aber sehnt sich die geheimnisvolle Einsame wirklich nach einem Mann, oder wartet sie auf jemanden, der sie nicht nur von ihrer Melancholie, sondern auch von ihrem Jahrhundert befreit?